克里斯托曼奇历代记 4

巫师周
Witch Week

[英] 戴安娜·韦恩·琼斯 / 著
Diana Wynne Jones
卢隽婷 / 译

上海文艺出版社

图书在版编目(CIP)数据

巫师周／(英)琼斯著；卢隽婷译.
—上海：上海文艺出版社.2015
(克里斯托曼奇历代记；4)
ISBN 978-7-5321-5842-3

Ⅰ.①巫… Ⅱ.①琼…②卢… Ⅲ.①长篇小说-英国-现代 Ⅳ.①I561.45

中国版本图书馆 CIP 数据核字(2015)第 189700 号

THE CHRONICLES OF CHRESTOMANCI: WITCH WEEK
by Diana Wynne Jones
Copyright © 1982 by Diana Wynne Jones
Copyright © 2001 by Diana Wynne Jones
Published by arrangement with The Laura Cecil Literary Agency
through Bardon-Chinese Media Agency

著作权合同登记号　图字：09-2015-622 号

责任编辑：乔　亮
特约策划：何家炜　张静乔
装帧设计：高静芳
封面绘画：高　婧

巫师周
〔英〕戴安娜·韦恩·琼斯　著
卢隽婷　译
上海文艺出版社出版、发行
地址：上海绍兴路 74 号
电子信箱：cslcm@public1.sta.net.cn
网址：www.slcm.com
新华书店经销　山东临沂新华印刷物流集团印刷
开本 889×1194　1/32　印张 10.25　字数 160,000
2015 年 11 月第 1 版　2015 年 11 月第 1 次印刷
ISBN 978-7-5321-5842-3/I·4666　定价：39.00 元

英文版编者按

在 1605 年的一个深夜里，一个叫做盖伊·福克斯的士兵在把大约两吨的火药偷偷带进伦敦国会大厦下面的一个地窖里时被抓住了。福克斯因为参与了火药阴谋案而被捕、受审，并被处决。这是一个失败的阴谋，这个阴谋企图在第二天，也就是 11 月 5 日，炸死詹姆士一世国王及其大部分政府成员。几个世纪以后，英国人仍然会释放烟花、点燃篝火、焚烧"盖伊"像，把 11 月 5 日作为盖伊·福克斯日来庆祝。

第一章

纸条上说：这个班里的某个人是巫师。它是用普通蓝色圆珠笔，以大写字母写成的，它出现在克罗斯利先生正在批阅的两本地理作业之间。任何人都有可能是写它的人。克罗斯利先生不快地捻着他姜黄色的小胡子。他从6B班那些低着的脑袋上面看过去，想知道自己该拿它怎么办。

他决定不把纸条拿给校长。它可能只是一个玩笑，而卡德瓦拉德小姐毫无幽默感可言。他该交付的人，是副校长，温特沃斯先生。可是这里边的困难是，温特沃斯先生的儿子是6B班的一员——坐在靠后面的那个，看起来比其他人都要年纪小的小个子男生，就是布莱恩·温特沃斯。不。克罗斯利先生决定叫写这张纸条的人自行坦白。他将向他解释这到底是一项多么严重的指控，然后把剩下的事情交由这个人的良心来决定。

克罗斯利先生清了清喉咙准备说话。6B班的一些人满怀希望地抬头看去，不过这个时候克罗斯利先生却改变了主意。现在是写日记的时间，而写日记的时间只可以被严重的紧急事件所打断。拉伍德之家对很多事情的规定都很严格，因为它是一个由政府管理的寄宿制学校，对象是巫师留下的孤儿，以及有其他问题的孩子。记日记是为了帮助孩子解决他们的问题。日记内容被认为应该是绝对私密的。每天，有半个小时的时间，所有学生都必须在他们的日记中吐露自己的私密想法，别的什么事也不能做，直到每个人都写完为止。克罗斯利先生由衷地赞赏这个点子。

不过让克罗斯利先生改变主意的真正理由，是一个可怕的想法：这张纸条可能是真的。6B班里很容易就有某个人是巫师。只有卡德瓦拉德小姐才知道，在6B班里到底谁是巫师留下的孤儿，但是克罗斯利先生怀疑他们中的很多人都是。其他的班级给了克罗斯利先生一种做教师的骄傲感和愉悦感；而6B班却从来都没有。他们中只有两个人给了他一*丝丝*的骄傲：特蕾莎·马利特和西蒙·塞尔维森。他们俩都是模范学生。其他的女生一个比一个令人沮丧，直到你碰到那两个最令人沮丧的：喜欢喋喋不休说些无聊的话的埃斯特尔·格林，以及那个矮矮胖胖的女生南·皮尔格林——她绝对是最鹤立鸡群的那个。男生们则分成了不同的派别。有些人有那个意识去学习西蒙·塞尔维森的榜样，但是也有几乎同样多的人紧紧环绕在那个坏男生丹·史密斯的周围，还有一些其他人崇拜那个高个子的印度男生尼鲁帕姆·辛格。要不然他们就是些像布莱恩·温特沃斯以及那个让人不快的男生查尔斯·摩根那样，孤僻的人。

想到这儿，克罗斯利先生看了看查尔斯·摩根，而查尔斯·摩根也用他因之出名的那种漠然而恶毒的眼神回敬了过去。查尔斯戴着眼镜，这一点放大了他恶毒的眼神，使之像一对双光束激光一样瞄准在了克罗斯利先生的脸上。克罗斯利先生连忙看向别处，重新担心起纸条的事来。6B班的所有人都放弃了希望会有好玩的事发生的心理，回到了他们的日记上。

1981年10月28日，特蕾莎·马利特用圆形的天使字体写道。克罗斯利先生在我们的地理作业本里发现了一张纸条。我一开始认为它可能是霍奇小姐写的，因为我们都知道泰迪爱她爱得要死，可是他看起来却是那么忧虑，所以我想它一定是某个像埃斯特尔·格林那样的傻女生写的。南·皮尔格林今天又没能跨过鞍马。她跳了，但却在半道上卡住了。这让我们大家全部都笑了。

西蒙·塞尔维森写道：81.10.28. 我想知道是谁把那张纸条放在地理作业本里的。在我收本子的时候它从里面掉了出来，然后我又把它放了回去。如果它被发现时是到处乱放的，那么我们所有的人可能都会受到责备。这当然是绝对不宜公开的。

我不知道，尼鲁帕姆·辛格沉思地写道，一个人怎样才能做到在日记里写出很多东西，因为每个人都知道卡德瓦拉德小姐全都是在放假的时候看的。我不写私密的想法。现在我将描述一下印度的通天绳戏法[1]，这是在我父亲来到英国居住以前，我在印度时看到的……

距离尼鲁帕姆有两张书桌远的地方，丹·史密斯咬了很久的钢笔，最后他写道，好吧，我的意思是，这不是很好，如果你必须要写下你私密的感学[2]的话，我的意思是这带走了其中所有的乐趣，让你不知道写什么好。这意味着它们不再私密了，如果你明白我的意思。

我不认为，埃斯特尔·格林写道，今天我有任何私密的

---

[1] 一种古老的印度魔术，把长绳子的一端抛到空中，把它作为天梯爬上去，人最后消失在云雾里。
[2] 译者注：这里应当是"感觉"，但是丹·史密斯写了错别字。

感受，不过我想知道泰迪刚才找到的那张霍奇小姐的纸条里写的是什么。我认为她彻彻底底地鄙视他。

在教室的后排，布莱恩·温特沃斯叹息着写道，我总是控制不了时间表，这就是我的问题。在地理课上我做了从伦敦经巴黎到巴格达的一次巴士之旅的计划。下节课我要计划同样的行程，但是是经柏林的。

与此同时，南·皮尔格林正在潦草地乱涂，这是给阅读我们日记的人看的留言。你是卡德瓦拉德小姐吗，还是说，卡德瓦拉德小姐让温特沃斯先生来做这件事呢？她盯着她写下的内容，有些被自己的大胆吓了一跳。这种事有的时候在她的身上也发生过。不过，她想，有几百本日记本，几百篇日记内容。卡德瓦拉德小姐读到这一篇的机会一定是很小的——特别是如果她继续这样写，把它写得确实乏味。我现在要开始乏味了，她写道。泰迪·克罗斯利的真名是哈罗德，但是他因为那首赞美诗而被叫做泰迪，它唱作"我乐意背负我的十字架"。不过，当然了，大家都唱成"克罗斯利我那抛媚眼的熊①"。克罗斯利先生就挺喜欢抛媚眼的。他

---

① 译者注：在英文中，"克罗斯利"与"乐意"、"十字架"谐音，而"背负"与"熊"是同一个单词。

认为每个人都应该在地理课上坐得笔直，觉得很光荣，很感兴趣。我为他感到难过。

但是最有能力把日记写得乏味的人是查尔斯·摩根。他的日记写道，我起床了。早餐时我觉得热。我不喜欢麦片粥。第二节是木工课，不过持续得不久。我想我们接下来会做游戏。

看到这个，你可能会认为查尔斯要么非常愚蠢，要么非常糊涂，要么两者都是。6B班里的任何一个人都可以告诉你，那是个寒气逼人的早晨，早餐吃的是粟米片。第二节是体育课，上课时南·皮尔格林因为没能跳过鞍马而大大逗乐了特蕾莎·马利特，还有下一节课是音乐课，而不是做游戏。但是查尔斯不是在写当天的作息。他其实是在写他的私密感受，不过他是在用他自己的私人代码来写，这样的话就没有人能够知道其中的意思。

他的每一篇日记都用我起床了开头。它的意思是，我恨这个学校。当他写到我不喜欢麦片粥时，这确实是真的，不过麦片粥是他给西蒙·塞尔维森的代码。西蒙在早餐时是麦片粥，午餐时是土豆，然后茶点时是面包。他所憎恨的其他人也全部都有代码。丹·史密斯是粟米片、卷心菜，和黄油。特蕾莎·马利特则是牛奶。

不过当查尔斯写到我觉得热的时候,他完全不是在说学校。他的意思是,他记起了那个被烧死的巫师。这是一件每当他不想别的事时就会不断出现在他脑海里的事,尽管他努力想忘记。他那时是那么年幼,还在婴儿车里。他的母亲拎着买回来的东西,他的姐姐伯纳迪恩推着他,两个人正在穿过一条马路,顺着那条马路可以看到市集广场。那里有拥挤的人群,和某种忽闪忽闪的光。伯纳迪恩为了看热闹,把婴儿车停在了街道的中央。她和查尔斯刚好来得及瞥见篝火开始燃烧的一刻,那个巫师是一个大块头的胖男人。这时他们的母亲急急忙忙地跑了回来,责骂伯纳迪恩不好好穿马路。"你不可以看巫师!"她说,"只有坏透了的人才那么做!"所以查尔斯只有一瞬间看到了那个巫师。他从没说起过这件事,但是也从没忘记过。一直让他感到很吃惊的是,伯纳迪恩对这件事似乎完全忘怀了。查尔斯真正在他的日记里说的意思是,巫师在早餐时出现在了他的脑海里,直到西蒙·塞尔维森把那些吐司吃光了,使他又忘了这回事。

当他写到第二节是木工课的时候,他的意思是,他接着想到了第二个巫师——这是他没有那么经常想起的一件事。木工是指任何查尔斯所喜欢的事物。他们每周只有一次木工课,因此查尔斯选择它来作为代码,是基于非常公道的理由。那就是,在拉伍德之家,任何事情让他感到痛快的频率,都不可能比这个频率更高。查尔斯喜欢第二个巫师。尽管她的裙子撕破了,头发也不整齐,但她十分年轻,也相当的漂亮。她是从花园的尽头爬墙过来的,她一只手拎着她时髦的鞋子,沿着假山磕磕绊绊地下到草坪上。查尔斯那时九岁了,他正在草坪上照看他的小弟弟。这个女巫很幸运,他的父母都出门去了。

查尔斯知道她是个女巫。她上气不接下气,显然是吓坏了。他可以听见后面一栋房子里的叫嚷声和警笛声。而且,除了女巫还有谁会穿着紧身裙在下午两三点钟逃避警察呢?但是他还是把事情问得相当清楚。他说:"你为什么跑到我们的花园里来?"

女巫相当绝望地用一只脚一跳一跳。她的另一只脚上有个很大的水泡,两只长筒袜都抽了丝。"我是一个女巫,"她气喘吁吁,"请救救我,小朋友!"

"你为什么不能施个魔法,把自己变得安全呢?"查尔斯问。

"因为在这么害怕的时候,我做不到啊!"女巫喘着气说,"我试过,可就是出了问题!求你了,小朋友——帮我从你们家偷偷地溜走并且保守秘密,我会给你一生的好运。我保证。"

查尔斯用他那种专注的眼神看着她,那种大多数人觉得是漠然而又恶毒的眼神。他明白她说的是实话。他也明白,她理解他的眼神,而似乎很少有人能这样做。"从厨房进去。"他说。他领着女巫穿入厨房,她穿着抽了丝的长筒袜,带着水泡一瘸一拐地沿着大厅走向前门。

"谢谢,"她说,"你真贴心。"她一边对他微笑,一边对着大厅的镜子把头发弄弄整齐,然后对自己的裙子动了些手脚——可能是让它看起来重新完好的巫术——之后,她弯下腰亲吻了查尔斯。"如果我能逃脱的话,我会给你带来好运。"她说。然后她重新穿上了她时髦的鞋子,很努力地不让自己跛脚,从前面的花园离开了。在前门那里,她对查尔斯挥手微笑。

查尔斯喜欢的部分到此结束。这就是为什么他接下来会写不过持续得不久。他再也没见过那个女巫,或是听说她发生了什么事。他命令他的小弟弟,关于她的事永远一个字也不要说——格雷厄姆听从了，因为查尔斯说的话他总是照做——然后他观望并等待着有任何女巫的迹象，或者好运的迹象出现。但两者却都没有到来。对查尔斯来说，要搞清楚女巫发生了什么事几乎是不可能的，因为自从他瞥见第一个巫师被烧死的时候起，国家就有了新的法律规定。不再有公开的火刑。取而代之的是，篝火在监狱的墙内点燃，而无线电广播里仅仅会宣布："两名巫师今晨在霍洛韦监狱被焚。"每次听到这类通告，查尔斯都会觉得是他的那个女巫。这使他的内心有一种硬生生受伤的感觉。他想到她吻他的样子，相当肯定被一个女巫吻过会让人变得同样罪恶。他放弃了对好运的期待。事实上，从他遇到的坏运气的数量来判断，他认为女巫一定是马上就被抓住了。因为，广播宣布火刑的时候带给他的那种硬生生受伤的感觉，让他拒绝去做父母教导他去做的所有事。相反，他只是向他们投以坚定凝视的目光。每次这么做的时候，他知道他们都认为他在做坏事。他们不是用女巫的那种方式来理解他的目光。而且，由于格雷厄姆会模仿查尔斯做的所有事，查尔斯的父母很快就认定，查尔斯是个问题儿童，他在把格雷厄姆带上歪路。他们为他做了安排，把他送进了拉伍德之家，因为它距离非常近。

当查尔斯写到游戏的时候，它的意思是坏运气。就像6B班的其他学生一样，他也看到克罗斯利先生发现了一张纸条。他不知道纸条里写的是什么，但是当他抬头望过去，看到克罗斯利先生的眼神时，他就知道，这意味着坏运气要来了。

克罗斯利先生还是不能决定该拿这张纸条怎么办。如果它说的事情是真的，那就意味着宗教法官要来学校了。这是一个彻头彻尾的恐怖想法。克罗斯利先生叹了口气，把纸条放进了他的口袋里。"好的，同学们，"他说，"收起你们的日记，排队去上音乐课吧。"

当6B班一拖着脚步慢吞吞地朝礼堂走去，克罗斯利先生就迅速地跑向了教研室，希望能找到人商量商量纸条的事。

他足够幸运地在那儿找到了霍奇小姐。正如特蕾莎·马利特和埃斯特尔·格林所观察到的那样，克罗斯利先生爱上了霍奇小姐。不过，当然了，他从不让这一点显露出来。而学校里唯一一个看上去不知情的人很可能就是霍奇小姐本人。霍奇小姐是一个个子小小的爱整洁的人，穿整洁的灰色裙子和衬衫，她的头发比特蕾莎·马利特的还要干净，还要平整。她正忙着在教研室的桌子上把书一堆堆有条理地归整好，并且在克罗斯利先生激动地讲述纸条的事时，她从始至终继续在归整。她抽空扫了纸条一眼。

"不，我也分辨不了是谁写的。"她说。

"可是我要拿它怎么办呢？"克罗斯利先生恳求道，"即使它说的是真的，写的人也是居心不良！假设它就是真的。假设他们中的一个是——"他处在一个令人怜悯的状态。他非常非常地想吸引霍奇小姐的注意，但是他知道，"巫师"这样的字眼不是那种能在淑女面前使用的字眼。"我不想在您的面前说出来。"

"我从小就被教育要同情巫师。"霍奇小姐平静地谈论道。

"噢，我也是！我们都是这样，"克罗斯利先生匆忙地说道，"我只是在想我该怎么处理这件事——"

霍奇小姐把另一堆书罗列好。"我想它只是一个很傻的玩笑，"她说，"别理它。你不是该去教 4C 班了吗？"

"是的，是的。我想我该去了。"克罗斯利先生惨兮兮地表示同意。他被迫在霍奇小姐一眼也没看过他的情况下就赶紧离开了。

霍奇小姐若有所思地把另一叠书摞齐,直到她肯定克罗斯利先生走了。然后她把平整的头发又平整了一下,赶紧上楼去找温特沃斯先生了。

作为副校长,温特沃斯先生有一个书房,他在那里与卡德瓦拉德小姐交待的日程安排和各种其他的问题全力拼搏。当霍奇小姐轻轻敲门的时候,他正在拼搏一个特别艰难的问题。学校的管弦乐队有七十个人。这些人中有五十个也在学校的唱诗班里,而五十个人中有二十个又参加了学校的话剧演出。已知管弦乐队里有三十个男生在各类足球队,有二十个女生代表学校打曲棍球。他们至少三分之一的人还打篮球。而排球队员们全都参加学校的话剧演出。问:你如何安排彩排和练习,才能不叫大多数人一次出现在三个地方?温特沃斯先生绝望地揉了揉脑袋后面一片稀疏的头发。"进来。"他说。他看到了霍奇小姐那张微笑中带着焦虑的明媚的脸,可是他的注意力完全不在她的身上。

"有人竟是如此的恶毒,如果这是真的就太可怕了!"他听见霍奇小姐在说。接着,又听见她欢快地说道:"不过我想我有一个计划,可以找出是谁写了这张纸条——一定是

6B班中的某个人。我们可以一起动脑筋来实现它吗，温特沃斯先生？"她把自己的脑袋歪向一边，以一种充满诱惑的方式问道。

温特沃斯先生不知道她在说什么。他抓了抓头发开始变秃的地方，然后盯着她看。不管她说的计划是什么，它都具备了一个应该被粉碎的计划的所有特征。"人们写匿名的纸条只是为了感觉自己很重要，"他试探性地说，"你一定不能把他们太当回事。"

"可这是一个完美的计划！"霍奇小姐反驳道，"如果我可以解释一下的话——"

还是没有被粉碎掉，温特沃斯先生想，不管她说的是什么。"不。只要告诉我这张纸条具体的内容就行。"他说。

霍奇小姐立即变得既崩溃又震惊。"但是这很可怕呀！"她的声音突然降低成一种悄悄话，"它说6B班里有个人是巫师！"

温特沃斯先生意识到他的直觉是正确的。"我跟你说过什么？"他发自内心地说，"这就是那种你只能去无视它的东西，霍奇小姐。"

"可是6B班里有某个人心理非常有毛病！"霍奇小姐

悄声地说。

温特沃斯先生细想了一下 6B 班，包括他自己的儿子布莱恩。"他们都有毛病，"他说，"要么他们会渐渐改掉，要么我们会看到他们在六年级的时候全部都骑着长柄扫帚绕圈子。"霍奇小姐突然缩了回去。她确确实实地被这种粗俗的语言吓到了。但是她连忙让自己笑了起来。她能明白这是一个玩笑。"无需理会，"温特沃斯先生说，"别管它，霍奇小姐。"他带着些许宽慰的心情回到了自己的那个问题上。

霍奇小姐也回去继续摆弄书堆了，她并没有温特沃斯先生所以为的那么崩溃。温特沃斯先生对她开了一个玩笑。他以前从来没有做过这样的事。她一定在某个地方说服了他。因为——这是一个特蕾莎·马利特以及埃斯特尔·格林所不知道的事实——霍奇小姐有意嫁给温特沃斯先生。他是一个鳏夫。霍奇小姐确信，当卡德瓦拉德小姐退休以后，温特沃斯先生会是拉伍德之家的校长。这很适合霍奇小姐的情况——她要为她的老父亲做打算。因为这个，她十分愿意容忍温特沃斯先生的秃斑和他那种神经紧绷的受折磨的表情。唯一的不足之处是，对温特沃斯先生的容忍也意味着对布莱恩的容忍。想到布莱恩·温特沃斯，霍奇小姐光滑的额头上皱起了一丝眉头。现在 6B 班有这么一个男生，他完全活该让其他人总是那样针对他。没关系。他可以被送到另一个学校去。

与此同时，在音乐课上，布鲁贝克先生正在叫布莱恩起来单独唱歌。6B 班拖沓地唱着"就像荒野里的小鸟，我们栖息在这里"。他们让这首歌听起来像一场哀悼。"比起这个地方我更喜欢荒野。"埃斯特尔·格林对她的好朋友卡伦·格里格悄悄地说道。接着他们唱道："笑翠鸟栖息在老桉树上。"那听起来像一首葬礼上的挽歌。"笑翠鸟是什么？"卡伦悄悄地对埃斯特尔说。

"是另一种鸟，"埃斯特尔也悄悄地回答道，"澳大利亚的鸟。"

"不行，不行，不行！"布鲁贝克先生大喊，"布莱恩是你们中间唯一一个听起来不像公鸭嗓的！"

"布鲁贝克先生一定是脑子里有鸟吧！"埃斯特尔咯咯地笑。西蒙·塞尔维森，这个强烈而真挚地相信除了自己以外没人值得表扬的人，尖刻地给了布莱恩一个嘲笑的表情。

可是布鲁贝克先生太过沉迷在音乐中了，他没有注意到 6B 班的其他人在想什么。"'布谷鸟是一种漂亮的鸟'，"他宣布,"我想让布莱恩单独为你们唱这首歌。"

埃斯特尔咯咯地笑了,因为又说到鸟。特蕾莎也咯咯地笑了,因为任何人不论任何原因站出来都会让她感到极其有趣。布莱恩手里拿着歌曲书站了起来。他从来不会觉得尴尬。不过他并没有唱歌,相反的,他用一种怀疑的语气把歌词给念了出来。

"'布谷鸟是一种漂亮的鸟,她一边飞一边歌唱。她给我们带来好消息,她对我们不会说谎。'老师,为什么所有的这些歌曲都是关于鸟的?"他天真无邪地问。查尔斯认为,那是布莱恩在西蒙·塞尔维森用那样的眼神看过他之后,所做出的一个精明之举。

但是这没有给布莱恩带来什么好处。他太不受欢迎了。大多数女生都用吃惊的语气说:"布莱恩!"而西蒙则用嘲笑的语气说了出来。

"安静!"布鲁贝克先生喊道,"布莱恩,开始唱歌!"他在钢琴上敲击出音符。

布莱恩手里拿着书站了起来,无疑在想着该怎么办。事情很清楚,如果他不唱的话,他会被布鲁贝克先生找麻烦,但如果他唱的话,他之后又会被别人打。当布莱恩在犹豫的时候，6B 班里的巫师帮了他一把。礼堂里一扇长长的窗户突然啪地一声打开了，把一连串的鸟儿放了进来。它们大部分是普通的鸟：麻雀、八哥、鸽子、乌鸦和画眉。它们以庞大的数量在礼堂里一圈圈地扑腾，一边扑腾还一边撒落下羽毛和排泄物。不过在那些拍动的翅膀中间，还有两只令人好奇的毛茸茸的生物，它们长着很大的育儿袋，并且一直在发出激烈的大笑声；而那只一边在一片麻雀中间扑腾一边叫着"布谷！"的红黄两色的东西，则显然是一只鹦鹉。

幸运的是，布鲁贝克先生认为只不过是风把鸟儿带进来的。这节课剩下的时间都不得不在把鸟儿重新逐出去的过程中度过了。这个时候，那两只长着育儿袋的大笑的鸟儿已经消失了。很明显，巫师判定它们是个错误。但是 6B 班里的每个人都清楚地看到了它们。西蒙郑重其事地说："如果这种事再发生的话，我们大家都应该聚在一起，然后——"

听到这里，尼鲁帕姆·辛格转过身来，高高地耸立在那些拍打的翅膀中间。"你们有任何证据可以证明这不是完美的自然现象吗？"他说。

西蒙没有证据，所以他不再说话了。

到了这节课结束的时候，所有的鸟儿都已经被重新赶出了窗户，除了那只鹦鹉。鹦鹉逃到了高高的窗帘滑竿上，没人可以够得到的地方。它待在那里大声叫着："布谷！"布鲁贝克先生把6B班遣走，然后喊了看门人来弄走它。查尔斯和其他人一起步伐沉重地离开了，他心想这一定是他在日记里所预料的游戏的结束吧。可是他大错特错了。这只不过是开始。

当看门人发着牢骚，脚后跟着他那只白色的小狗，过来准备赶走鹦鹉的时候，鹦鹉已经消失了。

第二章

　　第二天是霍奇小姐尝试寻找是谁写了那张纸条的日子。而对于无论是南·皮尔格林还是查尔斯·摩根而言，这也是他们在拉伍德之家所曾度过的最糟糕的一天。对于查尔斯来说这一天开始的时候并不是太坏，不过南却在吃早餐的时候迟到了。

　　她的鞋带断了。因为迟到，她先后被塔尔斯先生和一名风纪老师训诫了一番。到了这个时候，唯一有空位的，只有一张其他人全都是男生的桌子。南溜进了那个空位，感觉到极其尴尬。他们已经吃完了所有的吐司，只剩下最后一片了。南赶到的时候，西蒙·塞尔维森拿走了那片吐司。"运气不好啊，胖子。"在桌子上更远的地方，南看到查尔斯·摩根正在看着自己。那本来是一种同情的注视，但是，正如查尔斯每一次的注视那样，它到头来就像是一副漠然的双筒炮似的强烈眼神。南假装不去看它，她尽最大的努力吃着那盘孤零零、湿漉漉、苍白失色的炒鸡蛋。

在课上,她发现特蕾莎和她的好朋友开创了一种新的潮流。这是一个坏的预兆。在开创潮流的方面,她们对自己一向不是一般的满意——纵然这一次的开始很可能是为了让她们无需去想巫师或是鸟儿的事情。这次的潮流是白色针织物,洁白、干净、松软,你要始终把它包裹在毛巾里面,好让它保持洁净。教室里充满了嘀嘀咕咕的声音:"反织两针,平织一针,绕两针……"

可是在上午过去一半的时候,这一天真的开始走上了邪恶之路——在体育课的时候。就像写日记的时间一样,拉伍德之家每天都有体育课。6B班加入了6C和6D班,男生们去田径场上跑步,而女生们则一起去体育馆。在体育馆里,登山绳被放了下来。

特蕾莎和埃斯特尔以及其他人都发出了欢乐的喊叫声,她们轻松地摇摆着,拉着绳子爬了上去。南靠着墙壁的肋木,努力潜伏在大家的视线之外。她的心扑通一声沉到了她的休操鞋里。这种事情甚至比骑马还要糟糕。南就是不会攀绳。她生来就没有漂亮的肌肉或诸如此类的能力。

然而,由于正是这种日子,所以菲利普斯小姐几乎立刻就看到了南。"南，你还没有轮到过。特蕾莎，迪莉娅，埃斯特尔，快下来，让南攀一次绳。"特蕾莎和其他人欣然地下来了。她们知道，她们将会看到一些有趣的事情。

看到她们的表情，南咬了咬牙。她发誓，这一次，她会做到。她会直接爬上天花板，把那个咧嘴的笑容从特蕾莎的脸上揩掉。然而，走向绳子的距离却似乎是有几百码远的辉煌路程。南穿着专门在体育馆穿的宽松的裙裤，她的双腿在里面发胀发紫，她的胳膊感觉就像柔弱的粉红色布丁。当她走到绳边的时候，绳子末端的绳结看上去似乎悬挂在比她脑袋还高得多的地方。不知怎么的她就是被认为应该站在那个绳结上。

她把绳子紧握在她肥胖无力的双手里一跳。唯一发生的事情是，绳结重重地打在了她的胸口上，她的双脚猛地又跌落到地上。一阵好笑的窃窃私语开始在特蕾莎和她的朋友们中间传开。南几乎无法相信。这很可笑——这比平时还要糟糕！她现在甚至连从地上爬起来也不行了。她重新握住了绳子，再跳。再一次。再一次。她蹲了又蹲，像一只懒散的袋鼠一样弹跳着，但绳结依然继续打在她的胸口上，她的双脚也继续摔落在地上。其余人的嘀咕声渐渐变成了咯咯的笑声，然后变成了直截了当的大笑声。直到最后，当南几乎准备放弃的时候，她的双脚终于不知怎么地找到了绳结，摸索着，紧扣着，坚持着。她紧紧地依附在上面，像个树懒一样倒挂着，上气不接下气，似乎不能再动的胳膊上汗水直流。这种情况很可怕。她还是必须爬上绳子。她在想，她是不是要背部着地摔死。

菲利普斯小姐在她的身旁。"快点，南。在绳结上站起来。"

不知怎么的，南感觉到了自己的超能力，她设法让自己站直了。她站在上面轻轻地绕着小圈子晃动着，而菲利普斯小姐——她的脸和南颤抖的膝盖一样高——则正在第一百次和蔼而耐心地解释着，到底如何才能爬上一根绳子。

南咬紧牙关。她会做到的。其他的每个人都做到了。这一定是可能的。她闭上眼睛，把其他女生咧着嘴的笑容挡在外面，做了菲利普斯小姐叫她做的事。她用力而又小心地抓住头顶上的绳子。小心翼翼地，她把绳子放在一只脚的脚背和另一只脚的脚底之间。她一直闭着眼睛。她紧紧地用胳膊去拉绳子。爽快地把后面的双脚拉了上来。再紧握。再向上升——她害怕地全神贯注。是的，就是这样！她终于做到了！秘诀一定是保持双眼紧闭。她又抓又拉。她能感觉到她的身体动不动就朝着上面的天花板摇摆，就像其他人做的一样。

不过，在她的周围，咯咯的笑声变成了大笑，大笑声又渐渐变成了尖叫，然后是大喊，然后十足变成了一场狂风骤雨般的欢闹嬉笑。南困惑地睁开了眼睛。在她的整个四周，在她膝盖的高度，她看见的都是笑得通红的脸，泪水夺眶而出的眼睛，以及弯下腰欢笑喊叫的人。就连菲利普斯小姐也咬着嘴唇，微微哼了哼鼻子。小小的吃惊。南向下看去，发现她的体操鞋仍旧踩在绳子底部的绳结上。经过这一切的攀爬之后，她仍旧是站在绳结上。

南也试着想去笑。她相信这很好笑。但是要被逗乐很难。她感到唯一的安慰是，在这之后，其他的女生也都不能爬绳子了。她们笑得太虚弱了。

在此期间，男生们正在一圈圈地绕着田径场跑步。他们脱到只剩小小的淡蓝色运动短裤，并穿着大大的钉鞋在露水中飞溅而过。除了钉鞋之外，穿任何东西跑步都是违反规矩的。他们被分成不同的腿力小组。前面的是飞毛腿小组，那些富有肌肉的腿，属于西蒙·塞尔维森和他的朋友们，以及布莱恩·温特沃斯。布莱恩是一个快跑手，尽管他的腿短。布莱恩谨慎地试着一直跑在西蒙的后方，可是有时跑步带来的纯粹喜悦压倒了他，让他跑到了前面。于是他会被西蒙的朋友们冲撞和推挤，因为每个人都知道，名列前茅是西蒙的权利。

在这些人后面的腿力小组就较为逊色了，他们在毫无热情地移动。这些腿属于丹·史密斯和他的朋友们。他们所有人都可以跑得至少和西蒙·塞尔维森一样快，但是他们在为更好的事情保存体力。他们轻松地迈着大步缓缓向前跑，彼此之间相互聊着天。今天，他们一直在不断地爆发出大笑之声。

在这些人后面忙活着的，又是一组五花八门的腿力小组：紫红色的腿、肥胖的腿、鲜亮的白腿、完全没有肌肉的腿，以及尼鲁帕姆·辛格的粗壮的棕色的腿——尼鲁帕姆的腿看起来似乎太重了，以至于他身体其余皮包骨的部分很难把它抬起来。这个组里的每个人都喘得说不出话来。他们的脸上带着各式各样哀叹的表情。

在远远的队伍末尾，最后的一双腿，是属于查尔斯·摩根的。查尔斯的腿并没有特别的问题，只是，他的脚上穿着普通的校鞋，而且全都浸透了。他一向落后。他甘愿如此。这是一天中很少的一次机会，让他可以单独思考。他发现，只要他在思考一件别的事，他就能保持住缓慢的小跑达几个小时。继续思考。他唯一不得不害怕的干扰是，当其他的小组咚咚地跑过他身边的时候，有几秒钟的时间，他会被卷入他们费力的状态之中。或者是，塔尔斯先生裹着他温暖宜人的运动服，在一旁轻轻跳跃着跑上来，对查尔斯喊一些没脑子的鼓励的话。

　　于是查尔斯一边慢慢地小跑，一边思考着。他让自己尽情地去恨拉伍德之家。恨脚下的田径场，恨往他身上掉叶子的秋天颤抖的树木，恨白色的球门柱，以及围墙前面一排整齐的松树——这堵布满尖刺的墙把所有人都关在了里面。然后，当他转过拐角处，看见了学校的建筑之后，他又愈发地恨起了这些建筑。它们是用一种略带紫色的砖头建成的。查尔斯认为这是一个人在咳嗽的时候会呈现的脸色。他想到了这些建筑里面长长的走廊，它们被漆成毛毛虫般的绿色，厚厚的暖气片从来不暖和，想到了褐色的教室、霜白色的宿舍，以及学校食物的气味，他几乎处在一种狂热的恨意中。然后他看了看前面零零散散跑在田径场上的不同的腿力小组，在所有事物中最最反感地憎恨起学校里所有的人。

在这个时候，他发现自己想起了那个被施以火刑的巫师。就像往常一样，这个念头不由自主地掠过了他的心中。只是，今天看起来似乎比往常更糟糕。查尔斯发现他想起了当时没有注意到的事情：火焰刚好从小一跃变大的确切形状，以及那个是巫师的胖男人俯身垂向他们看不到的另一侧的样子。他可以看见男人确切的脸庞，可以看见他长着一个瘊子、满是斑点的鼻子，鼻子上面的汗水，以及让男人的眼睛和汗水黯然失色的火焰。更重要的是，他可以看见男人的表情。那是震惊。那个胖男人不相信自己要死了，直到查尔斯看到他的那一刻。他一定以为他的巫术能够救他。现在他知道不能了。而且他很恐惧。查尔斯也很恐惧。他带着一种恐惧的恍惚状态快步地走开了。

但是塔尔斯先生那件漂亮的红色运动服正在掠过他的身旁。"查尔斯，你穿着休闲鞋跑步是干什么？"

胖巫师消失了。查尔斯本来应该很高兴，可是他没有。他的思考被打断了，而且他不再有私人空间了。

"我说你为什么不穿你的钉鞋？"塔尔斯先生说。

查尔斯慢下来了一点，想着该怎么回答。塔尔斯先生在他身边富有弹性地小跑着,等待一个答案。因为查尔斯停止了思考,所以他发现他的腿在痛,胸口很疼。这让他很恼火。对于自己的钉鞋他甚至感到更为恼火。他知道是丹·史密斯把它们藏了起来。这就是为什么那一组人在笑的缘故。查尔斯可以看到,他们在跑步的时候伸长了脖子回头去看他在和塔尔斯先生说什么。这更加让他生气了。查尔斯通常并没有这样的麻烦——像布莱恩·温特沃斯那样的麻烦。虽然孤独,但他如双筒炮似的恶毒眼神到目前为止保护了他的安全。但他预见到,未来他将不得不想一想眼神之外的一些办法。他觉得非常辛酸。

"我找不到我的钉鞋了,先生。"

"你努力地找过吗?"

"到处找过。"查尔斯辛酸地说。我为什么不说是他们干的?他问自己。他知道答案。这学期剩下的日子将过不下去了。

"从我的经验来看,"塔尔斯先生边跑步边说话,轻松得就好像他正一动不动地坐着似的,"当一个像你这样懒惰的孩子说到处找过的时候,就是说他哪里都没找过。放学以后到更衣室来向我报到,找到那双钉鞋。在你找到之前,一直待在那儿。明白吗?"

"是的。"查尔斯说。他辛酸地看着塔尔斯先生从他身边飞奔而去,跑到前面一组人的旁边,去纠缠尼鲁帕姆·辛格了。

他在中场休息的时候再次寻找他的钉鞋。但是很无望。丹把它藏得太诡秘了。不过起码在休息结束之后,丹·史密斯找到了除查尔斯之外的其他事去嘲笑。南·皮尔格林很快发现了是什么事。南走进教室去上课的时候,尼鲁帕姆和她打了声招呼。"你好,"尼鲁帕姆说,"你愿意也为我表演你的通天绳戏法吗?"

南瞪了他一眼,主要是出于惊讶,然后她从他身边挤了过去,没有回答。他是怎么知道绳子的事的?她想。女生们是从不和男生说话的!他是怎么知道的?

但就在下一刻,西蒙·塞尔维森走向了南,他几乎停止不住地大笑。"我亲爱的杜西妮娅!"他说,"你有个多么迷人的名字啊!你是跟着大巫师取名的吗?"说完,他加倍地笑起来,旁边的大部分人也笑了起来。

"你知道,她的名字真的是杜西妮娅。"尼鲁帕姆对查尔斯说。

这是真的。南感觉自己的脸就像着了火的气球。她确定没有什么别的东西能这么大又这么烫。杜西妮娅·威尔克斯是有史以来最有名的巫师。应该没有人会知道南的名字是杜西妮娅。她想不到这是怎么泄露出去的。她试着高傲地大踏步走向她的书桌，可是却被一个又一个的人拦住，他们全都嘲笑地大喊："嘿，杜西妮娅！"她没办法坐下来，直到温特沃斯先生进入教室。

6B班通常会在温特沃斯先生上课的时候很专心。他是出了名的绝对无情。此外，他有那种让自己显得有趣的本事，这让他的课看起来比其他老师的课要短。可是今天，没人能把心思集中在温特沃斯先生身上。南正努力不让自己哭出来。一年以前，当南的姨妈带着她来到拉伍德之家的时候，卡德瓦拉德小姐比现在还要娇柔、丰满和羞怯，她承诺没有人会知道她叫杜西妮娅。卡德瓦拉德小姐答应过的！所以怎么会有人发现的呢？6B班的其他人不断爆发出笑声和兴奋的窃窃私语。南·皮尔格林会是一个巫师吗？想象一下，有任何一个人被叫做杜西妮娅的情景！这就和一个人被叫做盖伊·福克斯一样糟糕！课上到一半的时候，特蕾莎·马利特太沉浸于思索南的名字了，以至于她不得不把脸埋在自己的针织物里大笑。

温特沃斯先生立即把针织物拿走了。他把这个干净的白色包裹扔在了他前面的书桌上，怀疑地检查起来。"这个东西有什么这么好笑？"他打开了毛巾——对此特蕾莎发出了一声微弱的沮丧的叫喊——然后拿起了一个很小的，毛绒绒的，有洞的东西。"这到底是什么？"

大家都笑了起来。

"是一只毛线鞋！"特蕾莎生气地说。

"给谁的？"温特沃斯先生回嘴。

大家又笑了起来。不过这笑声很短而且心虚，因为大家都知道特蕾莎是不该被嘲笑的。

温特沃斯先生似乎没有意识到他创造了一个奇迹，他让大家都嘲笑了特蕾莎，而不是反过来被她嘲笑。他叫丹·史密斯站出来，到黑板前向他展示两个相似三角形，这让笑声变得更短了。课继续上着。特蕾莎不断地咕哝："这不好笑！这完全不好笑！"每次她说这句话的时候，她的朋友们就同情地点点头，而班里的其他人则一直看着南，不断爆发出隐约的笑声。

课上完的时候，温特沃斯先生说了几句不客气的话，是关于如果有人再要这样表现的话，就要进行集体惩罚。接着，当他转身要离开的时候，他说："顺便说一句，如果查尔斯·摩根、南·皮尔格林、尼鲁帕姆·辛格还没有看过大布告栏的话，就应该马上去看看。他们会发现自己的午餐被安排在贵宾席了。"

南和查尔斯于是都知道今天不只是一个坏日子了——它是最坏的日子。卡德瓦拉德小姐会和所有来学校的重要访客一起坐在贵宾席上。每天从学校里选出三名学生和她一起坐在那里，是她的惯例。这样一来每个人都可以学到恰如其分的餐桌礼仪，而卡德瓦拉德小姐也可以逐渐认识她的学生们。这被理所当然地看成是一场磨难。南和查尔斯从前都没有被选中过。他们几乎无法相信这件事，于是就去布告栏核实。那里十分确定地写着：查尔斯·摩根，6B，杜西妮娅·皮尔格林，6B，尼鲁帕姆·辛格，6B。

南目不转睛地盯着那儿看。所以，这就是大家知道她名字的原因！卡德瓦拉德小姐忘记了。她忘记了南是谁，忘记了她所答应过的一切。当她在注册簿上钉上一根大头针——或无论她通过什么方式选人去贵宾席——的时候，她不假思索地写下了大头针下面出现的名字。

尼鲁帕姆也在看布告。他以前曾经被选中过，可是他的忧郁并不比查尔斯或南的少。"你必须得梳头，得把校服弄干净，"他说，"是真的，你必须用和卡德瓦拉德小姐同样的刀或叉来吃饭。你必须从始至终地观察她，看她用的是什么。"

南站在那儿，任凭其他看布告的人把她推来推去。她吓坏了。她突然间知道，她将在贵宾席上表现得非常糟糕。她会把食物弄掉，会尖叫，或者可能脱光衣服，在餐盘之间跳舞。她吓坏了，因为她知道她将没有办法阻止自己。

当她和查尔斯以及尼鲁帕姆一起到达贵宾席的时候，她仍然怕极了。他们都把头梳得生疼，都努力把他们校服正面的污垢清洁掉——那些污垢总是不可思议地降临在校服正面。可是在贵宾席高贵庄严的陪同者旁边，他们都感觉自己肮脏而渺小。有几位老师，有财务老师，以及一位看上去很重要的男士，叫做某某大人，还有高挑而纤瘦的卡德瓦拉德小姐本人。卡德瓦拉德小姐对他们和蔼地微笑，并指向她左边的一把空椅子。他们全都立刻冲向了离卡德瓦拉德小姐最远的那把椅子。让南感到非常惊讶的是自己竟然抢到了，而查尔斯则抢到了中间的椅子，留下尼鲁帕姆坐在卡德瓦拉德小姐的身边。

"现在我们知道了这样不行,是不是?"卡德瓦拉德小姐说,"我们总是让一位女士的两边都各坐着一位绅士,是不是?杜西米亚①一定要坐在中间,然后我要让还没见过面的这位绅士离我最近。克莱夫·摩根,对不对?这就对了。"

突然间,查尔斯、南和尼鲁帕姆就换了位置。当卡德瓦拉德小姐一边做饭前祷告,一边从学校其他人的脑袋上面看出去的时候,他们就这么站着。这些脑袋在下面不是很远的地方,但这个距离却远得足以造成很大的差距了。也许我要晕过去了,南满怀希望地想。她仍然感到自己会表现得很差,但她也同样感觉很古怪——而晕厥是表现差的一个相当体面的方式。

不过在祷告结束的时候她仍然意识清醒。她和其他人一样坐了下来,坐在目露凶光的查尔斯和尼鲁帕姆之间。尼鲁帕姆因为畏惧而变得脸色惨黄。让他们感到宽慰的是,卡德瓦拉德小姐立刻就转向了那位身份重要的大人,开始与他进行亲切的谈话。厨房的女工们带来了一托盘的小碗,给每个

---

① 译注:是"杜西尼亚"的误读。

人都分了一只。

这是什么东西？当然不是学校正餐通常的份例。他们疑心地看着那些碗。里面充满了黄色的物质，它没有完全覆盖住小小的粉红色物体。

"我相信这可能是明虾，"尼鲁帕姆半信半疑地说，"作为开胃品。"

这时卡德瓦拉德小姐向前伸出了一只亲切的手。他们的脑袋立刻从四周伸过来，看她要用什么工具去吃碗里的东西。她的手拿起了一把叉子。他们也拿起了叉子。南小心谨慎地把她的叉子戳进碗里。她立时立刻就开始行为失当了。她无法阻止自己。"我觉得这是蛋奶糊，"她响亮地说，"明虾是用蛋奶糊调和的吗？"她把其中一个粉红色的物体放入了口中。它尝起来具有弹性。"口香糖？"她问，"不，我想它们是多节虫。蛋奶糊虫子。"

"闭嘴！"尼鲁帕姆发出嘘声。

"可这不是蛋奶糊。"南继续。她能听见自己的声音在这么说，但却似乎没有办法去停止。"舌头的测试证明这黄色的物质有强烈的狐臭味，混合了——是的——刚好一点点陈旧的废水。它来自一个垃圾桶的底部。"

查尔斯瞪着她。他感觉恶心。他原本会立即停止进食，如果他敢这么做的话。但是卡德瓦拉德小姐继续优雅地把明虾叉了起来——除非它们真的是多节虫——查尔斯不敢做和她不一样的事情。他想知道他要怎样把这件事写进日记里去。他从来没有特别恨过南·皮尔格林，所以他没有对她的代码。明虾？他能把她叫做明虾吗？他硬咽下了另一条虫子——确切地说是明虾——他希望他能够把这一整碗的东西都糊到南的脸上。

"一个干净的黄色垃圾桶，"南宣布，"为了研究生物学而在里面放死鱼的那种垃圾桶。"

"明虾在印度是和咖喱一起吃的。"尼鲁帕姆响亮地说。

南知道他在试图让她闭嘴。在极大的努力之下，她通过马上往嘴里塞入了几叉子的虫子——确切地说是明虾——设法阻止了自己继续说下去。她几乎没法下决心去吞咽这满嘴的食物，但至少这让她保持了安静。她非常强烈地希望下一道菜会是普普通通的东西，让她不会有强烈的愿望去描述，而尼鲁帕姆和查尔斯也是这么希望的。

可是哎呀！接下来整盘整盘出现在他们面前的是学校厨房更为怪异的一种菜肴。他们大约每个月会做一次，它的官方名字是火锅。和它一起上来的是罐头豌豆和罐头番茄。查尔斯以及尼鲁帕姆的脑袋再次伸向了卡德瓦拉德小姐,去看看他们应该用什么来吃这个。卡德瓦拉德小姐拿起了一把叉子。他们俩也拿起了叉子,然后又一次伸长了脖子,以确保卡德瓦拉德小姐不会为了让大家使用更方便而又拿起一把刀。她没有。她的叉子优雅地钻入一堆罐头豌豆的下面。两个人都叹了口气,然后发现他们俩的脑袋都带着某种惊恐的预期转向了南。

他们没有失望。当南撬动第一片油滋滋的土豆时,描述它的强烈愿望再次突然间出现在了她的脑海中。就仿佛着了魔一样。"现在这碟食物的目的,"她说,"是把剩菜用完。你拿出老土豆,把它们浸到至少用过两次的洗碗水里。这水一定是彻底漂满了浮渣的。"这就像是那些说外语的天赋!她想。只有在我这里是说脏话的天赋。"然后你拿出一个肮脏的旧罐头,用穿过两个星期的袜子转着圈去擦它。你用浮渣一般的土豆和猫粮,混合着任何其他你手上碰巧有的东西,层叠交替地填满这个罐头。在这种情况下,炸老了的面包圈和死苍蝇都被利用过——"

他给南的代码可以是火锅吗?查尔斯问自己。它很适合她。不行，因为他们每个月只吃一次火锅——这很幸运——但以这样的速度下去，他简直需要每天都恨南了。为什么没有人阻止她？卡德瓦拉小姐听不见吗？

"现在，这些东西，"南继续说着，把她的叉子戳进一块罐头番茄里，"是被人杀死并巧妙地剥了皮的小动物。注意，当你品尝的时候，它们的血里那种轻微的，甜甜的味道——"

尼鲁帕姆发出了一声很微弱的呻吟，他的面色变得比之前更黄了。

南听见这个声音，抬头看去。一直到现在，她始终都带着惊恐的茫然神情盯着自己放盘子的桌子。现在她看见温特沃斯先生正坐在与她相对的桌子另一边。他能非常清楚地听见她说的话。她能够从他脸上的表情里看出来。为什么他不阻止我？她想。为什么他们任由我继续下去？为什么没有人做些什么，比如说让一个霹雳击中我，或者永久监禁什么的？为什么我不钻到桌子底下悄悄爬走？而且，从始至终，她都能听见自己在说话。"这些东西其实在生命初始的时候确实是豌豆。但是自那之后它们经历了一段漫长而且致命的过程。它们在一条下水道里躺了六个月，吸收液体和丰富的滋味，这就是为什么它们被叫做腌豌豆。然后——"

就在这时，卡德瓦拉德小姐优雅地转向了他们。让南彻底松了一口气的是，她一句话没说完就被打断了。"现在你们都已经在学校里待了很久了，"卡德瓦拉德小姐说，"足以非常了解这个镇子了。你们认识高街上的那栋可爱的老房子吗？"

他们三个全部都目不转睛地盯着她。查尔斯一口气咽下了一片土豆。"可爱的老房子？"

"它叫做'老门房'，"卡德瓦拉德小姐说，"它曾经是老城墙上的大门的一部分。一座非常可爱的砖式老建筑。"

"你是说顶上有一座塔，窗户像教堂的那个？"查尔斯问道，虽然他想不出卡德瓦拉德小姐为什么要说起这个，而不是腌豌豆。

"就是那个，"卡德瓦拉德小姐说，"多么令人羞耻啊。它就要被推倒，去为一个超市腾地方了。你们知道，它有一个主梁屋顶，是不是？"

"噢，"查尔斯说。"是吗？"

"还有一根副梁。"卡德瓦拉德小姐说。

查尔斯似乎承担起了谈话的责任。尼鲁帕姆很高兴自己不用说话，而南则明智地除了点头之外不敢做其他的事，以防自己又开始描述食物。当卡德瓦拉德小姐说着话，而查尔斯一边被迫回答着，一边试着只用一把叉子去吃罐头番茄——不，它们不是剥了皮的老鼠！——的时候，查尔斯开始感觉到，自己正在经受一场形式特别精致的折磨。他意识到他也需要给卡德瓦拉德小姐配一个讨厌的词。火锅会很配她。想必像这种可怕的事情，发生在他身上是不会一个月超过一次的吧？但这意味着，他还是没有找到一个代码配给南。

火锅被拿走了。查尔斯吃得不多。卡德瓦拉德小姐继续对他说着镇上房子的事情，然后是乡下富丽堂皇的家宅，直到布丁上桌。布丁被放置在查尔斯的面前，它是白色的，阴冷的，汁水充盈，里面有小小的白色谷粒，就像是蚂蚁的尸体——上帝啊，他正在变得和南·皮尔格林一样讨厌！接着他意识到这是配给南的理想词汇。

"米饭布丁！"他惊叫道。

"它的确讨人喜欢，"卡德瓦拉德小姐微笑地说，"而且非常有营养。"然后，让人难以置信的是，她向自己盘子的上方伸出手去，拿起了一把叉子。查尔斯盯着她。等待着。

想必卡德瓦拉德小姐不是要只用一把叉子就去吃软软的米饭布丁吧？但事实却正是如此。她把叉子蘸了进去，再把它提了起来，滴淌下阴冷的白色汁液。

慢慢地，查尔斯也拿起了一把叉子，他转过头看到了南和尼鲁帕姆表示怀疑的面孔。这种做法完全是行不通的。

尼鲁帕姆可怜兮兮地低头看着他汁水满溢的盘子。"《一千零一夜》里面有一个故事，"他说，"讲的是一个用大头针来吃米饭的女人，一粒一粒地吃。"查尔斯用他吓坏了的目光向卡德瓦拉德小姐看去，可是她又和那位勋爵说起了话。"原来她是一个食尸鬼，"尼鲁帕姆说，"她每天晚上都饱餐尸体。"

查尔斯吓坏了的目光转而投射向南。"闭嘴，你们这些傻瓜！你们会让她又开始的！"

但是在这个时候，魔障似乎已经离开了南。她能够轻声细语地说话了，她的脑袋低垂在盘子上方，这样一来只有那两个男生能够听见她的声音："温特沃斯先生在用汤匙。看。"

"你觉得我们敢这么做吗？"尼鲁帕姆说。

"我打算这么做，"查尔斯说，"我饿了。"

于是他们全都用了汤匙。当这餐饭终于结束的时候，他们发现温特沃斯先生在召唤他们，全都感到很沮丧。但是他所召唤的只有南。当她不情愿地走过去之后，他说："四点钟来我的书房找我。"南觉得她受够了。而这一天还仅仅只过去了一半。

第三章

那天下午，南走进教室时发现她的书桌对面放着一把扫帚。它是一把破烂的旧扫帚，在扫把刷的那头只剩下一些少得不能再少的细枝，球场管理员有时会用它来打扫小径。有人把它从球场管理员的棚屋带到了这里。有人在这把长柄扫帚上系了一张标签："杜西妮娅的马驹"。南认出这圆圆的天使字体是特蕾莎的笔迹。

在咻咻的窃笑声中，她环顾着从四周聚拢过来的那些面孔。特蕾莎是不会自己想到去偷扫帚的。埃斯特尔？不。埃斯特尔和卡伦·格里格都不在这里。不对，是丹·史密斯，从他脸上的表情来看是他。然后她又看了看西蒙·塞尔维森，感觉不是很确定。他们俩不可能都是始作俑者，因为他们从来没有一起做过任何事。

西蒙用他最温文尔雅的姿态，咧着嘴满脸堆笑地对她说："你为什么不跳上去骑一下，杜西妮娅？"

"是啊，去吧。骑上去，杜西妮娅。"丹说。

马上，其他所有的人全都开始嘲笑她，冲她嚷嚷，叫她去骑扫帚。而布莱恩·温特沃斯——当他自己不是受害人的时候，他非常乐于捉弄别人——在书桌之间的过道里上蹿下跳，他尖叫着："骑啊，杜西妮娅！骑啊！"

慢慢地，南把扫帚拾了起来。她是一个温和的，喜欢息事宁人的人，很少发脾气——也许这就是她麻烦的地方——但是她真的发起脾气来的时候，没人知道她会做什么。当她把扫帚拾起时，她认为自己只是打算傲慢地把它立在墙边。可是，当她的双手渐渐向那根多节的帚柄靠拢时，她的脾气完全失控了。她转过身对峙着那群嘲弄和喊叫的人，感到怒不可遏。她把扫帚高高举过头顶，龇着牙。大家都觉得，这下子比之前更加好笑了。

南打算用扫帚砸破西蒙·塞尔维森大笑的脸。她还打算打烂丹·史密斯的脑袋。不过，既然布莱恩·温特沃斯正在她的面前跳舞、尖叫、做鬼脸，那么布莱恩就是她攻击的对象。布莱恩很幸运，他看见扫帚落下来，于是干净利落地跳开了。之后他被迫沿着过道向后退，退入了门边的空地，他双手抱头，尖叫着求饶，而南则跟着他，像一个疯女人一样狂殴猛击。

"救命!快阻止她!"布莱恩尖叫着向门内退去,恰巧霍奇小姐正捧着一大沓英语书从门外进来。布莱恩退到她的身上,在纷纷掉落的书本中间跌坐到她的脚边。"啊!"他大喊道。

"发生了什么事?"霍奇小姐说。

教室里的吵闹声仿佛被开关关掉一样突然停止了。"起来,布莱恩,"西蒙·塞尔维森义正词严地说道,"取笑南·皮尔格林是你自己不对。"

"就是啊!南!"特蕾莎说。她吃惊的样子很真挚。"别发脾气,别发脾气!"

因为这句话,南几乎要用扫帚去攻击特蕾莎了。因为埃斯特尔·格林和卡伦·格里格的幸运到来,特蕾莎才得救。她们内疚地低着脑袋,胳膊里抱着装毛线的臃肿袋子,急匆匆地走了进来。"对不起我们迟到了,霍奇小姐,"埃斯特尔喘着粗气说,"我们去购物是被批准的。"

南的注意力被分散了。袋子里的毛线是毛茸茸的,洁白的,就像特蕾莎的一样。南不屑一顾地想,究竟为什么每个人都要模仿特蕾莎啊?

霍奇小姐从南毫无抗拒的手里把扫帚拿了出来，然后恰到好处地支在了门后面。"大家都坐下。"她说。她很不高兴。她本来打算静悄悄地走进一间漂亮安静的教室，把她的计策抛给 6B 班，以此把他们的情绪调动起来。但现在他们的情绪已经被调动起来了，还是被一把巫师的扫帚给调动起来的。很明显，没有机会让她能出其不意地抓住那个写纸条的人，或者是巫师了。不过，她还是不喜欢把一个好计策给浪费了。

"我想今天我们将做一个变化，"当大家都坐好的时候，她说，"我们的诗歌课本似乎不是很受欢迎，是不是？"她爽朗地环顾全班；6B 班则谨慎地回视。有些人觉得，做什么都比她叫他们去寻找优美的诗歌要好些。有些人觉得这要取决于霍奇小姐打算做些什么替代的事。至于其余的人，南在努力地不让自己哭出来，布莱恩在舔胳膊上的一条抓痕，查尔斯则目露凶光。查尔斯喜欢诗歌，因为字数很少。你可以在印刷体周围的空间里进行自己的思考。

"今天，"霍奇小姐说，"我要你们所有的人都自己来做些事情。"

大家都往后缩。埃斯特尔举起了手。"求你了，霍奇小姐。我不知道怎么写诗。"

"噢，我不要你们去做那个。"霍奇小姐说。大家都松了一口气。"我要你们把一些剧本演出来。"大家再次往后缩。霍奇小姐没有理会，她解释道，她将把他们一对一对地叫出来，每对会有一个男生和一个女生，每对都将把同一个短场景给演出来。"那样一来，"她说，"我们就会有十五场不同的口袋剧了。"在这个时候，6B 班的大部分人都一言不发，绝望地盯着她。霍奇小姐微笑地环视他们，准备把他们的情绪调动起来。果然，她想，她的计策到底还是有可能进展得非常顺利。"现在我们必须为我们的短剧选择一个主题。它必须是有力的，激荡人心的，有各种令人狂热的可能性。假设我们表演一对要说再见的恋人？"有人发出了抱怨的呻吟声，霍奇小姐就知道有人会这样。"很好。谁有提议？"

特蕾莎的手举了起来，丹·史密斯也是。

"一个电视明星和她的崇拜者。"特蕾莎说。

"一个谋杀犯和让他招供的警察，"丹说，"允许我们严刑拷打吗？"

"不，不允许。"霍奇小姐说，这让丹失去了兴趣。"还有别的人吗？"

尼鲁帕姆举起了一条又长又瘦的胳膊。"一个推销员骗一位女士买车。"

好吧，霍奇小姐想。她并不真的期待有人会给出一个让自己暴露的提议。她假装正在考虑。"好……吧，到目前为止最有戏剧性的提议是丹的提议。但是我的心里有一种真的很扣人心弦的想法，某一种我们都了解得非常详尽的话题。"

"我们都了解谋杀是怎么回事。"丹抗议道。

"是的。"霍奇小姐说。她现在就像一只老鹰一样地看着每一个人。"但是，我们对于比方说偷窃这样的事情了解得更多，或者撒谎，又或者巫术，又或者——"她作势吃了一惊，然后任由自己再次注意到那把长柄扫帚。它到底可以派上用场了。"我知道了！让我们来假设我们的小话剧里有一个人被怀疑是巫师，另一个是宗教法官。这个怎么样？"

毫无动静。6B 班里没有一个人有反应，除了丹。"这和我想的主意一样，"他嘟囔道，"而且没有严刑拷打不好玩。"

霍奇小姐立刻让丹成为了嫌疑犯一号。"那么由你开始，丹，"她说，"你和特蕾莎一起。你是哪个角色，特蕾莎——巫师还是宗教法官？"

"宗教法官，霍奇小姐。"特蕾莎马上说。

"这不公平！"丹说，"我不知道巫师该做什么？"

他也确实不知道，这表现得很清楚。同样清楚的是，特蕾莎也不知道宗教法官该做什么。他们俩像木头似的站在黑板旁边，丹盯着天花板，特蕾莎则陈述道："你是个巫师。"然后丹对着天花板说："不，我不是。"他们不断地这么做，直到霍奇小姐叫他们停下来。她很遗憾地把丹从一号嫌疑人降级到末号，并让特蕾莎和他一起回到下面去，然后叫了另一对上来。

没有举止可疑的人。大部分人的想法都是想让表演尽快结束。有人为了场面好看而争论了一下子。有人试着到处跑动，让场面看起来富有戏剧性。而要说简洁，一等奖无疑属于西蒙·塞尔维森和卡伦·格里格。西蒙说："我知道你是个巫师，所以不要争论。"

卡伦回答："是的，我是。我投降。现在我们结束吧。"

轮到尼鲁帕姆的时候，霍奇小姐列出的嫌疑人都排在了名单的后面，没有人排在前面。然后尼鲁帕姆展现了一段对宗教法官的可怕表演。他目光如炬。他的声音在咆哮和阴险的低语之间交替变化。他情绪激烈地指向埃斯特尔的脸。"看看你邪恶的眼睛！"他大叫。接着他又低语道："我看见了你，我感觉到了你，我认识你——你就是一个巫师！"埃斯特尔害怕极了，因此她真实地表现出了惊恐和无辜。但是布莱恩·温特沃斯对巫师的演绎甚至比尼鲁帕姆的表演还要出色。布莱恩哭哭啼啼、卑躬屈膝，寻找明显虚假的借口，结束的时候还跪在迪丽雅·马丁的脚边，呜咽着求饶，哭出了真实的眼泪。

大家都很吃惊，包括霍奇小姐。她本来会极其乐意把布莱恩当作是巫师或者是写纸条的人，把他放在嫌疑人名单的最前面。可是，如果她必须到温特沃斯先生那儿，去说这个人是布莱恩的话，那对于她的计划会有多么的麻烦呀。不，她决定了。布莱恩的表演里并没有真实的情绪，尼鲁帕姆也是。他们俩都只不过是好演员罢了。

然后轮到了查尔斯和南。现在，查尔斯预见到他会和南配对也已经有一段时间了。他非常地恼火。他今天似乎被她给缠上了。不过他并不打算让这一点来阻止他的表演成为喜剧演出的楷模。除了尼鲁帕姆之外，他为所有人所展现出的创造力缺乏而感到沮丧。没有人想过要把宗教法官演得好笑些。"我要做宗教法官。"他迅速地说。

可是南还在因为长柄扫帚而伤心。她以为查尔斯在暗指自己，于是便瞪着他。按照原则，查尔斯从不让任何人瞪着他，除非他也用最恶毒的双筒炮目光盯着对方作为回报。于是他们狠狠地瞪着对方，脚步拖沓地走到全班面前。

在那里，查尔斯开始拍打自己的前额。"紧急情况！"他惊叫道，"秋季篝火没有巫师可烧了。我必须要找一个普通人来代替。"他指着南。"你来，"他说，"从现在开始，你是一个巫师。"

南没有意识到表演已经开始了。除此之外，她很受伤很生气，所以也没有在意。"噢，不，我不是！"她厉声地说，"你为什么不做巫师？"

"因为我可以证明你是巫师，"查尔斯说着，试图坚守他的角色，"作为一名宗教法官，我可以证明任何事情。"

"既然如此，"南说着，气得顾不上演技的精湛与否，"我们俩都做宗教法官，我会证明你也是一个巫师！为什么不？你有四只我所见过的最邪恶的眼睛。而且你的脚有味儿。"

所有人的目光都转向了查尔斯的脚。因为他曾被迫穿着现在的这双鞋绕着运动场跑步，所以它还是挺湿的。而且彻底受热以后，它的确正在渗出一股微弱但确凿的气味。

"芝士味儿。"西蒙·塞尔维森喃喃地说。

查尔斯生气地低头去看自己的鞋子。南提醒了他,他因为失踪的跑步鞋而遇到了麻烦。而且她搞砸了他的表演。他恨她。他再次陷入仇恨中出了神。"虫子、蛋奶糊和死老鼠!"他说。大家都迷惑不解地盯着他看。"浸在污水里的罐头豌豆!"查尔斯一边说,一边恨得发狂。"浮渣里的土豆。你的名字是杜西妮娅,我一点也不惊讶。它很适合你。你相当地令人作呕!"

"你也是!"南冲他喊了回去,"我打赌昨天是你在音乐课上弄的那些鸟!"这使得6B班的其他人全都震惊得倒抽了一口冷气。

霍奇小姐听得津津有味。这是和现实一样真实的感觉,一点也没错。查尔斯说了什么?为什么6B班的其他人都那么令人郁闷地集中在嫌疑人名单的后面,这个问题现在对她来说已经很清楚了。因为南和查尔斯在名单的前面。这很明显。在6B班,他们两个一向是与众不同的人。一定是南写了那种纸条,而查尔斯则一定是被谈及的那个巫师。现在叫温特沃斯先生再肆意鄙视她的计策呀!

"求你了,霍奇小姐,下课铃响了。"若干声音喊道。

门开了,克罗斯利先生走了进来。当他看见霍奇小姐——他早来就是为了这个——的时候,他的脸变成了深深的红色,这是让埃斯特尔和特蕾莎最感兴趣的事情。"我打断你上课了吗,霍奇小姐?"

"完全没有,"霍奇小姐说,"我们刚刚上完。南和查尔斯,回到你们的座位上去。"她大摇大摆地离开了教室,似乎没有注意到克罗斯利先生冲过去为她把门撑住的举动。

霍奇小姐径直上了楼,向温特沃斯先生的书房赶去。她知道,这个消息将给他留下深刻的印象。可是让她感到恼怒的是,温特沃斯先生正捧着一盒粉笔冲下楼来,他要去给3A班上课,已经出来得很晚了。

"噢,温特沃斯先生,"霍奇小姐喘着粗气说,"您能抽出一小会儿时间吗?"

"一秒钟也不行。如果是急事,给我写个备忘录。"温特沃斯先生说着继续向楼下冲去。

霍奇小姐伸出手抓住了他的胳膊。"可您一定要!您知道6B班还有我对匿名纸条的计策——"

温特沃斯先生在她手指头紧抓不放的地方调头转了回来,急躁地抬头看着她。"对什么匿名纸条的什么?"

"我的计策成功了！"霍奇小姐说，"是南·皮尔格林写的，我很肯定。您一定要见她——"

"我四点钟要见她，"温特沃斯先生说，"如果你认为我需要知道的话，就给我写个备忘录，霍奇小姐。"

"艾琳。"霍奇小姐说。

"哪个艾琳？"温特沃斯先生说着，试图把胳膊拉开，"你是说两个女生写了这张纸条？"

"我的名字叫艾琳。"霍奇小姐说着，坚持不放手。

"霍奇小姐，"温特沃斯先生说，"3A班现在该把窗户打破了！"

"可是还有查尔斯·摩根呐！"霍奇小姐大喊，感觉他的胳膊正从她的手里被拉出来，"温特沃斯先生，我发誓那个男生念诵了一个咒语！他说虫子、蛋奶糊和浮渣一般的土豆。各种恶心的东西。"

温特沃斯先生成功地把胳膊扯开，又动身下楼去了。他的声音传回到霍奇小姐的身边。"蛞蝓、蜗牛和小狗崽的尾巴。把它全部写下来，霍奇小姐。"

"麻烦！"霍奇小姐说，"不过我会写下来的。他会注意到的！"她立刻去了教研室，在那里她用这节课剩下的时间，以几乎和特蕾莎一样的圆圆的天使字体写下了她的实验陈述。

与此同时，在6B班的教室里，克罗斯利先生叹了口气，在霍奇小姐身后关上了门。"把日记本拿出来，"他说。关于那张纸条，他已经做了一个决定，而且他不打算让自己对霍奇小姐的感觉妨碍他的职责所在。所以，在有人开始在日记本上写字并有可能打断他之前，他对6B班作了一场又长又严肃的演讲。他告诉他们，写匿名的指控信是多么的恶毒、卑鄙和无情。他叫他们考虑一下，如果有人写了一张纸条去说他们，他们会有什么感受。然后他告诉他们，6B班里有人恰恰就写了这么一张纸条。

"我不会告诉你们里面写了什么，"他说，"我只会说，它指控某个人犯了很严重的罪。我要你们所有的人都在写日记的时候想一想这件事，而且在你们写完以后，我要写纸条的那个人给我另外再写一张纸条，向我坦白他是谁，为什么写那张纸条。就是这样。我不会惩罚那个人。我只想要他明白，他做了一件多么严重的事情。"

说完这些，克罗斯利先生坐回去开始批改作业，他感觉自己用最善解人意的方式解决了这件事。在他的面前，6B

班的同学们拿起了笔。多亏了霍奇小姐,大家都觉得自己完全明白了克罗斯利先生是什么意思。

10月29日,特蕾莎写道。我们班里有一个巫师。克罗斯利先生刚刚这么说的。他想要巫师自己承认。今天早上温特沃斯先生没收了我的针线活,还开了它的玩笑。直到午饭的时候我才把它拿了回来。埃斯特尔·格林现在也开始织了。这个女生是有多么喜欢跟风。南·皮尔格林今天早上不会攀绳,而且她的名字是杜西妮娅。这让我们笑了很久。

29·10·81. 克罗斯利先生刚才非常严肃地和我们说话,西蒙·塞尔维森写道,非常严肃,说的是关于我们班里一个有过错的人。我会尽我最大的努力让这个人接受审判。如果我们不抓住他们的话,可能我们所有人都会被指控。当然这是不宜公开的。

南·皮尔格林是一个巫师。丹·史密斯写道。这不是一个私密的想法,因为克罗斯利先生刚刚告诉了我们。我也认为她是一个巫师。她甚至还是以那个著名的巫师的名字来取名的,不过我不会拼写。我希望,他们在我们能看到的地方把她烧死。

克罗斯利先生一直在说严重的指控,埃斯特尔写道。而霍奇小姐则一直让我们所有人相互指控。这相当的可怕。我希望这些都不是真的。可怜的泰迪，当他看见霍奇小姐的时候，变得脸红至极，可是她又再一次对他不屑一顾。

当其他人都在写着差不多的事情时，班级里却有四个人正在写着完全不同的事情。

尼鲁帕姆写道，今天，没有话说。关于贵宾席，我连想都不会想。

布莱恩·温特沃斯对任何事情都不在意。他草草地写下了他将如何坐巴士从廷巴克图到乌塔普拉德什，并在其中预留出星期天的道路施工时间。

南坐了好一会儿，思考要写什么。她极其想把关于今天一些事的心里话说出来，但起初她想不到怎样才能既做到这一点，又不说出某些私人的事情。最后她带着熊熊的怒火写道：我不知道6B班是不是正常，但这就是他们的方式。他们分成女生和男生，沿着教室的中间划了一条看不见的线，只有在老师叫他们越过那条线的时候，他们才会这么做。女生分成真正的女生（特蕾莎·马利特）和仿品（埃斯特尔·格林）。和我。男生分成真正的男生（西蒙·塞尔维森），畜生（丹尼尔·史密斯）和假男生（尼鲁帕姆·辛格)。和查尔斯·摩根。和布莱恩·温特沃斯。让你成为一个真正的女生或男生的条件,是没人嘲笑你。如果你是仿品或假货,那么按照规矩,你只有按照真品或者畜生说的话去做,你才有存在的权利。而让你喜欢我或者查尔斯·摩根的理由是,按照规矩,所有的女生都可以比我好,所有的男生都可以比查尔斯·摩根好。他们被允许越过看不见的线来证明这一点。每个人都被允许越过看不见的线,去对布莱恩·温特沃斯作恶。

南在这里暂停了下来。到这个时候为止,她一直都是几乎像着了魔似的不停地写,就像在午餐时那样。现在她不得不来想一想布莱恩·温特沃斯。是什么让布莱恩甚至连她都不如?布莱恩的某些问题,她写道,是因为温特沃斯先生是他的父亲,他个子小,却很神气,因为这一点很气人。另一个原因是,布莱恩擅长各个科目,大部分都名列前茅,他才应该是真正的男生,而不是西蒙。可是西·塞非常确定自己是真正的男生,以至于也设法让布莱恩相信了这一点。南想,这还不是全部。但这却是她所能理解的最大限度了。对6B班的其他描述内容突然间如有神助地出现在她脑海中。她对此非常高兴,以至于几乎忘了她很悲惨的事实。

查尔斯写道，我起床，我起床，我起床。看起来就好像他是急切地从床上蹦起来的。这当然不是真的，可是他今天太有恨意了，所以他必须以某种方式宣泄出来。我的跑鞋被埋在玉米片里了。绕着运动场跑步我觉得很热，除此之外，我还在贵宾席吃了午餐。我不喜欢米饭布丁。我们和霍奇小姐还有米饭布丁做了游戏，而今天仍然还有大约一百年那么长。而这句话，正是他想到的对今天的总结。

铃声响起时，克罗斯利先生连忙拿起一直在批改的本子，好在霍奇小姐离开之前赶到教研室。然后目不转睛地盯着它。在这堆本子的下面有另外的一张纸条。它是用和第一张纸条一样的大写字母和一样的蓝色圆珠笔所写的。它写道：**哈哈。以为我会告诉你。对不对？**

现在我该怎么做？克罗斯利先生问自己。

第四章

一节课上完的时候，人群通常会向别处蜂拥而去。特蕾莎和她的朋友迪丽雅、海德、狄波拉、茱莉亚以及其他的人，飞奔到低年级女生的游戏室那儿去抢暖气片，然后坐在上面织东西。埃斯特尔和卡伦赶紧跑到走廊里温度较低的暖气片那儿，坐在上面开始起针。西蒙则带着他的朋友们去了实验室，他们在那儿帮忙收拾房间，好为西蒙能多一枚荣誉勋章而作贡献。丹·史密斯丢下他的朋友，让他们自己去踢足球了，因为他在灌木林里有事做——看高年级的男生在那里约他们的高年级女朋友。查尔斯老不情愿地慢慢爬到更衣室，重新寻找他的跑鞋。南则同样不情愿地上了楼，走向温特沃斯先生的书房。

当她到那里的时候，已经有别的人在里面，和温特沃斯先生在一起了。透过门上颤颤巍巍振动的玻璃，她能听见说话的声音，看见两个模糊的人影。南并不介意。谈话拖得越迟越好。于是她在过道里无聊地待了二十分钟,直到路过的一个风纪老师问她在那里做什么。

"等着见温特沃斯先生。"南说。然后,当然,为了向风纪老师证明这一点,她被迫敲了门。

"进来!"温特沃斯先生大喊。

风纪老师得到了安抚,沿着过道继续走过去了。南伸出手去开门,但是在她能够做到之前,门就被温特沃斯先生自己拉开了,克罗斯利先生走了出来,他相当脸红,正羞怯地笑着。

"我还是要发誓,当我把本子放下去的时候它并不在那里。"他说。

"啊,但是你知道,你并没有查看呀,哈罗德,"温特沃斯先生说,"我们这位恶作剧者所仰仗的就是你不会去查看。忘了它吧,哈罗德。哦你来了,南。你在这儿迷路了吗?快进来吧。克罗斯利先生正要走呢。"

他回到自己的书桌前坐下。克罗斯利先生的脸仍然非常红,他徘徊了一会儿,然后匆匆下楼离去了,留下南在那里关门。在她关门的时候,她注意到温特沃斯先生正盯着桌上的三张纸,就好像他认为它们可能会咬他似的。她看见其中的一张是霍奇小姐的笔迹，而另外两张是写着蓝色大写字母的纸的残片，不过比起操心几片字迹，她更加担心她自己要做的交代。

"解释一下你在贵宾席上的行为。"温特沃斯先生对她说。

由于南真的看不到自己有什么理由，所以她用一种悲惨的耳语声轻轻说道："我没办法解释，先生。"然后低头看着拼花地板。

"没办法？"温特沃斯先生说，"你搞得默尔克勋爵午餐时平白无故地离开了！哪有这种事。解释一下你的行为。"

南惨兮兮地把她的一只脚刚刚好地放进了地板拼接图案的一个长方形里面。"我不知道，先生。我刚才说过了。"

"你不知道，你刚才说过了，"温特沃斯先生说，"你这么说的意思是，你发现自己在自己不知道的情况下说话？"

这是讥讽她的意思，南知道。可是这似乎却也是真实的情况。她一边小心翼翼地把另一只鞋踩进了与她第一只脚成倾斜角度的拼接图形里，一边脚尖相对，晃晃悠悠地站立着，一边想着该怎么去解释。"我当时不知道自己接下来会说什么，先生。"

"为什么？"温特沃斯先生要求她回答。

"我不知道，"南说，"就像是——像是被附身了。"

"被附身！"温特沃斯先生说。这是他就要突然朝人扔粉笔之前的大叫的方式。南为了躲避随后的粉笔而向后退去。可是她忘了她的双脚正脚尖向内，于是她重重地坐在了地板上。从那个位置，她可以看到温特沃斯先生惊讶的表情，他的脸正从书桌顶上越过来凝视着她。"怎么回事？"他说。

"请别冲我扔粉笔！"南说。

在那一刻，响起了敲门声，布莱恩·温特沃斯的脑袋从门后绕过来伸进了房间。"你有空了吗，爸爸？"

"没有。"温特沃斯先生说。

父子俩都看着坐在地上的南。"她在干什么？"布莱恩问。

"她说她被附身了。你走开，过十分钟再回来，"温特沃斯先生说，"起来，南。"

布莱恩听话地关上门走开了。南挣扎着站了起来。这几乎和攀绳一样困难。她有一点好奇，她想知道作为布莱恩是什么样的感觉，因为你的父亲是一个老师；不过她主要好奇的问题是,温特沃斯先生要对她做什么。他露出他最苦恼最担忧的表情,再次盯着桌上的三张纸。

"所以你觉得你被附身了?"他说。

"噢不,"南说,"我的意思只是说,就好像是那样。在事情开始之前,我就知道我将会做一些可怕的事,但是我不知道是什么事,直到我开始描述那些食物。然后我试着停下来,却不知怎么地没有办法做到。"

"你经常那样无法自制吗?"温特沃斯先生问。

南正打算要愤愤不平地回答他不,突然她意识到,就在午饭刚结束的时候,她也以完全同样的方式,用巫师的扫帚攻击过布莱恩。并且她一而再,再而三地,冲动地在自己的日记里写下了一些东西。她重新把自己的鞋子踩进了一块拼接图形里,又匆忙地把它移开。"有的时候是,"她低声地,内疚地,喃喃自语地说,"我的确有的时候——当我对人生气的时候——我想什么就在日记里写什么。"

"你也给老师们写纸条吗?"温特沃斯先生问。

"当然不是了,"南说,"这能有什么意义呢?"

"可是6B班有人给克罗斯利先生写了一张纸条,"温特沃斯先生说,"指控班级里的某个人是巫师。"

他说话时既严肃又担忧的样子,让南终于明白了这是怎么回事。所以这就是为什么克罗斯利先生会那样说话,然后又会来见温特沃斯先生的原因。他们认为,是南写了那张纸条。"不公平!"她突然大喊,"他们怎么可以认为是我写了纸条,还把我叫做巫师呢!仅仅因为我的名字叫杜西妮娅!"

"你有可能是在开脱自己的嫌疑,"温特沃斯先生指出,"如果我直截了当地问你——"

"我不是巫师!"南说。"我也没有写过那张纸条。我敢打赌,那是特蕾莎·马利特或者西蒙·塞尔维森干的。他们俩都是天生的指控者!或者是丹尼尔·史密斯。"她补充道。

"你看,我原本不会挑丹的刺儿,"温特沃斯先生说,"我没有意识到他可能会写那个。"

他说这句话时那种讽刺的样子告诉南,她不应该提及特蕾莎或是西蒙。就像任何其他的人一样,温特沃斯先生也认为他们是真女生、真男生。"有人指控了我。"她苦涩地说。

"好吧,我会相信你所说的,你并没有写那张纸条,"温特沃斯先生说,"下一次你感到自己即将被附身的时候,就深呼吸一口气,然后数到十,否则你会遇到严重的麻烦。你看到了,你有一个非常不幸的名字。你将来要非常小心才是。你怎么会叫杜西妮娅的?你是按着大巫师的名字取的名吗?"

"是的,"南承认,"我是继承了她的血统。"

温特沃斯先生吹起了口哨。"而且你也是一个巫师的遗孤,对不对?如果我是你的话,我就不会让任何其他的人知道这件事。碰巧我很欣赏杜西妮娅·威尔克斯试图阻止巫师被迫害而做出的努力,但是很少有别的人也会这样。管住你的嘴,南——再也不要在默尔克勋爵的面前描述任何食物了。现在你可以走了。"

南笨手笨脚地走出了书房,纵身冲下楼。她的眼睛因为愤慨而变得特别模糊,以至于几乎看不到她要往哪里去。"他把我当成什么了?"她一边走一边喃喃地自言自语,"我倒宁愿承认我继承了——继承了匈奴或者——或者盖伊·福克斯的血统。或者任何人的。"

大约正是在这个时候,当查尔斯在男生更衣室里徒劳无功地寻找跑鞋时,监督查尔斯的塔尔斯先生,打完了最后一个长长的哈欠走了,留下查尔斯让他继续独自寻找。"你找到以后,到教研室来把它带给我。"他说。

查尔斯在一张长凳上坐下来，独自一人待在灰色的寄物柜和绿色的墙壁之间。他怒视着粘滑的灰色地板，和一直放在角落里的三双古怪的足球靴。他看着在挂钩上皱缩着的不知名的衣服。他嗅到汗水和旧袜子的味道。"我恨这一切。"他说。他找遍了所有的地方。丹·史密斯找了一个十分狡猾的地方来藏那双鞋。查尔斯唯一能找到它的办法是，让丹告诉他在哪里。

查尔斯咬牙切齿地站了起来。"很好。那么我就去问他吧。"他说。就像其他所有的人一样，他知道丹正在灌木林里暗中监视高年级学生。丹毫不掩饰这件事。他让他的叔叔给他送来了一副双筒望远镜，好让他能有非常近距离的视野。而灌木林只在更衣室出来的拐角才有。查尔斯认为他可以冒险去那里，即使塔尔斯先生突然回来也没问题。真正的风险是灌木林周围的一条看不见的线，就像南描述过的，在6B班的男生和女生之间的那条线。在灌木林里，任何比那些高年级学生年纪小的人，都可能被发现他们的高年级学生狠狠地毒打一顿。不过，在出发的时候，查尔斯还是想着，丹他也不是高年级学生。这应该对事情有所帮助吧。

灌木林是一片巨大的常青灌木乱七八糟纠结在一起的集

合，中间长着一片湿润的草地。查尔斯还没来得及找到丹，他那双几乎快要干了的鞋子就又湿透了。他动作相当迅速地找到了他。由于这是一个寒冷的傍晚，草地很湿，所以那里只有两对高年级学生，两对都站在草地上最常被人踩踏的地方，分别靠在一棵巨大的月桂树的两边。啊！查尔斯想。他偷偷潜入到月桂树底下，把他的脸从那些潮湿闪亮的树叶中间挤了进去。丹就在里面干燥的树枝之间。

"丹！"查尔斯低声耳语道。

丹一下子从眼前拿开了双筒望远镜，转过身来。当他看见查尔斯的脸从树叶的中间向他靠过来，并投射出最恶毒的双筒炮目光的时候，他看起来几乎是松了一口气。"滚开！"他低声耳语道，"从这儿该死的给我滚出去！"

"你对我的钉鞋做了什么？"查尔斯说。

"轻点声，不行吗？"丹低声耳语道。他紧张地透过叶丛窥视着离他较近的一对高年级学生。查尔斯也能够看到他们。他们是一个高高瘦瘦的男生和一个很胖的女生——比南·皮尔格林胖很多——他们似乎没有听到任何声音。查尔斯可以看到瘦男生的胳膊正揽着女生，他的手指勒进了女生的肥肉里。他很好奇怎么会有人能够享受去抓或者去看这样的肥肉。

"你把我的钉鞋放到哪儿去了?"他低声耳语道。

可是丹并不在意,只要高年级学生没有听到就行。"我忘记了。"他低声耳语道。在月桂树的后面,瘦男生把他的脑袋靠在了胖女生的脑袋上。丹咧着嘴笑了。"看到了吗?血统杂交。"他重新把他的双筒望远镜放到了眼前。

查尔斯说得大声了一点。"告诉我你把我的钉鞋放在哪儿了,否则我会大喊你在这儿。"

"那么他们就会知道你也在这里,不是吗?"丹低声耳语道,"我跟你说过了,给我消失!"

"除非你告诉我。"查尔斯说。

查尔斯明白他没有选择,除非大声地叫唤,把高年级学生引到灌木林里来。当他正在问自己敢不敢这么做的时候,第二对高年级学生绕过月桂树匆匆地走了过来。"嘿!"男生说,"那棵树下面有几个低年级学生。苏听见他们在说悄悄话。"

"是的!"瘦男生和胖女生说。四个高年级学生全都钻到了树下。

查尔斯发出了一种出于恐惧的粗粝叫声,逃跑了。他听见自己身后有树枝的断裂声，树叶间的飒飒风声，人的咕哝声，还有嘎吱作响的声音，以及高年级女生们非常不淑女地出言威胁的声音。他希望丹被抓住了。不过即使在他这么想的时候，他也知道丹已经跑掉了。查尔斯来到了露天处。高年级学生看到了他，而且他们追的人就是他。他用力冲出灌木林，他们四个人全都在追他。在用一根手指跨过鼻梁扶起眼镜之后，他为了保命开始绕着学校的拐角飞奔。

他的前面什么也没有，除了一堵长长的墙和一片空地。低年级部的校门在一百码远的地方。唯一一个可能会更近一些的地方，是男生更衣室的门，门打开着。查尔斯想都没想就窜了进去。然后他一个滑步停了下来，意识到自己是一个多么傻的傻瓜。高年级学生的脚步正在拐角的地面上发出敲打声，而离开更衣室的唯一方式就是他进来时的那扇打开的门。查尔斯能想到的唯一的主意，就是闪身躲进那扇门的背后，平贴着墙站在那里祈祷。他服贴而又绝望地站在那里，在一堆旧袜子和霉味当中呼吸并努力不喘出粗气；而此时，有四双脚在门外一个滑步停了下来。

"他就藏在这里面。"胖女生的声音说。

"我们不能进去，这是男生的地方，"另外一个女生说，

"你们两个进去,把他带出来。"

从两个男生那里传来了气喘吁吁的咕哝声,两双脚重重地从门关处踏了进来。听声音瘦瘦的男生踏进了更衣室的中央。他的声音环绕着混凝土筑成的空间发出隆隆的声响。

"他去了哪里?"

"一定在门后面。"另一个人也发出了隆隆的声响。门被拉到了一边。查尔斯看到显露在他眼前的高年级学生之后吓呆了。这个人个头很大。他高出了查尔斯。他甚至有一点胡须。查尔斯恐惧得颤抖。

可是胡须上面那双高高的生气的小眼睛,却穿过查尔斯身上向下看去,似乎正盯着地板和墙壁。那张块头很大的脸庞恼怒地抽动起来。"不在,"高年级学生说,"这里什么也没有。"

"他一定是及时跑进了低年级部的校门。"瘦瘦的男生说。

"该死的小巫师!"另一个男生说。

然后,让查尔斯彻底感到惊奇的情况是,他们俩踏着沉重的脚步离开了更衣室。外面的两个女生发出了某种恼怒的惊叫声,然后四个人似乎全部都渐行渐远了。在听上去他们已经离开了之后,查尔斯还站在原来的地方颤抖了好一会儿。他很肯定这是一个诡计。但是,五分钟过去了,他们还是没有回来。这大概是某种奇迹!

查尔斯步履蹒跚地走到更衣室的中间,想知道这到底是一种什么样的奇迹,竟然能够让一个大个子的高年级学生对你直直地视而不见。现在查尔斯知道,这种事的确发生了,他肯定高年级学生并不是在假装。他真的没有看见查尔斯站在那里。

"那么怎么会这样呢?"查尔斯问挂在那里的没有姓名的衣服,"魔法?"

他的本意是要问一个自嘲性的问题,那种当你把整件事放弃了的时候你通常会说的话。然而,不知怎么地,事情却并不是那样。在他说这句话的时候,一个巨大而可怕的疑团,几乎正在查尔斯毫无察觉的情况下,在他意识的后端形成,就像一阵正在袭来的头疼,现在这个疑团又转向了他意识的前端,就像头疼已经蔓延了那里一样。查尔斯又开始颤抖了。

"不,"他说,"不是这样的。是别的原因!"

但是这个疑团既然存在,那就需要被驱散,立刻,马上，彻底地驱散。"很好，"查尔斯说，"我会证明的。我知道怎么做。不管怎么样，我恨丹·史密斯。"

他坚定地走向丹的寄物柜，把它打开。他看着里面一堆杂乱的衣服和鞋子。到了现在，他已经把他的柜子搜过两遍了。他把所有的柜子都搜过两遍了。他厌烦了在柜子里搜来找去。他拿起了丹带防滑钉的跑鞋，一手一只，拎着它们退到了更衣室的中间。

"现在，"他对着鞋子说，"你给我消失。"他把它们带防滑钉的鞋底相对着轻轻拍到一起，好把这个意思向它们说个清楚。"给我消失，"他说，"天灵灵地灵灵。"但什么事也没有发生，于是他把两只鞋都扔向了空中，不放过任何一个让它们听话的可能性。"变。"他说。

两只鞋子都消失了，在跌到粘滑的地板上之前，它们消失在了半空中。

查尔斯盯着他最后看到它们的那个位置。"我不是那个意思，"他无望地说，"回来吧。"

什么也没有发生。鞋子没有出现。

"噢，好吧，"查尔斯说，"也许我就是这个意思。"

然后，他很轻很轻地，而且几乎是非常虔诚地，关上了丹的柜子。怀疑感消失了。但是取而代之笼罩在查尔斯心上的确定感，却是如此的沉重，如此的丑陋，以至于他都想要在地上蹲下来了。他是一个巫师。他会像那个被他帮助过的巫师一样被人追杀，而且还会和那个胖巫师一样被烧死。那会很痛的。那会很恐怖。他非常非常的害怕——害怕得就好像他已经死了一样，又冷，又沉重，而且几乎不能呼吸。

为了试着让自己振作起来，他摘下眼镜，开始擦拭起来。这让他注意到，他事实上已经蹲在地上了，就在丹的柜子旁边。他拖着自己的身躯直立起来。他该怎么办？最好的做法可能不是现在就结束一切，直接走到卡德瓦拉德小姐面前去坦白吧？

那似乎是一种极大的浪费，但是查尔斯似乎想不到任何其他可以做的事情。他拖曳着脚步走到门外傍晚的寒冷之中。他一向知道自己是缺德的，他知道。而现在这一点被证实了。那个巫师吻了他，是因为她知道他也是罪恶的。现在他已经变得那么罪恶，以至于需要被剿灭了。不像有些巫师，他不会给宗教法官制造任何麻烦。但不管怎么样，巫术是一定会在他身上到处显露的。有人已经注意到了，并且写了那张纸条来说这件事。南·皮尔格林指控他昨天在音乐课上用魔法召来了那些鸟儿。查尔斯认为自己一定这么做了，但却不自知，就像刚才，他让自己在那些高年级学生的面前隐身了一样。他很好奇自己作为一个巫师有多厉害。是不是如果你越罪恶就越厉害？可能是吧。但是不论是弱小还是强大，你都将被一模一样地烧死。而他就正处在一个燃烧秋季篝火的美好时节。现在快到万圣节了。等他们从法律角度证明了他是一个巫师的时候，十一月五号就到了，而那个时候就将是这件事的结局。

他从不知道一个人可以感到如此害怕和无望。

想着想着，在一种吓懵了的状态中，查尔斯拖着双脚走到了卡德瓦拉德小姐的房间外。他站在门外等待着，连敲门的勇气都没有。时间一分一秒地过去了。门开了。当模模糊糊地看到一块明亮的光出现的时候，查尔斯鼓起了勇气。

"这么说你没有找到了？"塔尔斯先生说。

查尔斯吓了一跳。虽然他不明白塔尔斯先生在这里做什么，不过他说："没有，先生。"

"如果你是摘下眼镜去找的，我并不惊讶。"塔尔斯先生说。

查尔斯颤颤巍巍地把眼镜挂到了耳朵上。冷冰冰的。一定是从他把它拿下来擦拭之后，他就一直拿在了手里。现在他可以看得见了，于是他看见自己正站在教研室的外面，而根本不是卡德瓦拉德小姐的房间。这是为什么？不过他仍然可以同样方便地向塔尔斯先生坦白。"对不起，我应该被处分，先生。我——"

"为这句话记过一次，"塔尔斯先生冷冷地说，"我不喜欢巴结人的男生。现在，要么你去买一双新鞋，要么你可以每晚罚抄五百遍，直到学期结束。明天早上来找我，告诉我你决定选择哪一样。现在从这里出去。"

他当着查尔斯的面摔上了教研室的门。查尔斯站在那儿看着门。塔尔斯先生给了他一个残酷的选择。以及一次记过。不过不知怎么的，这把他的恐惧抛到了一边。他感觉他的脸红了。他是一个多傻的人啊！没有人知道他是个巫师。直觉告诉了他这一点，并且带着他的双脚走到了教研室，而不是卡德瓦拉德小姐那里。不过在对塔尔斯先生坦白的时候，挽救他的只有运气。他最好别再那么愚蠢了。只要他能闭上他的嘴，并且不再显露任何魔法，那么他就会相当安全。他一边拖着沉重的步伐离开那里去吃晚饭，一边几乎露出了微笑。

但是他没法停止思考这件事。吃晚饭的时候,他从始至终一直想来想去,想来想去。他有多罪恶?他能有什么办法吗?仅仅是不显露任何魔法就够了吗?你能够像把衣服送去干洗一样到什么地方去消除魔法吗?如果不行,而且他还被发现了,那么逃跑会有用吗?巫师们都跑到什么地方去呢,在他们穿过人们的后院之后?有什么确定的办法可以保持安全吗?

"噢,该死的!"有人恰恰就在他的身边惊叫道,"我把课本落在游戏室里了!"光是听到这句话,查尔斯就吓了一跳,嘴里哼哼唧唧的,就像学校的钟被敲响时候的样子。

"不要说脏话。"管事的风纪老师说。

然后在饭桌的另一头,特蕾莎·马利特用一种不完全是揶揄的方式大喊道:"南,你不为我们做一点有趣又神奇的事吗?我们知道你可以的。"查尔斯又吓了一跳,哼哼唧唧起来。

"不,我不能。"南说。

但是特蕾莎还有迪丽雅·马丁继续要求着她。"南,贵宾席上有一些惹人喜欢的香蕉。你不想念个咒语把它们取过来吗?"

"南，我想要一点冰激凌。用魔法变出一些来。"

"南，你真的崇拜魔鬼吗？"

每一次当他们说到任何一件这样的事情时，查尔斯都会吓一跳然后哼哼。虽然他知道这完全是他的优势，每个人都认为南·皮尔格林是巫师，但他还是想要冲那些女生尖叫，让她们停下来。晚饭吃到一半，当南跳起来大发雷霆地冲出餐厅的时候，他着实松了一口气。

南径直走到空无一人的图书馆去了。很好，她想。如果每个人都那么确定她是有罪的，那么她至少可以利用这一点来做些她一直想要做，但以前却从来不敢做的事。她取下了百科全书，查找杜西妮娅·威尔克斯。说来够怪的，这本肥厚的书不知不觉地就在那一页打开了。看起来拉伍德之家的很多人仿佛都对大巫师有兴趣。如果是这样，那么他们也全都和南一样的失望。反对巫术的法律是如此严厉，以至于关于南那位著名祖先的大部分信息都被禁止了。这个条目相当简短。

威尔克斯，杜西妮娅。1760—1790。臭名昭著的巫师，又称作大巫师。她出生于艾塞克斯郡的斯蒂普邦普斯德，于1781年搬到伦敦。在伦敦，她很快因为每晚绕着圣保罗教堂和议会大厦骑着扫帚飞行而变得知名。扫帚有的时候仍被称作"杜西妮娅的马驹"。杜西妮娅在1789年的巫师暴动中扮演了领头的角色。她和其他的领头者一起被逮捕并烧死。在她被焚烧的时候，据说圣保罗教堂顶上的铅都熔化了，并从圆顶上流失。每到一个篝火日，她仍在继续被象征性地焚烧，直到1845年，由于铅的价格太高，这种做法才被终止。

南叹了口气，把百科全书放了回去。当铃声响起时，她慢慢地走进教室，去做白天布置的作业。在拉伍德之家，它被称作"戴维"；没人知道为什么。南到的时候，其他所有的人都已经在那里了。教室里充满了用练习本拍打布莱恩·温特沃斯脑袋的声音，布莱恩则发出尖叫声抗议。但是声音在南进来的时候停止了，说明克罗斯利先生也在她后面进来了。

"查尔斯·摩根，"克罗斯利先生说，"温特沃斯先生想要见你。"

查尔斯猛地一下把心思从围绕他旋转的想象中的火焰里拖了出来。他站起身来，像一个做梦的孩子一样拖着沉重的步伐走开，沿着走廊穿过弹簧门，走到学校里住校老师的私人房间所在的区域。他以前只去过一次温特沃斯先生的房间。他不得不把自己的心思从被焚烧的想法中拽出来,然后看着门上的名字。他认为,温特沃斯先生要见他,是因为他那双讨厌的鞋子。该死的混蛋丹·史密斯!他敲了门。

"进来!"温特沃斯先生说。

他正坐在扶手椅里抽着烟斗。房间里充满了强烈的烟味。查尔斯吃惊地看到,温特沃斯先生的房间是多么的脏乱。扶手椅是破旧的。温特沃斯先生拖鞋的鞋底上有洞,而搁放拖鞋的炉边地毯上也有洞。但是煤气炉的火焰正惬意地颤鸣着——与学校里的其他地方相比,这个房间里有着美好的温暖。

"啊,查尔斯。"温特沃斯先生把他的烟斗放在一个烟灰缸里,这个烟灰缸看上去像布莱恩第一次的陶艺实验品。"查尔斯,今天下午我被告知,你可能是一个巫师。"

第五章

查尔斯以为他在更衣室里所经历的，是一个人可能感受到的最大程度的恐惧。但现在他发现并不是这样。温特沃斯先生的话似乎在一下一下重重地击打着他。在打击之下，他感觉自己仿佛正在融化，并且在向下面某个很深很深的地方坠落。起初他感觉他跌落的地方深远得令人作呕，以至于全部的心力都化作了一声长长的、可怕的尖叫。然后他感觉自己一边尖叫，一边在往上升腾。脏乱的房间正在变得模模糊糊、左摇右摆，但是查尔斯本可以赌咒，他现在正从天花板高度的某处俯瞰着房间。他似乎正悬挂在上面尖叫，在他自己的脑袋顶上、温特沃斯先生略微有点秃顶的脑袋上，以及从烟灰缸的烟斗里蜿蜒而出的烟上方，向下俯瞰着。而此情此景也把他吓坏了。他一定是分成了两个部分。温特沃斯先生终归会注意到的。

让他吃惊的是，那个被留下来站在破旧地毯上的部分，正在十分正常地回答温特沃斯先生的话。他听见自己的声音正带着恰到好处的惊奇和天真，在说："谁，我？我不是巫师，先生。"

"我没有说你是，查尔斯，"温特沃斯先生回答，"我只是说有人说你是。从我听到的陈述来看，你和南·皮尔格林曾坐在同一排，在此期间你说到虫子和死老鼠，以及许多其他令人不舒服的东西。"

查尔斯那个被留下站在地毯上的部分愤愤地回答："好吧，我说过。但我只是在说午餐时她说过的一些东西。您也在那儿，先生。您没有听到她说吗，先生？"与此同时，查尔斯那个徘徊在天花板附近的部分，正在感谢着不知哪颗对巫师关照有加的幸运星，它让温特沃斯先生在贵宾席上正巧坐在了南·皮尔格林的对面。

"我听见了，"温特沃斯先生说，"我立刻辨认出了你是在引用她的话。但是给我提供消息的人认为你是在念诵一个咒语。"

"可是我没有，先生。"查尔斯在地毯上的部分抗议道。

"但你说的话，听起来好像你就是，"温特沃斯先生说，"在这种麻烦的时刻，你再小心也不为过，查尔斯。看起来我最好向你解释一下形势。"

他拿起了烟斗,来帮助自己解释得更清楚一些。从烟斗本身的作用来说,它这个时候已经熄灭了。温特沃斯先生划着火柴,吸了一口,然后划更多的火柴,再吸。考虑到有了烟斗,抽烟似乎并不意味着要有火。温特沃斯先生用了十根火柴才点燃了烟斗。当查尔斯看着这一切的时候,他开始渐渐明白了,温特沃斯先生并不认为他是一个巫师。温特沃斯先生似乎也没有注意到他分裂成两个人的古怪之处。也许他徘徊在天花板附近的那个部分是他想象出来的,仅仅因为出于恐慌。当查尔斯一边这么想,一边发现,天花板附近的那个自己正慢慢地下降,进入到那个正常地站在地毯上的部分。当温特沃斯先生把火柴盒在烟斗上面摁下去,面临着再次要把烟斗熄灭的危险时,查尔斯发现自己已经合二为一了。他仍然恐惧得全身嘶嘶颤抖,这是真的,但是他感觉没有那么怪了。

"那么,查尔斯,"温特沃斯先生说,"你知道巫术一直是非法的。不过我想,要说反对巫术的法律过去从没像现在这么严格,这是真的。你当然听说过,在大巫师杜西妮娅·威尔克斯的领导下,1789年的那场巫师暴动吧?"

查尔斯点点头。每个人都知道杜西妮娅。就像你被问到是否认识盖伊·福克斯一样。

"而这件事,"温特沃斯先生说,"从它本身的角度来说,可以说是一种值得尊敬的暴动。巫师们抗议被迫害、被烧死。杜西妮娅非常合理地说,他们没办法改变他们生来的身份,而他们也不想因为他们无法改变的事情而被杀。她不断地承诺,如果人们可以不再焚烧巫师,那么巫师将只为善良的目的来使用他们的能力。杜西妮娅根本不是大家所说的可怕的家伙,你知道。她年轻漂亮又聪明——不过她的脾气极度火爆。当人们不同意停止焚烧巫师时她发了脾气,施展了一连串声势浩大又力量猛烈的咒语。那是一个错误。它使得人们彻底被巫术吓倒了,因此当暴动平息时带来了数之不尽的火刑,以及一些颇为严格的法律。不过你以后会知道全部事实的。"

查尔斯再次点点头。除了教导他们杜西妮娅是一个邪恶古怪的老妖婆、一个愚蠢的家伙之外,这是所有人都知道的事情。

"但是,"温特沃斯先生说着,用烟斗指向了查尔斯,"你可能不知道的是,有另外一场让人讨厌得多的暴动,刚好发生在你出生之前。吃惊吗？是的，我想到了你会吃惊的。相反，它被隐瞒了。领导这场暴动的巫师，都是些让人讨厌的人，他们的目标则是占领国家。主要的合谋者是全体公务员和部队将军，而领导者是一个内阁大臣。你可以想象大家对此有多么的害怕和震惊。"

"是的，先生。"查尔斯说。他现在几乎已经不害怕了。他发现自己正试着把首相想象成一个巫师。这是一个有趣的想法。

温特沃斯先生把烟斗放进嘴里，然后表情丰富地把烟吐了出来。"首相在特拉法尔加广场被烧死了，"他说，"议会为了永远剿灭巫师而通过了巫术紧急法令。那条法令，查尔斯，它今天仍然有效。它给予了宗教法官极大的权力。他们可以仅仅出于怀疑就逮捕某人——即使那个人只有你这个年纪，查尔斯。"

"我这个年纪？"查尔斯嗓音嘶哑地说。

"是的。巫师们仍在陆续出生，"温特沃斯先生说，"有人发现，首相的家人自他十一岁的时候就知道他是个巫师。从那以后，许多研究都开始关注巫师了。不同的巫师探测仪有上百种。但是大多数研究的目的，都是为了发现巫师是什么时候第一次拥有魔力的，而似乎大部分巫师都是在你这么大的时候开始的，查尔斯。所以，这些天，宗教法官们对所有的学校都特别地留心。而像我们这样的学校，无论如何都至少有一半的学生是巫师的遗孤，所以我们是会立即吸引到他们的注意的。明白了吗？"

"不明白，先生，"查尔斯说，"您为什么告诉我这些？"

"有人认为你念诵了一个咒语，"温特沃斯先生说，"想想吧，孩子！如果我不是碰巧知道你其实是在说什么的话，你现在已经被逮捕了。所以现在你必须要特别特别小心。现在你明白了？"

"是的，先生。"查尔斯说。他几乎又要害怕起来了。

"那么你就走吧，回去继续戴维。"温特沃斯先生说。查尔斯转过身来，踩着磨旧的地毯，拖着沉重的步伐走到门口。"还有，查尔斯，"温特沃斯先生说，查尔斯转过身来，"你记过一次，提醒你要小心。"温特沃斯先生说。

查尔斯打开门。一个晚上记两次过！如果你一星期中记了三次过，你就要去卡德瓦拉德小姐那儿，那么你就会有真正的麻烦。记两次过！还都是因为他并没有做错的事情！查尔斯在关门的同时转回身，用尽全力把他最恶毒的双筒炮目光投向了温特沃斯先生。他怒气冲天。

他拖着沉重的步伐,沿着走廊走向弹簧门,心里仍然怒气冲天。当他走到弹簧门那里的时候,门晃荡了起来,而且,让他感到惊讶的是,霍奇小姐从这扇门里走了出来。霍奇小姐并不住在学校里。正如埃斯特尔迅速发现然后告诉大家的消息那样,她和她的老父亲一起住在镇上。她傍晚的时候通常不在这里。

"查尔斯!"霍奇小姐说,"真方便!你在见温特沃斯先生吗?"

查尔斯并没有对霍奇小姐是怎么知道的而感到好奇。从他的经验来判断,不管怎么样老师们总是会知道得太多。"是的。"他说。

"那么你可以告诉我,他在哪个房间。"霍奇小姐说。

查尔斯指出了房间所在,接着用单肩顶住了弹簧门。他刚刚用力穿出门去,走到外面的走廊上,门就突然又晃荡了起来,霍奇小姐又走了出来。

"查尔斯,你确定温特沃斯先生在吗?我敲门的时候他没有应门。"

"他正坐在火炉边。"查尔斯说。

"那么也许我敲错门了，"霍奇小姐说，"你能过来指给我看吗？你会非常介意吗？"

是的，我会介意，查尔斯想。他叹了口气，和霍奇小姐一起往回穿过了弹簧门。霍奇小姐似乎很高兴有他的伴随，这让他有一点惊讶。

霍奇小姐在想，她遇到查尔斯是多么的幸运。自从这天下午之后，她一直在仔细地思量。她看到，朝着嫁给温特沃斯先生的目标来看，自己接下来最为确定的一步，是去找他，然后无所顾忌地收回她对查尔斯的指控。想到任何人被烧死，都是让人不愉快的念头，即使查尔斯确实拥有她认识的所有男生中最邪魔的目光。她会让自己看上去非常宽容大量。而她在这里，其实是为了和查尔斯在一起，来证明她对他并不怀有恶意。

查尔斯看着门上温特沃斯先生的名字，奇怪霍奇小姐怎么会找错房间的。

"噢，"霍奇小姐说，"这扇门是对的。那是他的名字。"

她带着美好的幻想敲了又敲，她幻想当她与温特沃斯先生一起努力保护查尔斯不被宗教法官抓住的同时，他们的恋情也逐渐增长。但是房间里没有应答。她迷惘地转向了查尔斯。

"可能他睡觉了,"查尔斯说,"里面很暖和。"

"我们打开门偷看一下怎么样?"霍奇小姐说着,有一点躁动不安。

"您来。"查尔斯说。

"不,你来,"霍奇小姐说,"我会承担全部责任的。"

查尔斯叹了口气,然后打开了温特沃斯先生的门,这是他当天傍晚的第二次这么做了。一阵寒冷的烟状气体吹到了他们的脸上。房间很暗,只有从冷却的煤气炉中散发出的一点暗淡的光。当霍奇小姐专横地打开灯,站在那里把身边的烟扇走时,就连那道光也消失了。

"天呐,天呐,"她一边说着,一边到处打量,"那个男人需要有个女人在这儿帮他一把。你确定他在这里吗,查尔斯?"

"刚刚还在的。"查尔斯固执地说。但是恐惧开始在他的心里降临。几乎就像温特沃斯先生从来没有在这里待过似的。他向煤气炉前亮了的那块地毯走过去,感觉到了炉火的温度。它相当的烫手。温特沃斯先生的烟斗仍然躺在陶瓷烟灰缸里,而它也很温热,不过正从开着的窗户透进来的冰冷

089

空气中冷却。查尔斯满怀希望地想，也许温特沃斯先生刚好觉得累了，所以去睡觉了。在被风吹起的窗帘后方，对面的墙上有一扇门，很可能是通往他卧室的门。

但是霍奇小姐放肆地走了过去，打开了那扇门。那是一个橱柜，里面摆满了教科书。"他没有从这边走，"她说，"你知不知道，他在走廊上有没有卧室呢？"

"他一定有。"查尔斯说。但是他知道温特沃斯先生并没有从走廊离开。不可能他从这个房间里出去的时候，当时正向弹簧门走去的查尔斯没有看到他；或者从另一个方向挤过查尔斯身边的霍奇小姐也没有看到他。唯一只有一个另外的可能性。查尔斯曾经对温特沃斯先生目露凶光。他向他投射去了最最恶毒的目光。而就是那个目光导致了温特沃斯先生的失踪，正如同丹·史密斯的跑鞋失踪了一样。这就是他们所称的"邪恶之眼"。

"我不认为等下去还有什么意义，"霍奇小姐不满地说，"噢，好吧，我可以明天再和他说。"

查尔斯知道可以走，高兴极了。他非常高兴可以陪着霍奇小姐到下面门口她停放自行车的地方。他一路上都用最礼貌的方式与她说话。这让他暂时忘记了他做过什么。他认为如果他足够努力地去说话，让自己确实显得讨人喜欢，那么霍奇小姐可能就不会意识到这一点：查尔斯是最后一个瞧见过温特沃斯先生的人。

他们谈论了诗歌、足球、自行车、看门人的狗，和霍奇先生的花园。结果，在霍奇小姐骑上自行车离开的时候，她已经认为，一旦你开始了解查尔斯·摩根的话，就会发现他是一个非常好的孩子。这让她更加打算要撤销对他的指控了。她对自己说，一个老师应该永远试着去了解她的学生。

查尔斯吐出了长长的一口如释重负的气，然后背负着新的内疚感，再次拖着沉重的步伐离开了。当他走到教室里时，几乎所有其他的人都已经完成了作业，正成群结队地离开教室去练习合唱。查尔斯有了单独的空间，除了旁边的南·皮尔格林——她的行动似乎也很拖沓。当然，他们两个相互没有说话，但是这两个人各自写了多少作业是值得怀疑的。南正悲惨地想，如果她真是像杜西妮娅·威尔克斯一样的巫师就好了，她不会介意任何人说什么。而查尔斯在想温特沃斯先生。

首先是音乐课上的鸟儿，现在是温特沃斯先生。对高年级学生隐形不算，因为没人知道那件事。把查尔斯吓坏了的是，事实表明，他似乎一直都会不小心地使用了巫术。如果他能够阻止自己这样做就好了，那么他可能还会有机会。霍奇小姐可能会为他向温特沃斯先生提供一个不在场证明，如果他继续对她好声好气的话。但是你怎么阻止自己显露魔法？

"真是糟糕的一天，"在收拾东西准备离开的时候，南说，"我很高兴这一天就要结束了。"

查尔斯盯着她，好奇她是怎么知道的。然后他也收拾东西离开了。他非常害怕今天对于他来说还没有结束，还早得很。他听说，宗教法官通常都是夜晚来找你的。所以一有人发现温特沃斯先生不见了之后，他们就会来找他的。查尔斯在洗漱的时候始终想着温特沃斯先生。大体上来说，他真的很喜欢温特沃斯先生。他为他感到很难过。也许要让自己不对克罗斯利先生或者其他人再做这样的事的办法，就是努力想想被火烧是什么样的感觉。会痛的。

被火烧会痛的，他一边脱衣服一边对自己重复道。被火烧会痛的。他爬上床的时候在发抖，不仅仅是因为狭长的军营式宿舍里的冷空气。

在与他隔开几张床的地方，布莱恩·温特沃斯又在挨打。布莱恩蹲在自己的床上，两只胳膊抱着头，西蒙·塞尔维森和他的朋友们正在用枕头打他。他们在笑，但他们也是认真的。"叫你显摆！"他们在说，"马屁精！叫你显摆！"

直到这一刻，查尔斯还一直都几乎很高兴他是住在这间宿舍，而没有像尼鲁帕姆一样住在隔壁，因为丹·史密斯以及他在6C和6D班的朋友们统治那间宿舍。但现在他在想，是不是要溜走，去睡在低年级部男生的游戏室里。布莱恩的喊叫声——因为布莱恩从来不可能安安静静地挨打——一直干扰着查尔斯痛苦的沉思，提醒着他，他对布莱恩的父亲做了些什么。这个喊声渐渐变得非常烦人，使得查尔斯几乎要从床上爬起来，也去加入殴打布莱恩的行列了——仅仅为了放松情绪。不过到了现在，他已经明白了枕头事件的理由。布鲁贝克先生曾叫布莱恩在学校的音乐会上表演一支独唱，而布莱恩很不明智地同意了。所有其他的人都知道，表演独唱是西蒙的权利。

这意味着，打布莱恩是为了讨好西蒙。这种事查尔斯是不会做的。他回到了他绝望的追问之中。他看不到有任何办法能够保守温特沃斯先生失踪的秘密。但是也非常有可能没人会意识到查尔斯这么做过。所以，只要他能够想到某种万无一失的办法，来阻止自己不小心显露魔法就行了——就是这样！万无一失。被火烧会痛的。

查尔斯从床上爬了起来。他从床栏杆上把挂着的眼镜摘了下来，架在耳朵上，然后步履沉重地向另一边的枕头风暴走去。

"我可以把应急蜡烛借走五分钟吗？"他大声地对西蒙说。

西蒙理所当然地是宿舍里的风纪老师。他暂停了对布莱恩的殴打，变得冠冕堂皇起来。"蜡烛只能用在紧急的时候。你要它干什么？"

"你会知道你要不要给我的。"查尔斯说。

西蒙犹豫了，他在好奇心以及他通常从不想给任何人任何东西的欲望之间举棋不定。"你首先必须要告诉我你要它做什么。我不能让你毫无理由地拿走。"

"我不会告诉你的，"查尔斯说，"给我就行了。"

西蒙考虑了一下。与查尔斯·摩根打交道的长期经验表明，当查尔斯说他不会说的时候，就没什么办法能够让他说出来，枕头不行，就连野马也拉不回来。正如查尔斯所希望的那样，他的好奇心被彻底地激起了。"如果我把它给你，"

他义正词严地说,"那我就打破了规矩。我会冒着惹麻烦的危险,所以你欠我一些补偿,你知道。"

这正在意料之中。"你想要什么?"查尔斯说。

西蒙优雅地微笑着,想知道查尔斯的需要有多强烈。"你每个星期的零花钱,直到学期结束,"他说,"这个怎么样?"

"太多了。"查尔斯说。

西蒙转过脸去,重新捡起了他的枕头。"行就行,不行拉倒,"他说,"这是我最后的条件。"

"行。"查尔斯说着,恨起了西蒙。

西蒙转回脸惊讶地面对他。他预料查尔斯会要么抗议,要么放弃请求。他的朋友们盯着查尔斯,感到同样的惊讶。事实上,现在已经没有人再打布莱恩了。因为这里有相当古怪的事情发生。就连布莱恩也在盯着查尔斯看。怎么会有人那么地想要一支蜡烛?"很好,"西蒙说,"我接受你给出的条件,查尔斯。但是记住你在见证人面前都承诺过。你最好付得清。"

"我会付清的,"查尔斯说,"在每个星期克罗斯利先生把钱交给我们的时候。现在把蜡烛给我。"

西蒙忙碌但却高效地从校服里取出了钥匙圈,打开了墙上放急救装备和蜡烛的橱柜。查尔斯想，即使有奇迹发生，宗教法官说到底没有来抓他，那么他现在也已经真正使自己置身于一团糟的境地了。直到圣诞节前都没有零用钱花。这意味着他不能买新的跑鞋了。他将不得不每天为塔尔斯先生罚抄五百遍。但他并不真的相信他会闲着做这种事做很久。大家都说，无论巫师怎么做，宗教法官都会发现他们。

西蒙把蜡烛拿在手里。它插在一个白色的搪瓷烛台里，没有点燃。查尔斯看着它。他抬起头，咧开嘴笑着看向西蒙，还有所有其他的男生，甚至包括布莱恩。

"你忘了要火柴。"西蒙指出。

查尔斯看着他。他瞪了他。他不止瞪了他。那是他曾经对所有人都投射过的最恶毒的眼神。他希望这能让西蒙的气焰当场就打蔫。

结果西蒙离开他向后退了一步。即使如此，他看起来还是和以往一样大有优越感。"不过我会免费给你火柴的，"他说，"这都是服务的一部分。"他向查尔斯扔去一盒火柴。

查尔斯把烛台放在了地板上。他划着一根火柴点燃了蜡烛，大家都盯着他看。他在旁边跪了下来。"被火烧会痛的。"他想道。*被火烧会痛的*。他伸出一根手指，停留在小小的黄色火苗中。

"你到底为什么要做这种事？"罗纳德·韦斯特问道。

查尔斯没有回答。有那么一刻，查尔斯以为火苗不会烧到他。它只是感觉起来温暖潮湿。接着，非常突然地，它就变烫了，真的让他感到非常疼痛。与查尔斯所预期的一样，这种痛与割伤自己或者刺伤脚尖的痛完全不同。这是一种恶劣得多的痛苦，既有尖锐感又有钝感，致使查尔斯的后背起了鸡皮疙瘩，神经的刺激一路爬上了胳膊。想象一下你全身都是这种感觉，他想。被火烧会痛的。他用另一只手握住那只手腕，努力坚持不让自己的手指从痛苦中逃开。被火烧会痛的。也确实很痛。这让汗水就在他的眼皮底下刺痒地渗了出来。

"这一定是为了某个挑战或者打的一个赌，"他听见西蒙说，"是哪一种？说出来，否则我会再把蜡烛拿走。"

"一个赌。"查尔斯随便回答了一个。被火烧会痛的。被火烧会痛的。他一遍又一遍地想着，想要把这种想法铭记于心——或无论是他身上哪一个显露魔法的部分。被火烧会——噢，好痛！——会痛的。

"有些人，"西蒙评论道，"会打些蠢透了的赌。"

查尔斯没有理会他，试着稳住自己颤抖的手指。它正试图自动从火苗中跳出来。那根手指现在成了红色,红色上面还有一条白色。他能够听见一种古怪的声音,是某种滋滋的响声,仿佛他的皮肤正在被油炸。然后,突然间,他再也承受不住了。他发现自己迅速地拿开了手指头并吹灭了蜡烛。看着他的所有男生们都发出了一声叹息,仿佛他们之前一直在屏住呼吸。

"我猜,"当查尔斯把蜡烛交还给西蒙的时候,西蒙不满地说道,"现在你因为这个赌赚的钱比你欠我的还多。"

"不,我没有。"查尔斯很快地说。他怕西蒙还会追讨那笔钱。如果查尔斯不给的话,西蒙完全有能力告诉克罗斯利先生蜡烛的事。"我不会得到任何东西。这个赌说的是要把我的手指头完全烧掉。"

值班的风纪老师出现在门口,大喊道:"熄灯!不许说话!"

查尔斯上了床,吸吮着被烧伤的手指,希望并祈祷着,他现在已经教会自己,不要再不小心显露魔法了。他的舌头能够感觉到,一个稀烂的水疱正在从他的第一和第二个指关节之间长出来。从来没有那么痛过。

在一片黑暗中,西蒙说道:"我向来知道查尔斯·摩根是个疯子。这么干多没脑子！"

罗纳德·韦斯特说："你不要期待畜生会有脑子。"

"畜生还更懂道理。"杰弗里·贝恩斯说。

"查尔斯·摩根，"西蒙说，"是一种更低等的生命形式。"

这类的评论持续了一段时间。现在说话非常安全，因为隔壁宿舍也总有一种像这样的嘈杂声。查尔斯躺着，等着他们停下来。他知道他会睡不着。事实上他也没有睡着。在两个风纪老师以及教导主任走过来让隔壁的男生们闭嘴了之后，西蒙及他的朋友们沉默了下来，但过了很久，查尔斯仍然僵硬地躺着，就像一块木头一样，凝视着头上的阴影。

他很害怕——他吓坏了。但是他的恐惧现在变成了一种阴沉而遥远的恐惧感，他很肯定，现在他这辈子都将始终感到这种恐惧。假设因为某种奇迹，没有宗教法官来抓他；那么每一天，每一分钟，他都将害怕他们的到来，年复一年。他想知道人们是否能够学会习惯这种事。他希望如此，因为此时此刻他感觉想要从床上蹦起来然后去自首，就为了将一切了结。如果查尔斯跳起来大喊"我是个巫帅"的话，西蒙会怎么说？很可能他会认为查尔斯疯了。奇怪的事情是，西蒙并没有也消失不见。查尔斯吸吮着他的手指头，苦苦思考着。他当然恨足了西蒙。但他真的完全不恨温特沃斯先生——或者说，只有对那种不该给你记过，却给你记了过的任何老师都会有的那种程度的恨。也许巫术必须有几分冷静才能好好施展。

接着查尔斯想起了他其他的麻烦事。一天之中记过两次。跑鞋没了。钱没了。一天罚抄五百遍。而其中没有一样是他的错！他生来就是一个巫师，就此而言，这也不是他的错。一切都是那么的不公平！除了所有这一切之外，他真希望自己不必对温特沃斯先生感到这么内疚。被火烧会痛的。

查尔斯的思维在这一刻之后慢慢地变得没有那么连贯了。后来他意识到自己一定是睡着了。但如果这是在睡觉，那也只是一个轻微的会惊悸的瞌睡，而他的思维仍继续在他的脑袋里四处游窜，仿佛他是一件开关在开启状态卡住了的机器。但是他不知道自己睡着了。对他来说，当时他似乎是在非常有条不紊地想明白了一些事情之后，在床上坐了起来。一切都很明显。他是一个巫师。他不敢被人发现。所以为了不被人发现，他不得不更多地使用一些巫术。换句话说，他最好去一些私密的地方，比如楼下的厕所，先把温特沃斯先生给召唤回来，然后召唤他的跑鞋。

第六章

查尔斯从床上起来了。他记得他戴上了眼镜。他甚至想到把他的床单堆叠起来，使它看上去就好像他还在床上一样。他能够看得见床单，是因为从走廊里照射进来的昏暗光线。透过那道光线，他能够慢慢地蹑手蹑脚地从所有其他男生熟睡的身躯边走过。他悄悄摸了出去，进入走廊，相比之下走廊里像白天一样亮堂。

隔壁宿舍里传出许多嘈杂的声音。有沙沙声，有沉重的砰砰声，跟着是一些被匆忙打断的咯咯笑声。查尔斯停下了脚步。听起来仿佛他们正在里面举办他们的某一次午夜宴会。砰声可能是他们把地板撬了起来，以拿到他们所藏的食物。现在不是四处溜达的好时候。如果教导主任听见了这些声音，查尔斯也会被抓住的。

但是走廊里仍旧空无一人。过了一会儿，查尔斯有胆量继续走了。他走到走廊的尽头，沿着水泥楼梯黑暗的凹陷处往下走。他感觉很冷。暖气设备在夜里关小了，不过反正它也从来没有暖和过。寒气侵入了查尔斯裸露的双脚，穿透了他的睡衣，让他清醒了一点。他想知道是不是他手指的疼痛首先弄醒了他。它在持续地抽痛。查尔斯把它按在冰凉的墙上来减轻痛苦。当他的双脚在冰凉的楼梯上一级级地摸索方向时，他试着去计划自己要做些什么。温特沃斯先生显然是他要弄回来的最重要的一个人——如果他能把他弄回来的话。但是他也真的需要那双跑鞋。

"我要拿鞋子来练习，"查尔斯嘟哝着，"如果我能把它弄回来，再尝试温特沃斯先生。"

他跌跌撞撞地走下楼梯的最后一级，朝厕所的方向左转。厕所在走廊尽头的一条交叉通道里。查尔斯朝着拐角处走到一半，突然交叉通道里布满了黯淡的移动的光线。一个半明半暗的人影摇晃着一支巨大的手电筒，忽隐忽现。移动的光线照射到了跟在人影脚后跑动的白色小动物。是看门人和他的狗，他正在去厕所的路上，去视察是否有破坏者。

查尔斯转身踮起脚尖朝另一个方向走去。通道里马上充斥了一声刺耳的狗吠，像是一声非常小型的雷鸣。狗听见了他的声音。查尔斯跑了起来。他听见看门人在他身后在大喊:"谁在那儿?"并咔哒咔哒地沿着通道追过来。

查尔斯跑啊跑。他跑过了楼梯的最后一级,希望看门人以为他已经上楼了,然后向前方伸长胳膊继续跑,直到摸到了对面的弹簧门。他轻轻地把门推开了一条小缝。他动作柔和地溜了进去撑住门边,好让它不会砰地一声关上,泄露了他的行踪。然后他站在那儿盼望着。

没有用。看门人没有被愚弄。一道混乱的光线渐渐出现在门玻璃上。楼梯扶手的影子在光线中摇晃,又消失;在看门人靠近的同时,光线在不断地变得更亮。

查尔斯把门放开,又跑了起来,沿着黑暗的走廊砰砰地跑,直到他已经不知道自己在哪里,而且几乎不能呼吸为止。他摆脱了看门人,可是却迷了路。接着他跑过一个拐角,远处的街灯从一扇窗外照进来的橙色光线,让他眨了眨眼。窗外是低年级部男生的游戏室的门,不会错的。即便是在那种昏暗的光线中,查尔斯也知道在门底部的什么地方踢门,还有门上方镶嵌的玻璃在什么地方破裂了——那是尼鲁帕姆·辛格试图去打小·史密斯却没打中的缘故。此时此刻,这里的感觉就仿佛是在家里一样。练习魔法的地方还有别的更差的呢,查尔斯想。他打开门偷偷地溜了进去。

在微弱的光线中，有一个别的什么人跳转过来面对着他。

查尔斯向后跳了一步，向墙壁靠去。他发出了一声短促的尖叫。"你是谁？"两个人同时说道。此时查尔斯发现了灯的开关。他在一个迅速的来回中将开关扳下去，然后又往回扳了上去，使得两个人都变得头晕眼花。他看见的情形导致他惊慌失措地靠在墙上，在透着绿光的黑暗中努力眨着眼睛。这另外一个人是布莱恩·温特沃斯。这一点已经够奇怪的了。可是在那片令人目眩的短暂光亮之中，最最令人奇怪的是，查尔斯清晰地看到布莱恩在流泪。查尔斯觉得很惊奇。正如众所周知的那样，布莱恩是从来不哭的。当他被打的时候，他会尖叫，会嚎叫，会呼叫着求饶，但是却从来没有人发现他哭过一次。查尔斯的心情非常迅速地从惊奇变成了恐惧。因为很明显，只有发生了某些非比寻常的事情，布莱恩才会哭——而那件事情一定是：布莱恩已经发现了他父亲的神秘失踪。

"我到下面来是为了让一切恢复正常。"查尔斯带着愧疚感说道。

"你又能做什么？"布莱恩的声音带着浓重而低哑的哭

腔,在黑暗之中响起,"你比我强的唯一理由是因为你朝别人瞪眼睛,别人就不敢惹你了。我真希望我也有你那样的臭脸。那么我就可以阻止他们一直招惹我、打我了!"

他又开始哭起来,断断续续地大声抽泣。查尔斯能够听到哭声移动到了游戏室的中间,但是由于令人目眩的绿光,起初他没法看到布莱恩。他实在无法相信布莱恩会这么介意被打的事情。这种事发生得太频繁了,布莱恩一定已经彻底习惯了才对。到了这个时候,他才可以看到布莱恩正蹲在水泥地板的中央。查尔斯走过去,面对他蹲了下来。

"这是唯一一件把你弄哭的事吗?"他小心翼翼地询问。

"唯一!"布莱恩说,"唯一一件!那你还想让他们干些什么?把我大卸八块还是怎么的!有时候我真希望他们会这么做。那样我就死了。那我就不需要再忍受他们时时刻刻、日日夜夜地针对我了!我恨这所学校!"

"是啊,"查尔斯有所感触地说,"我也是。"这么说让他感到一种妙不可言的愉悦感,但是这并没有帮助他把话题导向温特沃斯先生的失踪。他深深地吸了一口气,来鼓励自己。"呃——你见到你父亲了——?"

布莱恩几乎是尖叫着打断了他。"我当然去找了我那个该死的父亲！我差不多每天都去找他，请求他让我离开这个地方。我今天下午也去找了他，求了他。我说为什么我不能去森林路学校，就像史蒂芬·塔尔斯一样，你知道他说了什么吗？他说森林路是一所私立学校，他供不起！供不起！"布莱恩充满痛苦地说道。"我问你！如果塔尔斯先生供得起，那为什么他供不起？他的工资一定有塔尔斯先生的两倍多！我敢打赌他几乎赚得和卡德瓦拉德小姐一样多。而他却说他供不起！"

查尔斯很好奇。他想起了磨得光光的炉前地毯，以及温特沃斯先生拖鞋里的破洞。在他看来这意味着贫穷。但是他又假设这可能是出于吝啬。而这重新让他感到了愧疚。温特沃斯先生不见了以后，布莱恩就不得不永远留在拉伍德之家了。"但是在那之后你见过你父亲吗？"他问。

"没有，"布莱恩说，"他吩咐我不要一直去找他发牢骚。"然后他又开始哭起来。

所以，布莱恩还没有发现啊。查尔斯感到极大的放松。还有时间去把温特沃斯先生找回来。但是这也意味着，被人欺负真的就是唯一一件让布莱恩变得如此不开心的事情。尽管这一点很明显，但还是让查尔斯感到了惊讶。布莱恩看起来总是那么神气活现，没心没肺的。

　　布莱恩一边呜咽，一边又说起了话。"无论我做什么，"他说，"他们都针对我。我父亲是这儿的老师，我也没办法呀！我擅长许多科目，我也没办法呀！我又没有去求布鲁贝克先生让我唱独唱。他自己要这么做。不过当然了，该死的西蒙·塞尔维森认为应该是他唱。那是我最憎恨的地方。"布莱恩情绪激烈地说："每个人都按西蒙·塞尔维森说的话去做！"

　　"我也恨他，"查尔斯说，"恨死了。"

　　"噢，我们的感受是怎么样的并不要紧，"布莱恩说，"西蒙的话就是命令。就像那个游戏——你知道的，西蒙说①——在那个游戏里，如果他们一开始说了西蒙说，那么你就必须听从指令。可是他究竟算个什么呀？一个不可一世的——"

　　"马屁精，"查尔斯说，"拍老师马屁的马屁精，只会利用——"

――――――――

①"西蒙说"是一个训练反应的小游戏。当发令者先说"西蒙说"，再发布一项指令时，大家应该遵从指令；当不说"西蒙说"时，大家将不遵从指令。直到只剩一名全部做对的人。

"利用他的一头金发和一副装好人的表情。别忘了还有自以为是的眼神。"布莱恩说。

"谁能忘得了呢?"查尔斯说,"他会踢你一脚,然后再做出一副好像是你让他的脚踢上去的表情。"

他正说得起劲。但是这股劲头接下去就消失了,因为布莱恩说:"谢谢你今天傍晚阻止他们打我。是什么让你想那个样子去烧自己的手指?你放心好了,西蒙·塞尔维森会只为了一支蜡烛就把你所有的钱都诈光的!"布莱恩踌躇了一会儿,然后补充道:"我觉得,我最好帮你付一半的钱。"

查尔斯设法阻止了自己的后退。那实在会是一种不友好的表现。可是他现在又该怎么做呢?布莱恩显然认为,查尔斯下楼来是为了安慰他。大概他会期待查尔斯将来成为他的朋友。好吧,查尔斯猜想自己活该如此。这就是你对别人的父亲使用"邪恶之眼"的回报。不过完全抛开温特沃斯先生,完全抛开布莱恩在 6B 班中最最被人瞧不起的事实,甚至完全抛开查尔斯不喜欢布莱恩的事实,查尔斯也都知道,自己现在已经不能和任何人做朋友了。他是一个巫师。他会让任何和他做朋友的人同样被抓起来的。

"你一定不能为我付任何的钱,"他说,"你一点也不欠我的。"

布莱恩看起来明显松了口气。"那么作为替代的补偿办法，我要告诉你一些事情，"他说，"我受够了这个地方。要是我父亲不想把我带走的话，我打算逃跑。"

"去哪儿？"查尔斯说。在不久之前，他自己也想过逃跑，但是他不得不放弃了这个主意，因为他无处可去。

"没想法，"布莱恩说，"我打算就这么走掉。"

"别傻了。"查尔斯说。至少这是他可以说的一句友好的话。"你得好好地计划一下。要是你就这么走了，他们会申请调来追踪犬，然后直接把你带回来的。那样你就会受到惩罚。"

"可是如果我待在这里，我会发疯的！"布莱恩歇斯底里地说。然后他表现出停顿下来正在考虑的样子，不过牙齿仍在打着颤。"我想我找到一个办法了。"他说。

到了这个时候，两个人都已经在发抖了。游戏室里很冷。查尔斯想知道他如何才能让布莱恩回去睡觉，而自己却不用回去。他想不到办法。于是他们俩继续面对面地蹲在水泥地板的中央，一直到裂了缝的门外突然发出了一种啪嗒啪嗒的小小脚步声。两个人都吓了一跳。

109

"看门人的狗。"查尔斯悄声说道。

布莱恩吃吃地笑了起来。"愚蠢的家伙。它看上去就像是特蕾莎·马利特织的玩意儿。"

查尔斯没来得及阻止自己,尖叫着发出了一声大笑。"就是!就是!"

"闭嘴!"布莱恩嘘声道,"看门人的狗来了!"

果然,有裂缝的门玻璃上映出了模模糊糊的手电光。在门的另一边,狗开始狂躁地汪汪乱叫。它知道他们在那里。

布莱恩和查尔斯蹦起来撒腿就跑,跑到了游戏室另一扇门的外面。当这扇门在他们身后重重地关上的时候,那扇裂了缝的门重重地打开了,空洞的游戏室里回响着狗的小小雷鸣声。一声不响地,查尔斯就跑向了一个方向,布莱恩则跑向了另一个方向。布莱恩去了哪里,查尔斯永远都不会知道。他一边跑一边听见第二扇门重重地打开了,还听见了身后有小脚的啪嗒声。查尔斯紧紧捏住他的眼镜,拼命地跑了起来。这个情况刚好就像是灌木林里的高年级学生对他所做的事情。为什么所有人都要追他?是他闻起来有巫师的味道还是什么呢?

他发现了一扇通往室外的门,但是它被锁起来了。他连续地用力猛撞。在他身后的远处，可以听见看门人正咆哮着让他的狗回去。这让狗犹豫了一下。查尔斯现在已经完全吓坏了，他一鼓作气，扎着猛子穿过了他接下来所遇到的一扇门。

穿过这扇门，能感觉到有一大片寒冷的空间。查尔斯谨慎地向前走了几步，然后哐当一声，被一排钢椅碰了脚。他呆若木鸡地站在那里，等着被人发现。一开始，他几乎都听不到血液在自己耳朵里冲击的声音了。但接着，他发现自己又可以听到狗叫声了，这个声音在某个相当遥远的地方。它似乎找丢了他。与此同时，他发现，他可以看见椅子后面的高处有一些模糊的形状，那是巨大的窗户的形状。他这是在学校的礼堂里。

查尔斯突然想到，他不会再遇到比这更好的机会了。最好立刻就把他的鞋子召唤过来。不——别提鞋子了。温特沃斯先生的事情远远比这紧急。找到温特沃斯先生，然后当温特沃斯先生出现的时候，也许他能为布莱恩说上几句话。

就在这一刻，查尔斯意识到，他并不敢把温特沃斯先生弄回来。如果温特沃斯先生还不知道是谁让他消失的，那么他一旦回来，发现了查尔斯，就会马上知道了。

"可恶的巫师啊！"查尔斯悲叹道，"我为什么没动动脑子呢？"

那条狗，在不太远的地方，又叫了一声。后有追兵，心中又犹豫不决，查尔斯拖曳着脚步向前走，被更多的椅子绊倒了。他完全陷入了椅子的迷宫里。他站在了原地，试着想办法。

他还是可以把鞋子找回来的，他想。看门人发现他的时候，他可以说，他是因为担心鞋子所以在梦游。他不太确定地举起了双臂。那条狗无疑又到了更近的地方。

"鞋子。"查尔斯匆匆忙忙地说道。他的声音因为害怕、寒冷、和屏住呼吸，而显得沙哑。"鞋子。到我这儿来。变。天灵灵地灵灵。我说了，鞋子！"现在，狗的声音听起来几乎已经在礼堂的门外了。查尔斯做了拖动的手势，然后双手在胸前交叉。"鞋子！"

某个东西，听声音可能是一只鞋，掉在了他旁边的一把椅子上。尽管狗在吠叫，但查尔斯咧开嘴，露出了愉悦的笑容。第二只鞋落在了他的另一边。查尔斯伸出手摸索着寻找它们。又有两只落在了他的头上。还有几只跌落到他的脚边。现在他能听见鞋子在他四周纷纷落下。他似乎正处在一片"鞋子雨"的中心。狗现在似乎在一边叫一边挠门。在查尔斯转身摸索着那些椅子，在体操鞋、足球鞋、系带鞋上面磕磕绊绊的时候，他感觉被一只惠灵顿长靴①打到了肩膀。他一边摸索着，一边有越来越多的鞋子落到了他的周围。

　　看门人现在几乎就在门边了。透过玻璃，查尔斯可以看到手电光正在逼近。这帮助他找到了方向。因为他知道，现在已经没有可能再说那些梦游之类的瞎话了。他必须从这儿出去，而且要快。他在那些或轻或重地落下来的鞋子和成排的椅子中间挣扎——这几排椅子通往礼堂的另一头，到了那儿，他向老师们走的那扇门逃去。门的另一边，黑漆漆的夜幕降了下来。查尔斯觉得他是在教研室里，但是他没法肯定。查尔斯把手伸在前面，跌跌撞撞地走，就像是做梦一样的惊慌。他被一个教学用具绊倒了。在他爬起来之后，他想起了他的第二个巫师，从花园穿过来的那个。在他撞到一堆书的同时，他意识到，他应该早一点想到她的。她说过，当你感到恐惧的时候，你是无法施行魔法的。她是对的。在礼堂的那一边，有某个地方曾经显得非常不对劲。查尔斯想，

---

　　① 惠灵顿长靴是一种长及膝盖的鞋，几个世纪以前是一种风靡英国社交圈的男士长靴。

很显然，在和一件外套之类的东西疯狂纠缠的时候，你需要做到冷静和镇定，以确保自己能把它弄对。噢，谢天谢地！这里有扇门。

查尔斯冲出门外，发现自己离主楼梯不远。他沿着楼梯向上逃跑。他爬楼梯的时候，他的大拇指碰到了食指上那个厚厚的水泡，弄得他很疼，他一边向上跑，一边摸着它。多浪费啊！这是对金钱多彻底的浪费啊！烧自己手指头的经历似乎没有教会他任何事情。而这里就是美丽的，欢迎着他的宿舍走廊的绿色夜灯。现在已经不远了。

查尔斯不记得自己是如何爬上床的了。他最后的清晰思维，就是在想着布莱恩是已经回来了，还是当场就逃走了。当早上叮铃铃的铃声把他吵醒的时候，他有一种感觉，仿佛他曾经去了布莱恩床尾附近的宿舍地板上睡觉。但是没有。他是在自己的床上。他的眼镜正挂在床栏杆上。他开始希望他昨晚是做了个梦。可是，在他足够清醒到坐起来打哈欠之前，房间里早就已经被愤怒的声音填满了。

"我找不到我的鞋子！"

"我说，我们的鞋子都怎么了？"

"我的拖鞋也不在这儿！"

在查尔斯设法坐起身来之后,西蒙说:"你现在成了一个偷鞋贼了吗,布莱恩?"然后快活而又随意地捆了一下布莱恩的脑袋,以表示他不认为布莱恩有能力做这么有进取心的事情。布莱恩在床上跪了起来,他看上去和查尔斯一样困。他没有回答西蒙,也没有看查尔斯。

在隔壁宿舍,他们也没有鞋子可穿。可以听到一个高年级的人正沿着走廊走过来,大叫着:"嘿!是你们这帮人偷了我们的鞋子吗?"

大家都很恼火。大家都认为,一个恶作剧正在上演。查尔斯恰恰希望他们继续这么想。大家被迫不穿鞋而只穿袜子,踉踉跄跄地到处走。查尔斯的鞋子也不见了——他很高兴自己似乎做得很彻底。当他正在把第二双袜子拉上脚的时候,走廊里正四处传播着流言。说到流言,它真是很诡秘。没人知道是谁开始传的。

"我们要到楼下的礼堂里去。所有的鞋子都在那里。"

查尔斯加入了这个争先恐后的队伍,踉踉跄跄地向礼堂走去。在楼下的通道里,所有的女生都加入了进来,她们也穿着袜子,也在向礼堂走去。高年级的人自然占据了礼堂的大门位置。从低年级部过来的所有人都接二连三地走到了外面的四方院里,通过礼堂窗户往里看。而在窗边,每个人的第一反应都是的不折不扣的惊叹。

一个有六百名学生的学校,拥有多得可怕的鞋子。就算每人只有一双,也有一千两百只。可是在拉伍德之家,每个人都必须为他们做的几乎每一件事而准备专门的鞋子。所以你必须把体操鞋、跑鞋、网球鞋、休闲鞋、舞鞋、备用鞋、最好的鞋、凉鞋、足球靴、曲棍球靴、惠灵顿长靴、橡胶雨鞋加到这个数字上去。鞋的数量一下子变成了几千只。在这个数字之上,还要加上所有教职员工的鞋子:卡德瓦拉德小姐富有个性的鞋,它有着线轴一样形状的鞋跟;厨师的超大号鞋;球场管理员的带平头钉子的鞋;克罗斯利先生的手工绒面革鞋;布鲁贝克先生的粗革皮鞋;舍监太太的十六双细高跟鞋;某个人的紫色皮靴;甚至还有一双奇怪的马靴;更不要说还有许多其他的了。于是你有了多得真的难以对付的数字。礼堂里的椅子都被埋在了骇人听闻的山一般的鞋堆里了。

在众人的一片惊奇声中,听到了特蕾莎的声音。"如果这是有人想出来的玩笑,我不认为这很好玩。我睡觉穿的袜子全都弄脏了!"她在校袜的外面穿了一双蓝色的毛茸茸的睡袜。

在这之后,发生了一个类似于混战的场面。大家从门和窗户里爬了进去,在鞋堆上跌跌撞撞地去挖他们认为是自己的鞋子——或者,如果不行的话,只是去找一双能穿的鞋子。

直到一个声音开始咆哮:"出去!你们全部都出去!把所有的鞋子都留下!"

查尔斯被慢吞吞离开礼堂的人流向后推开了,于是他不得不伸长了脖子去看是谁在喊叫。是温特沃斯先生。查尔斯惊奇得停止了移动,他被留在了礼堂里在门边呈现漩涡状的人流中。从那个位置,他可以清楚地看见温特沃斯先生正沿着鞋堆的边缘走过来。他穿着他通常穿的破旧西装,不过脚上什么也没穿。不是这样的话,他完全没有什么与往常不同的地方。在他的后面,穿着亮黄色袜子的克罗斯利先生,以及左脚袜子的脚跟处有个大洞的布鲁贝克先生都来了。在他们的后面,看门人也来了。在他的身后,当然是缓缓走过来的看门人的狗,它显然希望能对着这堆鞋抬起一条腿。

"我不知道是谁干的!"看门人在抗议,"不过我知道有人半夜在我的屋子周围做偷偷摸摸的事。我的狗差一点就抓住其中一个了,就在眼下这个礼堂里。"

"你来这里检查过了吗?"温特沃斯先生说。

"门关着,"看门人说,"我以为它锁上了。"

温特沃斯先生厌恶地扭过头去不理他。"有人昨天一整晚在这里忙活得很,"他对克罗斯利先生说,"而他甚至都没有看一下!"

"我以为它锁上了。"看门人重复道。

"噢,闭嘴吧!"温特沃斯先生厉声地说,"让你的狗别再对着那只鞋撒尿了。那是卡德瓦拉德小姐的鞋子。"

查尔斯溜到了外面的走廊上,试着把脸上露齿的笑容抑制到合宜的程度。温特沃斯先生没事。他一定是在经过昨晚所有的事情之后悄悄地溜到了床上,就在霍奇小姐在向查尔斯问路的时候。而更妙的是,每个人都认为这些鞋子是非常自然而然地就到了礼堂里。查尔斯本来可以载歌载舞的。

可是丹·史密斯就在他的身后。这让查尔斯稍微清醒了点。"嘿,"丹说,"那些高年级的人昨天晚上抓到你了吗?"

"没有,我跑了。"查尔斯轻描淡写地回答。

"你一定跑得很快啊!"丹说。这是句挖苦的话,不过从丹的嘴里说出来,就是句赞扬。"知道些什么吗,鞋子的事情是谁干的?"丹问道,并把他的脑袋向着礼堂的方向一甩。

查尔斯本来非常非常想说是他干的,然后看着丹的脸上展现出敬意。不过他还没有那么傻。"不知道。"他说。

"我知道,"丹说,"是我们班里的那个巫师,我打赌。"

温特沃斯先生出现在礼堂的门口。挤满人的走廊里前前后后都是嘘声。"早餐要晚一点了。"温特沃斯先生喊道。他看起来很受折磨。"你不能指望厨房的工作人员不穿鞋子就工作。你们全部都到自己的教室里去等着。在这段时间里,老师和六年级的学生们,要努力工作,把所有的鞋子都摆到外面的大四方院里。当我叫你们的时候——只有当我叫你们的时候,明白吗?——你们就一个班一个班地过来拣出你们的鞋子。全都离开吧。六年级的留在后面。"

大家都不情愿地簇拥在一起,绕着圈子离开了。查尔斯对自己感到很高兴,所以冒险咧开嘴对着布莱恩笑了。可是布莱恩正做梦似的盯着墙看,并没有注意。当西蒙没心没肺地猛拍他的脑袋时,他一动也不动,甚至没有呻吟一声。"南·皮尔格林在哪儿?"西蒙大笑着问道,"她把自己变没了?"

南避开了人群的方向，潜伏在女生浴室旁边的顶楼走廊里。那个位置有一个很好的视野，让她能够看见四方院里覆盖着一排又一排的鞋子，而厨房里的女工们则穿着长筒袜、踮着脚尖在成排的鞋子中间四处寻找她们的工作鞋。这并没让她觉得好笑。特蕾莎的朋友迪丽雅·马丁，以及埃斯特尔的朋友卡伦·格里格已经表达得很明白了，她们认为这是南做的。这两个人正常来说是不和对方说话的，也不和南说话，而这个事实似乎只让事情显得更糟。

第七章

在 6B 班被叫去找鞋子之前，早餐已经准备好了。特蕾莎被迫穿着她蓝色的睡袜穿过走廊。这个时候，它底部的颜色已经很黑了，这让她相当的不安。早餐吃得太迟，所以集会被取消了。作为代替，卡德瓦拉德小姐站在了贵宾桌前，做了一个简短的讲话。她的脸因为不高兴而整个地青筋凸显，她的一只脚潮湿得引人注目。

"有人对学校玩了一个格外荒唐的把戏，"她说，"玩这个把戏的人无疑认为这很有趣，但是到了现在他们一定能够看到，他们是做了一件多么愚蠢而又不光彩的事。现在我想让他们变得光彩。我想要他们走过来向我坦白。我也想要其他任何一个知道或者怀疑是谁做了这件事的人一样的光彩，自己过来告诉我他所知道的。我整个早上都会在我的书房里。说完了。"

"有什么可光彩的，"在每个人都站起来的时候，尼鲁帕姆大声地说，"去编瞎话？"

他这么一说，等于替南做了件好事，无论是有心的还是无意的。6B 班没人想要一个编瞎话的名声。没有人去找卡德瓦拉德小姐。相反，他们全都走进了四方院里，现在那里正下着一小点冰冷的毛毛雨。他们沿着成排的湿鞋子来来回回地走，寻找自己的鞋子。南也不得不一起跟去。

"噢，看啊！大巫师杜西妮娅来了。"西蒙说。

"你为什么对自己的鞋子也这么做，杜西妮娅？你觉得这样看起来更无辜，是不是？"

特蕾莎说："真的，南！我的睡袜都被毁了！这不好玩！"

"现在做点真正好玩的事情吧，南。"卡伦·格里格提出建议。

"快点！"克罗斯利先生躲在门廊里大喊道。大家立刻变得很忙，忙着把鞋子翻过面来。唯一没有这么做的是布莱恩。他只是四处徘徊，眼神茫然。最后，尼鲁帕姆帮他找到了鞋子，胡乱地塞入他松松垮垮的怀中。

"你还好吧？"尼鲁帕姆问他。

"谁？我？噢，好啊。"布莱恩说。

"你确定吗？你的一只眼睛有点斜眼。"尼鲁帕姆说。

"是吗？"布莱恩含糊地问着，然后迷茫地离开了。

尼鲁帕姆严肃地转向西蒙。"我觉得你打他的头打得太频繁了。"

西蒙大笑起来，有一点不自在。尼鲁帕姆比他高一个头。"胡说！他的脑袋里空空的，没什么能受伤的。"

"好吧，你看着吧，"尼鲁帕姆说。他本来可以说更多，只是他们被丹·史密斯的一声恼火的尖叫声给打断了。

"我会找到人为此负责的！"丹在大喊大叫。在昨晚的"午夜宴会"之后，他的脸色很苍白，脾气又不好，而且他相当野蛮。"我会抓住他的，即使他是一个该死的高年级学生。有人拿走了我的跑鞋！我哪儿都找不到了。"

"再找找看，仔细点！"克罗斯利先生在门廊下大喊。

这是一个意想不到的事实。丹沿着成排的鞋子来来回回地找，查尔斯也是，直到他们的袜子被浸透了，头发也淌着雨水，可是丹和查尔斯的钉鞋都不在那里。这个时候，7A、7D、7C班的学生也已经被允许出来拾鞋了了，他们全都被淋得湿漉漉的，而几乎唯一剩下的鞋子，只有三只古怪的足球靴和马靴，以及一双看起来没人想要的荧光绿的休闲鞋。

丹如此威胁了一番,这让查尔斯很高兴,因为丹似乎没有想到这件事会和查尔斯·摩根有什么关系。

不过,这意味着查尔斯接下来不得不去找塔尔斯先生,坦白他的跑鞋还没有找到的事实。他受够了站在教研室外面,全身淌着雨水。在他经历了所有这些麻烦之后!

"我确实找过了,先生。"他向塔尔斯先生保证。

塔尔斯先生瞟了一眼查尔斯浸透了的头发和沾满雨珠的眼镜。"谁都可以站在雨里,"他说,"你是准备买新鞋子,还是准备罚抄?"

"罚抄。"查尔斯恨恨地说。

"那么每天晚上课后留堂,直到圣诞节。"塔尔斯先生说。这个主意似乎让他很满意。"等等。"他闪身回到了教研室里,然后又带着一本厚厚的旧书出来了。"给你,"他说着,把书交给查尔斯,"每天晚上从书里抄写五百行字。它会告诉你一个真正的学生应该是什么样的。当你把它全部抄完以后,我会给你后续篇的。"

查尔斯站在教研室门前,看着那本书。它叫做《全校最有勇气的男生》。它闻起来有发霉的味道。打开书本,内页毛茸茸的,呈现出褐色,故事的第一行说道:"多么开心的事啊！"沃茨·麦纳惊叫道。"我今天下午被列入传球前卫的名单了！"

查尔斯的目光从这里移到了自己手指上厚厚的，透明的，没有用处的水疱，感觉非常不舒服。"该死的，见鬼了。"他说。

"早上好，查尔斯，"霍奇小姐说着，向教研室轻快地走来，她神采奕奕，全然没有意识到查尔斯的情绪，"这本书看上去像是一本漂亮的旧书。我很高兴，终于看见你认真读点书了。"

在接收到查尔斯双筒炮似的最强烈的怒视之后，她感到非常不安。不得不说，他是个多么喜怒无常的孩子啊！她一边干净利落地揭下身上的雨衣，一边想。她同样惊讶地发现，教研室里一片骚乱，中间有一堆的靴子和鞋子。不过，温特沃斯先生终于出现了，他正要飞奔着赶去别的某个地方。霍奇小姐挡住了他的路。

"噢，温特沃斯先生，我想为指控查尔斯·摩根的事向你道歉。"她想，她真是很大方，在查尔斯刚刚那么看过她之后。她大方地对温特沃斯先生微笑着。

让她恼火的是，温特沃斯先生只是说："我很高兴听见你这么说。"然后相当粗鲁地从她身边掠过了。不过他确实心里有许多事，霍奇小姐意识到了这一点——在克罗斯利先生激动地告诉她所有关于鞋子的事情时。她并没有因为这件事而责怪温特沃斯先生。她拾起了那些书——不知怎么地它们在地上被扔得到处都是——然后走开，去给6B班上另一堂英语课了。

她到教室时，发现西蒙·塞尔维森正把《全校最有勇气的男生》举过头顶。"听听这个！"他正说着，"沃茨的心中充满了骄傲，他凝视着一个真朋友的眼睛。这是一个真正的男生，身心都同样正直——"

特蕾莎和迪丽雅正在尖叫着大笑，脸都埋在了她们的针织物里。查尔斯要杀人似的瞪着她们。

"说真的，西蒙！"霍奇小姐说，"这种行为和你很不相称。"西蒙惊诧地看着她。他知道他从不做任何与自己不相称的事情。"不过，查尔斯，"霍奇小姐说，"我的确认为你对书的选择令人相当遗憾。"一天之中，第二次，查尔斯把他怒视的目光转向了她。霍奇小姐畏缩了。说真的，如果她现在不知道查尔斯心底里其实是个好孩子的话，那么他的那种目光是会让她认真地想到"邪恶之眼"的。

尼鲁帕姆举起了他长长的手臂。"我们又要做表演了吗？"他满怀希望地问道。

"不，我们不做，"霍奇小姐十分坚定地说，"把你们的诗歌课本拿出来。"

这一堂课，以及这天上午的其他时间，全都慢吞吞地过去了。特蕾莎完成了她的第二只毛线鞋，开始起针去织一件毛衣。埃斯特尔的婴儿无边毛帽已经织了许多了。布莱恩放弃了盯着墙发呆的举动，相反地，他似乎被暴力活动所侵袭了。无论什么时候有人看着他，他都是在不同的练习本里狂暴地乱涂乱画。

查尔斯忧心忡忡地坐着，对于自己心里发生的变化感到相当吃惊。他现在一点也不恐惧了。他似乎正在相当平静地接受自己归根到底是一个巫师的事实。没有人注意到这一点。他们全都认为这个巫师是南·皮尔格林——因为她的名字，而这个名字非常适合查尔斯。然而真正奇怪的事情是，他不再为他看见的那个被烧死的巫师而烦恼了。他试着记起他，起初有点谨慎，后来当他发现自己不再受这件事困扰的时候，他变得大胆了。然后他继续去回想第二个巫师，翻墙过来的那个。现在他们两个都不再让他费神了。他们都是过去的事：他们都离开了。就像你有牙疼，但是突然不疼了。沉浸在随之而来的平和心境之中，查尔斯明白了，他的内心一定是在试着告诉他，他即将成长为一名巫师。而既然他知道了，他也就不会再为此烦心了。接着，为了看看这是否会让自己恐惧，他想到了宗教法官。被火烧是很疼的，他想着，然后看看自己厚厚的水泡。它毕竟还是教会了他一些事情。那就是：不要被人发现。

很好，查尔斯想。然后把心思转到了他即将要对西蒙·塞尔维森做的事情上面。丹·史密斯是下一个，但是西蒙毫无疑问是第一个。他能够对西蒙做些什么，才对得起那将近一整个学期的零花钱呢？这并不容易。必须是足够坏的事情，而且还不能和查尔斯联系得上。一开始，查尔斯完全被难住了。他想做得有艺术性一点。他想让西蒙吃苦头。他想让所有其他的人都知道西蒙吃苦头，却不知道这是查尔斯做的。他能够做些什么呢？

午餐前的最后一节课是每天的体育课。今天，轮到男生们用体育馆了。他们也要攀绳。查尔斯坐在墙边的肋木旁，假装在系体操鞋的鞋带。他不像南，只要他想，他就可以爬上绳子，可是他不想。他想坐着，想想如何对付西蒙。当然，西蒙是第一批爬到顶的人。他看见了查尔斯，于是朝着下面喊了句什么。结果，有人从6C班过来，从背后戳了一下查尔斯。

"西蒙说你不能再偷懒了。"

"西蒙说，是吗？"查尔斯说。他站了起来。他的灵感来了。那是布莱恩昨天晚上说过的话。那个游戏，"西蒙说"。如果它不只是一个游戏呢。如果西蒙说的每一件事情都会真的实现呢。最差的情况，它也应该会非常好玩。最好的情况，人们可能甚至会认为西蒙是一个巫师。

查尔斯爬上了一根绳子。他动作漂亮地，缓缓轻轻地牵引身体向上，好让自己能够继续思考。他很显然不能停在西蒙旁边的什么地方来对他施魔法。会有人注意到的。但是直觉告诉查尔斯，这不是那种可以远距离实施的魔法。它的法力太强，又太有针对性。为了安全实施，他需要的，不是西蒙这个人，而是某样属于西蒙的东西，要非常私人的东西，好让任何对它施加的巫术都能同时对西蒙起作用——可以从西蒙身上取下来的小东西，说真的。西蒙身上有什么部分是可以脱落的呢？牙齿，脚趾甲，手指甲，头发？他几乎爬不到上面西蒙的位置，去把以上的任何一样东西从他身上弄下来了。等一下！头发。西蒙今天早上梳过头发。如果运气好的话，西蒙的梳子里可能会卡着一些头发。

查尔斯欢欣鼓舞地从绳子上滑了下来——速度之快，让他又想起了被火烧是很疼的。他不得不吹吹他的双手，让它们感觉凉快一点。午饭以后时机就到了。那时他就可以悄悄溜到宿舍里去了。

事实证明，午饭以后的时间对南也很重要。吃午饭的时候，她设法躲开了卡伦·格里格和迪丽雅·马丁，坐在了一张满是年纪比她大很多的女生的桌子上，而这些女生似乎并不知道南的存在。她们的个头盖过了她，在谈论着她们自己的事情。吃的食物几乎和昨天一样难吃，但是南没有感觉到有要描述它的冲动。她宁愿希望她死了。接着她想起来，如果6B班有任何一个人跑去告诉老师她是巫师，那么很快，她就会死了。她立即意识到，她不希望自己死。这让她觉得好过些了。毕竟，还没有人去找老师。"这只是他们会常犯的傻劲，"她对自己说，"到了圣诞节，他们会忘了这件事的。在他们忘记之前，我只要避开他们就行了。"

于是，吃过午饭之后，南偷偷溜到楼上，再次潜伏在女生浴室外面的通道里。可是卡伦·格里格一直在监视她。她和特蕾莎出现在了通道里,来到南的面前。当南转过身去急忙逃跑的时候,她发现迪丽雅和其他的女生们正从另一头沿着通道走过来。

"我们去浴室里面吧,"特蕾莎提议,"我们想问你点事情,南。"

南看得出来,一场严酷的考验马上就要到来了。有那么一刻,她在想着是不是要像一头牛那样向特蕾莎和卡伦冲过来,从她们俩身边闯出去。但是她们今晚就会在宿舍里把她抓住。最好赶紧把事情解决。"好吧。"她说着,信步走进了浴室里,仿佛她不在乎似的。

几乎在同一时刻,查尔斯偷偷地快马加鞭,进了男生宿舍。那些床又白,又净,又冷,像一排排荒无人烟的冰川般矗立着,每一张的边上都带着小小的白色储物柜。查尔斯连忙去找西蒙的储物柜。它上了锁。西蒙长期以来就有锁东西的瘾。就连他的手表也有一枚小小的钥匙,把它锁在了他的手腕上。不过查尔斯没有让它困扰到自己。他气势十足地在锁住的柜子前面伸出了他的手。"梳子,"他说,"天灵灵地灵灵。"

西蒙的梳子从白色的木质表面滑了出来,就像一条鱼从牛奶里游了出来，又像鱼一般窜入了查尔斯的手中。它很美。更妙的是，有三根西蒙的鬈曲的金发缠在梳齿上，查尔斯小心翼翼地把它们扯了下来。他把头发捏在左手的食指和拇指之间，然后用右手的食指和拇指把它们从头到尾捋了一遍。然后又一遍。他一遍又一遍地这么做。"'西蒙说',"他轻轻地对它们说，"'西蒙说'，'西蒙说'。无论西蒙说的是什么，都是真的。"

过了大约一分钟，在他做了足够多的次数，可以感觉到咒语就要完成的时候，查尔斯小心翼翼地让头发又绕回到了梳子上。他并不打算留下任何对自己不利的证据。在他刚刚完成了这一切的时候，突然布莱恩在他的身后说话了："我想让你帮一点小忙，查尔斯。"

查尔斯跳了起来，就好像布莱恩朝他开了一枪似的。他吓得脸色惨白，躬着腰，把梳子藏在他的手里，然后怀着极大的心虚感，匆匆忙忙地把梳子朝储物柜里推去。让他吃惊的是，它进去了，这一次不太像一条鱼——更像是一把被塞进门缝里的梳子——不过至少它进去了。"你想干什么？"查尔斯没什么礼貌地对布莱恩说。

"带我下楼，去医务室找舍监太太。"布莱恩说。

这是学校的规定，感觉不舒服的人必须找另一个人带他去找舍监太太。之所以这么规定是因为，在那之前，医务室一直挤满了没病的人，他们试图在那里开一个下午的小差。制定这条规定的逻辑在于，你不会欺骗你的朋友。但它不是很有效。举个例子，埃斯特尔·格林，她找卡伦带她去找舍监太太，至少一周两次。就查尔斯所能看到的情况来说，布莱恩的脸色和他往常一样粉扑扑的，很有生气，就像埃斯特尔一样。

"我不觉得你看起来像是生病了。"他说。他想找到西蒙，看看咒语是否生效了。

"那现在怎么样？"布莱恩说。让查尔斯吃惊的是，布莱恩突然变得脸色苍白。他茫然地盯着墙壁，一只眼睛微微内斜。"就是这样，"布莱恩说，"我看起来难道不像被施了催眠术吗？"

"你看起来就像你脑袋上被人打了，"查尔斯粗鲁地说，"让尼鲁帕姆带你去。"

"他今天上午照顾过我了，"布莱恩说，"我需要尽可能多的目击者。昨天晚上我帮了你。现在，你帮我。"

"你昨晚并没有帮过我。"查尔斯说。

"有，我帮了，"布莱恩说，"你进了房间，然后睡在了地板上，就在我的床尾。我把你送到了你的床上。我甚至还帮你把眼镜挂在了床栏杆上。"他非常意味深长地看着查尔斯。

查尔斯也盯着他看。布莱恩是那么瘦小，很难相信他能把任何人抬到床上。可是，不论这是真的还是假的，查尔斯意识到，他只好听布莱恩的摆布了。他知道查尔斯昨晚没睡。刚才他还撞见了他手里拿着西蒙的梳子。查尔斯不明白，为什么布莱恩要去找舍监太太，不过那是他自己的事情。"好吧，"他说，"我带你去。"

在四方院的另一边的浴室里，女生们一拥而入围住了南。"埃斯特尔去哪儿了？"特蕾莎问。

"外面，在放风，"卡伦说，"她只愿意做这些。"

"什么意思？"南挑衅地问道。

"我们想要你表演一些真正的巫术，"特蕾莎说，"在这儿，我们可以看到。之前我们没有人看过。而我们知道你可以。快点。我们不会出卖你的。"

其他女生也加入了。"快点，南。我们不会说出去的。"

这个浴室是一个非常公共的浴室。里面有六个浴缸，排成一排。女生们一边挤向前,南一边后退着,她退入了两个浴缸之间的空间。这无疑恰恰就是她们所想要的。迪丽雅说:"搞定。"希瑟说:"去把它拿出来。"卡伦弯下腰,把球场管理员的旧长柄扫帚从左手边的浴缸下面拽了出来。朱莉娅和狄波拉抓住了它,把它架在两个浴缸中间,在南的面前,把她栏在了里面。南先是看着扫帚,然后又看着她们。

"我们想要你骑上它,飞一圈。"特蕾莎解释道。

"大家都知道这是巫师做的事。"卡伦说。

"我们是在非常礼貌地请求你。"特蕾莎说。

典型的特蕾莎式的双重标准,南生气地想。她并不是在礼貌地请求她。这是笑里藏刀。不过如果有人之后问起特蕾莎,她会真诚而无辜说,她是非常、非常友好的。

"反正我们可以证明你是一个巫师,如果你不干的话。"特蕾莎友好地说。

"就是,所有人都知道巫师是淹不死的,"迪丽雅说,"你可以把他们就那么按在水里,他们也还活着。"

听到这个信号,卡伦把身子探过去,把栓子塞进了最近的那个浴缸里。希瑟打开了冷水的水龙头,刚好放出一丁点细流,来告诉南,她们是认真的。

"你知道得很清楚,"南说,"我不是巫师,而且我也不会骑着这把长柄扫帚飞。这只是你作恶的一个借口!"

"作恶?"特蕾莎说,"是谁在作恶?我们是在十分有礼貌地请求你骑上这把飞天扫帚。"在她身后,水龙头源源不断地淌出细流,流到浴缸里。

"你也可以重新再把鞋子全部变到这里来,如果你喜欢的话,"迪丽雅说,"我们不在乎是哪一种。"

"可是你必须得表演些什么,"卡伦说,"不然的话,你觉得来一次不脱衣服的舒服的深水冷浴怎么样?"

南受够了这句话的折磨,她把一条腿跨到了长柄扫帚上,想爬出去揍卡伦。看见这一幕,特蕾莎高兴得跳了起来,还咯咯地笑。"噢,她要骑上去了!"

其他人也加入了进来。"她要骑上去了!骑啊,南!"

南脸色通红,跨立在扫帚的两边解释着:"我不会骑的。我不知道怎么去骑。你们知道我不会。我也知道我不会。看。看看我。我是坐在长柄扫帚上。"她不明智地坐了下去。这让她感到极度地不舒服,于是她被迫重新笔直向上地蹦起来。这给大家带来了极大的娱乐。南比之前更加气愤了,她大喊道:"我怎么会骑长柄扫帚?我就连一根绳子也爬不上去。"

她们是知道的。她们笑得无法自制,突然埃斯特尔闯了进来,激动地尖叫。"快来看,快来看!看一看西蒙·塞尔维森在干什么!"

这使得大家向门外蜂拥而去,从走廊里的窗户看出去。南听见了呼声:"老天爷啊!快看看那个!"在这之后,更多的人蜂拥而至,大家都飞奔下楼到四方院里去了。

只剩下南,跨在一把架在两个浴缸上的旧扫帚的两边。

"谢天谢地!"是她说的第一句话。她之前差那么一点点就要哭了。"愚蠢的贱人!"下一句她说。"就好像我会骑这东西一样。看看它!"她轻轻推了一下扫帚。"只是一把旧扫帚!"然后她注意到,水还在继续流进她身后的浴缸。她歪向一侧向后靠去,关掉了水龙头。

就是在这一刻,旧扫帚选择了在此时,猛地朝着天花板上升。

南发出一声尖叫。她突然被脑袋冲下倒挂在一缸冷水的上方。在她的重量之下扫帚有点晃动,不过它继续爬升,让南就在水面的上方来回摇荡。南尽她最大的努力用腿勾住它多节的长柄,并设法用一只手牢牢抓住了它稀疏的枝枝丫丫的那端。扫帚碰到了天花板，稳定了下来。即使南有力气爬到它上面，它也没有给南留下空间。倒挂使她的血液在脑袋里轰鸣，可是她不敢放手。

"停下！"她对着扫帚发出长长的尖叫，"求你了！"

它毫不理会。它只是郑重地一头高一头低，满浴室横冲直撞地飞。南绝望地悬吊在下面晃荡着，在令人恐惧的高处，她东一眼、西一眼地地瞟到了下方硬邦邦的白色浴缸。

"我很高兴这一切没有发生在其他人在这儿的时候，"她喘着气说，"我看上去一定像一个彻底的白痴！"她开始笑起来。她看起来一定非常傻。"给我向下，"她对扫帚说，"想想如果有别人进来这里会怎么样。"

扫帚似乎被这句话镇住了。它顿了一小下，然后以一个大角度倾斜地向地上冲去。一到与地板距离足够近的时候，南就双手并用抓住了握把，试着松开她的腿。她错了。扫帚再次以大角度上升，然后在原地盘旋。那个位置太高了，南不敢让自己掉下来。可是她的手臂越来越酸，她必须得做点什么。她蠕动并扭曲着身体，设法把自己转过去，直到她多多少少趴在了那个多节的握把上，俯瞰着那排浴缸。她用脚勾住了扫帚尾，停留在这个状态喘着粗气。

现在她要怎么办？这把扫帚似乎下了决心要被她骑。它有一种悲伤的感觉。曾经，在很久以前，它被人骑过，而现在，它失去了它的巫师。

"不过这是个很不错的主意，"南对它说，"我现在真的不敢骑你。你难道不明白吗？这是违法的。如果我答应今天晚上骑，你觉得怎么样？这样的话你愿意放我下来吗？"

扫帚盘旋着，好像在犹豫。

"我发誓，"南说，"听着，我跟你说。你载我沿着通道飞到我们宿舍去。至少这可以让你飞一小会儿。然后你可以把自己藏在橱柜的顶上，就在后面。在那儿，没人会看到你。我答应你，今晚带你出去。你说好不好？"

虽然扫帚不会说话，但很明显可以知道它在说"好的"！它转了个方向，高兴地俯冲着掠过浴室的门，这让南有晕船的感觉。它加速穿过通道。她不得不闭上眼睛，好让自己不看见墙壁在身边旋转。它以令人汗毛直竖的方式转弯进入了宿舍，一个急刹车停了下来，以至于南差一点又要掉到它的下面去了。

"看来我得训练你一下。"她喘着气说道。

扫帚愤怒地跃起，又跳又蹦。

"我是说你得训练我一下,"南迅速说,"现在下降吧。我必须从你身上下来了。"

扫帚盘旋着,表现出质疑。

"我答应过你。"南说。

于是,扫帚温柔贴心地降到了地面。南可以从上面下来了,她的腿抖得厉害。她一下来,扫帚就跌落到了地上,失去了生命力。"你这个可怜的家伙!"南说,"我明白了。你根本就需要有一个人骑你,你才能动。好吧。让我们来把你弄上橱柜顶吧。"

就这样,她错过了看"西蒙说"咒语的第一个表现。查尔斯也错过了。他们两个都没有发现,西蒙第一次是怎么发现自己所说的话都会成真的。在查尔斯离开的时候,布莱恩嘴里塞着一支温度计,正斜眼盯着墙壁。查尔斯疲惫地走回四方院,发现一群人正激动地围着西蒙。一开始,查尔斯觉得西蒙脚边的闪闪发亮的东西,只不过是阳光照在了水坑里。但并不是这样。那是一堆金币。大家正在递给他便士、石头和枯叶。

对于他拿到的每一样东西,西蒙都会说:"这是一个金币。这是又一个金币。"当这么说觉得无聊了,他又说:"这是一块稀有的金币。这些是八块金币。这是一块西班牙金币……"

查尔斯推开人群挤到前面旁观,感到十足的恶心。放心好了,西蒙会把东西变成他自己想要的!金币叮当叮当地落成一堆。西蒙现在一定已经成了一个百万富翁。

伴随着响亮的咔嗒咔嗒的奔跑声,女生们也到了。特蕾莎挽着她装针织物的袋子挤到前面,来到了查尔斯的旁边。她被那堆金币的规模大大地震撼到了,以至于她跨过那条无形的界线,和西蒙说起话来。

"你是怎么做到的,西蒙?"

西蒙大笑。现在,他就像是一个喝醉酒的人。"我有'金手指'!"他说。当然这句话马上就变成了现实。"就像故事里说的那个国王一样。看。"他伸手去碰特蕾莎的针织物。特蕾莎愤怒地夺走了它,同时推了西蒙一下。结果,西蒙碰到了她的手。

针织物掉到了地上。特蕾莎尖叫一声,伸着手站在那儿,然后再一次地尖叫,因为她的手重得抬不起来了。它向下垂到了她的裙子上——一只金光发亮的,金属质地的手,长在一个正常人类的手臂的一头。

在随之而来的一片震惊的寂静中，尼鲁帕姆说："你要非常小心你说的话，西蒙。"

"为什么？"西蒙说。

"因为你说的所有的话都会变成真的。"尼鲁帕姆说。

很显然，西蒙还没有完全明白自己的力量有多大。"你是说，"他说，"我没有'金手指'。"立刻，他就没有了这种能力。"让我们来测试一下。"他说。他弯下腰捡起了特蕾莎的针织物。它仍然是针织物，放在一个沾了稍许泥泞的手提袋里。

"把它放下！"特蕾莎虚弱地说，"我要去告诉卡德瓦拉德小姐。"

"不，你不会的。"西蒙说。而这也成了事实。他看着针织物思索起来。"这块针织物，"他宣布道，"其实是两只看门人的小狗。"

手提袋开始在他的手中到处剧烈地翻腾。西蒙连忙把它扔下，它响亮地叮当一声落在了那堆金币上。袋子在上下起伏。从里面传出了一点刺耳的狗吠声和狂躁的抓挠声。一只毛线做的白色小狗从里面蹦了出来，很快第二个也跟着出来了。它们靠小小的精致的腿，跑下了那堆金币，在人们的腿中间跑来跑去。所有人都相当迅速地给它们让了路。每个人都转过头望着这两只小巧的白狗跑啊跑啊，穿过四方院，跑向远处。

特蕾莎开始哭起来。"那是我的针织作品，你个畜生！"

"所以呢？"西蒙说着，笑了起来。

特蕾莎用她正常的那只手，抬起了她金手打了他。她这么做是很愚蠢的，因为她在冒着弄断手臂的危险，不过这么做当然很有效。它差一点把西蒙打翻。他重重地坐到了他的那堆金币上。"噢痛！"特蕾莎说："我希望会让你受点伤！"

"我没有。"西蒙说着，微笑地站起身。当然，他就没有受伤。

特蕾莎又去打他，这回用两只手。

西蒙跳到了旁边。"你没有一只金手。"他说。

特蕾莎沉重的金手所在的位置突然变空了。她的手臂的末端是一个圆乎乎的粉红色手腕。特蕾莎盯着它。"我该怎么织东西啊？"她说。

"我是说，"西蒙小心翼翼地说，"你有两只正常的手。"

特蕾莎看看自己两只彻底正常的人类的手，爆发出奇怪而又做作的大笑。"谁替我杀了他吧！"她说。

"快点！"

没有人表示愿意。所有人都吓得魂飞魄散了。迪丽雅拉着特蕾莎的胳膊，温柔地把她领走了。在她们离开的时候，下午的上课铃响起了。

"这真是太不可思议，太好玩了！"西蒙说，"从现在开始，我全面赞成巫术。"

查尔斯步履艰难地去上课，他想知道他怎样才可以撤销这个咒语。

第八章

西蒙上课迟到了。他之前在想办法确保他那堆金币堆的安全。"抱歉，先生。"他对克罗斯利先生说。于是他确实感到了抱歉。泪水渗入了他的眼睛，他感到非常的难过。

"没关系，西蒙。"克罗斯利先生和蔼地说，而所有其他的人也都感觉被强制着要怀以深深的同情去看着西蒙。

你赢不了像西蒙这样的人，查尔斯苦涩地想。换成是任何其他的人，现在都会有大麻烦的。而气死人的是，所有人连做梦都没有想过要指控西蒙施行巫术。相反，他们一直都看着南·皮尔格林。

南对特蕾莎也有差不多的感受。特蕾莎比西蒙晚了十分钟到，她脸色惨白，呼吸未定。她被迪丽雅温柔地领了进来，然后收到了几乎和西蒙一样多的同情。"快给她一片阿司匹林，然后把她送走啊！"南听见迪丽雅愤慨地对着卡伦说悄悄话，"在她经历了这一切之后，我就是认为她应该被允许躺下来休息休息!"

那么我所经历的这一切呢？南想。不，永远正确是特蕾莎的权利，就像西蒙一样。

南听埃斯特尔讲了整个故事。埃斯特尔总是喜欢在上课时讲话，而且现在她特别愿意讲，因为卡伦似乎加入了特蕾莎朋友的行列。她挪到课桌下面去织她的婴儿毛线鞋，小声地说啊说。她也不是唯一的一个。克罗斯利先生一直在叫大家安静，但是说悄悄话的声音和沙沙的响声几乎一点也没有减少。南的课桌上不断收到小纸条。第一张送来的是丹·史密斯的。

把我变成和西蒙一样，我会永远做你的朋友，纸条上说。

绝大多数其他的纸条也是说一样的话。所有人的口气都很尊敬。不过有一张不同。这张写着，放学后在后面见。我认为你需要帮助，而我可以给你建议。它没有署名。南觉得很奇怪。她以前看过这个笔迹，可是她不知道是谁写的。

她猜自己确实需要帮助。她现在真的是一个巫师了。除了巫师，没有人会骑着长柄扫帚飞。她知道自己处在危险中，她知道自己应该感到害怕。可是她没有。她觉得既快乐又强大，这种快乐和强大似乎是从她内心深处涌现出来的。她一直在回想，当飞天扫帚把她倒挂在下面，在浴室里绕圈飞行时，她是怎么开始笑起来的样子，回想她似乎出于本能就能理解扫帚想要什么。尽管它曾令她汗毛直竖，可是她也十分地享受。就像是获得了她与生俱来的权利。

"当然，西蒙一直说你是个巫师。"埃斯特尔小声地说。

这减少了一小点南的快乐。6B班里还有另一个巫师，她不怀疑这一点。而那个巫师，出于某种疯狂的原因，让西蒙说的每一句话都变成了真的。他一定是西蒙那些朋友中的一个。而且很有可能，在被施了咒语以后，西蒙碰巧说过南是一个巫师。所以当然她会变成巫师。

南拒绝相信。她就是一个巫师。她想做巫师。她是一大串巫师的后人，甚至要回溯到杜西妮娅·威尔克斯本人之前。她觉得她有权利做一个巫师。

在这一会儿工夫里，克罗斯利先生正努力地要给6B班上地理课。他已经到了差那么一丁点就要放弃上课的地步，他几乎要让每个人都以留堂罚抄作为代价。他最后又试了次。他可以看出来，这场骚动是以西蒙为大中心，以南为小中心的，于是他试着利用这个发现，向西蒙提问。

"现在芬兰的地貌很大程度上受到上一次冰川期的影响。西蒙,冰川期里会发生什么?"

西蒙把心思从金子和荣耀的美梦中拽回了现实。"一切都很冷。"他说。一股强烈的冷空气横扫了教室,让所有人都牙齿打战。"然后变得越来越冷,我想。"西蒙很不明智地加了一句。教室里的空气迅速变得寒冷如冰。6B班的呼吸变成了蒸汽,源源不断地冒出来。窗户盖上了一层薄雾,然后几乎立刻又结冰,冻成了霜花的图案。冰柱开始在暖气片下生长;冰霜把课桌都染白了。

大家异口同声地发出了哆嗦声和呻吟声,尼鲁帕姆发出嘘声:"注意留点神!"

"我是说,一切都变得很热。"西蒙仓促地说。

在克罗斯利先生还没来得及想一想为什么自己在哆嗦的时候,寒冷就被热带的暑气所代替了。冰霜顺着窗户往下淌,冰柱从暖气片下叮一声断开了。有一瞬间,教室里似乎变得既舒服又暖和,一直到结了冰的水开始蒸发。这造成了一片充满水汽的浓雾。大家在一片模糊之中喘着气。有些人脸色发红,有些人脸色发白,汗水从额头流下来,加重了雾气。

克罗斯利先生用一只手摸向前额,以为自己可能染上流感了。教室里突然变得非常昏暗。"有些理论确实是说,冰川期开始时是极端的炎热。"他不确信地说。

"可是我说,在一年里的这个时节,一切都很正常。"西蒙说着,绝望地试着调整温度。

它立刻就实现了。教室里又回复到了往常一样不是很暖的那种温度,尽管还有一点潮湿。克罗斯利先生发现自己感觉好多了。"别胡说了,西蒙!"他生气地说。

虽然带着怀疑,但是西蒙还是意识到,他可能遇到了麻烦。他试着用往常那种高傲气派的方式让这整件事情过去。"好吧,先生,其实没有人真的知道冰川期的任何情况,不是吗?"

"等着瞧吧。"克罗斯利先生不屈不挠地说。当然没人知道。当克罗斯利先生一个接一个叫,到埃斯特尔来描述冰川期的时候,他发现他很奇怪自己到底为什么在问一件不存在的事情。难怪埃斯特尔看起来那么茫然。他又绕回了西蒙那里。"这是什么玩笑吗?你在想什么?"

"我?我什么也没想!"西蒙出于自我防卫而说道。这造成了灾难性的后果。

啊！这比灾难还灾难呢！查尔斯看着西蒙脸上慢慢显露出的完全空白的表情想道。

特蕾莎看到了西蒙呆滞的眼神和松弛的下颌，一下子从座位上尖叫着跳了起来。"阻止他！"她尖叫道，"杀了他！快对他做点什么，别让他再说出一个字来！"

"坐下，特蕾莎。"克罗斯利先生说。

特蕾莎还是站着。"你不会相信他已经做了些什么！"她喊着，"你看看他。如果他以那种状态再说一个字——"

克罗斯利先生看了看西蒙。这个男生现在似乎在假装他是一个白痴。这和大家有什么关系？"别做出这种表情，西蒙，"他说，"你不是那样一个傻瓜。"

西蒙现在是一种完全茫然的状态。而在那种状态下，人们会有一种习惯，即无意识地捕捉并重复别人对他们说的话。"不是那样一个傻瓜。"他含混不清地说。他毫无表情的脸上增添了一种有深意的狡黠的表情。也许这样也好，查尔斯想。毫无疑问，特蕾莎说得有道理。

"不要对他说话！"特蕾莎大喊。"你不明白吗？是他所说的每一句话！而且——"她转过身指着南，"这全都是她的错！"

在吃午饭以前，南还会在特蕾莎指向她的手指以及大家转投向她的眼神之前畏缩。可是现在，她已经骑过飞天扫帚了，所以事情就不一样了。她有能力不屑一顾地看着特蕾莎。"胡说八道！"她说。

克罗斯利先生被迫同意了南的意见。"别做可笑的事，特蕾莎，"他说，"我叫你坐下来。"他罚了特蕾莎和西蒙两个人留堂抄写，以此来表达心中的不满。

"留堂！"特蕾莎惊叫，然后砰的一声坐了下来。她气坏了。

然而，西蒙却发出了一声狡猾的轻笑。"你觉得你赢了，是不是？"他说。

"是的，"克罗斯利先生说，"留堂一个半小时。"

西蒙张开嘴，想要再说些什么。但是这时尼鲁帕姆打断了他。他探过身子对着西蒙悄悄地说："你很聪明。聪明的人都守口如瓶。"

西蒙极为愚蠢而又极为明智地慢慢点点头。让查尔斯失望的是，他似乎听从了尼鲁帕姆的建议。

"把你们的日记本拿出来。"克罗斯利先生不耐烦地说。现在终于应该有点安宁了，他想。

大家打开了日记本。他们在眼前打开了今天的这一页。他们拿起了笔。在这时，就连那些之前还没有意识到的人也明白了，几乎没有什么内容是他们敢写下来的。这非常令人沮丧。在这儿，他们正在上演着独一无二、纯正而有趣的大事件，他们有许许多多的事情要说，可是却几乎没有一件是合适让卡德瓦拉德小姐过目的。大家咬着笔，辗转不安，抓耳挠腮，盯着天花板。最感到遗憾的人，是那些正计划着要让南赋予他们"金手指"，或者让他们一举成名，或者给他们其他东西的人。如果他们把任何一样他们认为是南所显露的魔法给描述出来，那么南就会因为施行巫术而被抓起来，而他们就会把这只下金蛋的鹅给杀死了。

南·皮尔格林其实不是巫师，在努力思考了很久之后，丹·史密斯写道。在昨晚的午夜宴会之后他有一点胃疼，这让他的思维变慢了。我从不认为她真的是，这只是克罗斯利先生开的玩笑。今天早上发生了一起恶作剧，像那样把所有人的鞋子偷走，一定是一件很辛苦的事，然后有人偷走了我的钉鞋，把我真的弄疯了。看门人的狗撒了——丹停在了这里，他想起卡德瓦拉德小姐也会看到这句话的。这个地方写得太过了，他想。

今天还是没有可说的，尼鲁帕姆快速地写道。有人在自讨苦吃。不是我要把今天下午的事来怪罪他们，可是鞋子的事真的很傻。他把笔放下，去睡觉了。他半个晚上没睡，一直在地板下面吃圆面包。

我的睡袜被毁了，特蕾莎用她的天使字体抱怨道。我的针织作品都被破坏了。今天很糟糕。我不想编瞎话，我知道西蒙·塞尔维森神志不清，但是应该有人做点什么。泰迪·克罗斯利既没用，又不公平，而埃斯特尔·格林总是认为她知道的最多，可她却不能让她的针织物保持干净。舍监太太也不公平。她用一片阿司匹林就把我打发走了，却让布莱恩·温特沃斯躺下来，而我却是真的病了。我永远也不会再和南·皮尔格林说话了。

大部分人，尽管他们没法达到特蕾莎这样的文采，但最后也都设法写了些东西。可是有三个人仍然坐在那里盯着空白的纸面发呆。他们是西蒙、查尔斯和南。

西蒙很狡猾。他是聪明人。他彻头彻尾地怀疑这整件事。他们是在努力地用某种方式来抓他的错处。最安全、最聪明的做法是，不要把任何事情诉诸文字。他对此很肯定。另一方面，让所有人都知道他有多聪明是行不通的。这看上去会怪怪的。他应该只写一件事。所以，在经过了半个多小时的深思熟虑之后，他写道：狗狗。这花了他五分钟的时间。然后他坐了回去，自信地觉得他愚弄了所有人。

查尔斯被难住了，因为他完全没有代码可以来描述所发生的事情。他知道他必须写点什么，可是他越是努力去想，似乎就越是困难。在某个时刻，他几乎要和尼鲁帕姆一样跑去睡觉了。他让自己振作起来。想想！好吧，他不能把"我起床"作为开头，因为他几乎很享受今天。他也不能写"我没有起床"，因为那毫无意义。不过他最好提起鞋子的事情，因为所有其他的人都会提。他可以用土豆作为代码谈到西蒙。塔尔斯先生也可以被提到。

查尔斯还没把这些全部理清，就差不多到了响铃的时候了。他用潦草的笔迹仓促地写道：我们的鞋子全都去玩游戏了。我悬在绳子上时想到了土豆有头发。我和一本烂书比赛。当克罗斯利先生叫他们把日记本收起来的时候，查尔斯想到了别的，于是匆匆写了下来。我绝不会再热了。

南什么也没写。她微笑地坐在她空白的页面旁边，感觉不到有描述任何事情的需要。当铃声响起时，为了表现出写日记的姿态，她写下了日期：10月30日。然后她合上了日记本。

当克罗斯利先生走出教室的一刻，南被包围了起来。"你看到我的纸条了吗？"大家冲着她吵吵嚷嚷。"你能做到让我只要一碰到一个便士，就能把它变成一块金子吗？只要便士就好。"

"你能让我的头发变得像特蕾莎一样吗？"

"你能让我每次说'纽扣'的时候，实现三个愿望吗？"

"我想要丹·史密斯那样的大块肌肉。"

"你能为我们的晚餐弄到冰激凌吗？"

"我需要一辈子的好运。"

南的目光越过他们，望向西蒙坐的地方。西蒙正耸着肩膀，用狡猾的，箭一般精明而又愚蠢的目光看着尼鲁帕姆，而后者正警惕地坐在他的旁边。这件事如果是西蒙做的，那么谁也不知道他什么时候会说句话，就撤销了她的巫术。南拒绝相信这就是西蒙干的，不过不论是什么把她变成了巫师，轻率的许诺都是很傻的。

"现在没有时间表演魔法了。"她对吵吵闹闹的人群说。当这句话带来了连珠炮似的恳求和抱怨声之后，她大喊道："这需要几个小时呢，你们明不明白？你不只需要嘀嘀咕咕地念咒语、调制药剂。你还需要出门去采摘奇怪的草药，在黎明和满月的时候说些奇怪的咒文，而这时你甚至都还不算开始呢。当你做完所有这些事之后，还不是必然就能立即生效的。大多数时候，你还得整夜围着那些冒烟的草药飞来飞去，咏唱出难以言喻的甜美声音，而这时还根本什么都没有发生呢。现在你们明白了没有？"这段无中生有的话，换来的是一片彻底的沉默。受到不小的鼓励后，南补充道："还有，你们又做了什么，值得我去费那些麻烦呢？"

"究竟怎么了？"温特沃斯先生在她身后问道，"这里到底发生了什么事？"

南原地转了个身。温特沃斯先生刚好就在教室的中央，他很可能已经听见了所有的话。她周围的人全部都偷偷地溜回到了他们的座位上。"那是我为学校音乐会准备的演讲，先生，"她说，"你觉得它行吗？"

"有可能行，"温特沃斯先生说，"不过还需要多做一点功课才能变得足够好。请把数学书拿出来。"

南的身体慢慢向下滑入了座位，充满了松懈后的虚弱感。有那么感觉糟糕的一刻，她曾认为温特沃斯先生可能要把她抓起来了。

"我说把数学书拿出来,西蒙。"温特沃斯先生说,"你为什么给我那种讨厌而又狡猾的眼神?让你们把书拿出来是这么奇怪的一件事吗?"

西蒙考虑了一下。尼鲁帕姆,以及几个其他的人,都在他们的椅子下面屈起了腿,时刻准备好了要蹦起来堵住西蒙的嘴,如果必要的话。特蕾莎又一次从座位上跳了起来。

"温特沃斯先生,如果他再说一句话,那我就不留在这里了!"

不幸的是,这句话引起了西蒙的注意。"你,"他对特蕾莎说,"臭人。"

"他似乎说话了,"温特沃斯先生说,"你出去,站在走廊里,特蕾莎,外加一次不良行为的记录。西蒙也可以记过一次,我们其他人来上课。"

特蕾莎向门外冲去,她的脸比之前所有人见过的都要红。然而,她无法控制她身上不断冒出的确实讨厌的气味,这气味在她奔跑的时候充斥了整间教室。

"呸!"丹·史密斯说。

有人踢了他一下,每个人都紧张地看着温特沃斯先生,想看看他是否也可以闻到。但是,就像抽烟斗的人常常会发生的情况那样，温特沃斯先生的嗅觉灵敏度比平常人要低。但没到五分钟——在这段时间里，他已经在黑板上写了无数的东西，又说了更多的东西，但6B班没一个人有正常的状态去注意听——他就说："埃斯特尔，放下你在织的那个灰色手袋，打开窗户，听见了吗？这里有一股味道。有人放了个臭气弹吗？"

没人回答。尼鲁帕姆机智地向西蒙递了一张纸条，写着：说这里没有臭味。

西蒙一个字一个字地拼读了出来。他脑袋斜向一边，仔细地考虑这件事。他可以看出来，这里面什么地方有个诡计。所以他狡猾地决定什么也不说。

幸运的是，打开的窗户尽管让教室里变得几乎和西蒙的冰川期一样冷，可它确实慢慢地疏散了臭味。可是怎么也疏散不了特蕾莎身上的臭味，她站在通道里散发出污泥、咸鱼和旧垃圾桶的气味，直到下午的课全部上完。

当铃声响起，温特沃斯先生掠过教室离去时，所有人都发出了一声放松的叹息。没有人知道西蒙接下来要说什么。就连查尔斯也觉得这是一个负担。他不得不承认，他的咒语造成的结果，彻彻底底地使他大吃了一惊。

与此同时，迪丽雅和卡伦，还有特蕾莎主要的朋友们，下定决心要挽回特蕾莎的荣誉。她们围住了西蒙。"立刻让那股味道从她身上消失，"迪丽雅说，"这不好玩。你一整个下午都在针对她，西蒙·塞尔维森！"

西蒙考虑了这些话。尼鲁帕姆非常迅速地从座位上起身，以至于都撞翻了自己的课桌。他努力用他的手去捂西蒙的嘴。可是他做到得太晚了。"你们女生，"西蒙说，"都是臭人。"

结果几乎是难以忍受的。还有女生们发出的噪声。唯一躲过去的女生是幸运的少数，她们已经离开了教室，比如说南。很显然，必须要做点什么才行。大多数人不是在散发臭气，就是在咳嗽。而西蒙则正在慢慢地张开嘴，想要说些别的。

尼鲁帕姆停止了收拾课桌的动作，去抓住了西蒙的肩膀。"你可以打破这个咒语，"他对他说，"你本来可以马上把它停下来的，如果你有一点点脑子的话。但是你总是很愚蠢。"

西蒙看着尼鲁帕姆，慢慢地开始显露出恼怒的神色。他被人指责为愚蠢。是他哎！他张开嘴想要说话。

"什么也不要说！"他身旁的所有人都喊起来。

西蒙端详了他们一圈，很好奇他们现在又在玩什么把戏。尼鲁帕姆摇了摇他。"跟我说这句话，"他说，然后当西蒙迟钝而又狡猾的眼神转向他的时候，尼鲁帕姆慢慢地，响亮地说，"今天下午我说过的话没有一句成真。快点。说啊。"

"说啊！"每个人都叫喊道。

西蒙的缓慢的思维扛不住这么多人嚷嚷。他投降了。"今天下午我说过的话没有一句成真。"他顺从地说。

臭味立刻消失了。想必其他的事情也都没有发生，因为西蒙立刻又变回了他原来的样子。他对这个下午几乎没有任何记忆。不过他可以看出来，尼鲁帕姆正变得空前的自说自话。他看了看尼鲁帕姆的手，惊讶而恼怒——它们正一边一只搭在他的肩膀上。"拿开！"他说，"把你的脸转开。"

咒语还在生效。尼鲁帕姆被迫放手，从西蒙身边退回来站着。但是他一这么做，就又扑了回来，再一次抓住了西蒙的肩膀。他像一个强大的黑暗催眠术师一样凝视着西蒙的脸。"说，"他说，"我说的话没有一句会在将来成真。"

西蒙对这句话表示抗议。他对未来有着宏伟的计划。

"你，看着这里！"他说。当然尼鲁帕姆看了。他用如此强烈的眼神看着西蒙，以至于西蒙继续他的抗议时眨起了眼睛。"可是我以后的每一次考试都会不及——格——！"当他意识到他说了什么时，他的声音渐弱，变成了某种没有意义的响声。因为西蒙很爱通过考试。他收集A类分数和90分，就像他收集荣誉记录一样热忱。而他刚才所说的话，把这一切都结束了。

"就是这样，"尼鲁帕姆说，"现在你必须要说了。我说的话——"

"噢，好吧。我说的话没有一句会在将来成真。"西蒙坏脾气地说道。

尼鲁帕姆松了一口气，放开了他，然后回去继续收拾他的课桌。所有人都叹了口气。查尔斯伤心地转过头去。好吧，在这咒语有效的时候，做得还是不错的。

"出了什么事？"尼鲁帕姆问。在他把课桌重新放到腿上时，他突然看到了查尔斯忧伤的脸色。

"没什么，"查尔斯说，"我——我被罚留堂了。"然后，他带着愉快得多的表情，把头转向了西蒙。"你也是。"他说。

西蒙感觉受到了耻辱。"什么？我在这所学校里从始至终没有被罚留堂过！"

有人向他解释，这不是真的。好几个人吃惊地准备给西蒙讲述他是如何让自己变得蠢笨无知，如何从克罗斯利先生那里接受了一个半小时的留堂惩罚的细节。西蒙不乐意接受这些话，嘴里嘟嘟囔囔，怒气冲冲地离开了。

查尔斯正要跟着西蒙一起离开，去开始长途跋涉，突然尼鲁帕姆抓住了他的胳膊。"坐在后排的长椅上，"他说，"在它中间放着许多连环画，就在底下的架子上。"

"谢谢。"查尔斯说。他非常不习惯别人对他友好，因此他怀着巨大的惊讶说了这句话，并且几乎忘了带上塔尔斯先生那本讨厌的书和他一起走。

他长途跋涉地向老实验室走去，那是留堂的地方。他很快发现自己吃力地走在了特蕾莎·马利特的后面。特蕾莎正在去留堂的路上前进着，她看上去既委屈又悲惨；她被一群她的朋友搀扶着，另外还有卡伦·格里格。

"只是一个小时嘛。"查尔斯听见卡伦安慰地说道。

"整整一个小时啊！"特蕾莎惊叫道，"为这个我永远不会原谅泰迪·克罗斯利！我希望霍奇小姐揍得他满地找牙！"

为了不要整段路都走在特蕾莎队伍的后面，查尔斯半路拐弯穿过了四方院，选择了一直被称为"曲径通幽"的道路。那是一条长满草的空地，曾经是另一个四方院。不过新实验室、讲堂和图书馆都被建造在了这片空地上，这些建筑以各种奇怪的角度伸进草丛里，以至于空地上只剩下了一条之字形的长草的路，出于某种原因，那条路上总是有刺骨的风在吹。这是一个大家只为了避开人才去的地方。所以看见南·皮尔格林在那里游荡，查尔斯并不是特别吃惊。在他吃力地走过她的身边时，他准备好了要瞪她一眼。可是南首先用不友好的眼神看了看他，然后转过图书馆的一角走开了。

我很高兴不是查尔斯·摩根给我写了那张纸条，南想，因为查尔斯继续走着路，并没有说话。我不想要他给的任何帮助。

她再次游荡着走入了凛冽的风中，问自己是否需要任何人的帮助。她仍然感觉到一种强大的，自信的，发自内在的巫师精神。感觉妙极了。仿佛她所想的每一个念头，都能冒出一连串的笑声。她无法相信这有可能只是西蒙的所作所为。另一方面，没有人比南更知道内在的自信能够多么迅速地耗尽。特别是如果有人像特蕾莎那样嘲笑你的话。

另一个人也来了。这一次，是布莱恩·温特沃斯。不过让南松了一口气的是，他在路的另一边快步地走过了。她不认为布莱恩可以帮助任何人。而且——这个地方今晚似乎不寻常地受到欢迎——现在尼鲁帕姆·辛格来了，从另一个方向溜达过来，看起来相当自鸣得意。

"我把西蒙·塞尔维森的咒语解除了，"他对南说，"我让他说，他说的话都不是真的。"

"很好。"南说。她再一次绕着图书馆的一角溜达开了。这意味着她不再是一个巫师了吗？她用一只脚去戳那些被风吹进角落的树叶和脆生生的包装袋。她可以测试一下，把它们变成某样东西，她猜。

可是尼鲁帕姆跟着她转了弯。"不，等等，"他说，"是我给你递了那张纸条。"

南发觉这下极度尴尬。她假装对枯叶很感兴趣。"我不需要帮助。"她生硬地说。

尼鲁帕姆微微一笑，靠在图书馆的墙上，就好像他在晒太阳。尼鲁帕姆个性有点强，南意识到。尽管阳光很微弱，颜色发黄，风把脆生生的包装袋卷得四处乱飞，尼鲁帕姆还是表现出了那么强烈的晒太阳的感觉，以至于南几乎都要感到暖和了。"每个人都认为你是巫师。"他说。

"呵呵，我是的。"南语气坚持地说，因为她想让自己对此感到肯定。

"你不该承认的，"尼鲁帕姆说，"不过这没有分别。问题是，有人会去卡德瓦拉德小姐那里指控你，这只不过是迟早的事。"

"你确定吗？他们都想要我做事的。"南说。

"特蕾莎不想，"尼鲁帕姆说，"除此之外，你也没法让每个人都满意。有人很快会变得恼火的。我知道这一点，因为我的哥哥曾经试着去让所有的官差满意。可是其中一个认为我哥哥给了别的官差更多好处，于是告诉了警察。而我的哥哥就在德里的大街上被烧死了。"

"我很抱歉——我之前不知道。"南说。她隔着一段距离看着尼鲁帕姆。他的侧面像一只丰满的老鹰，她想。它看上去有一种决绝的悲伤。

"我的母亲也被烧死了，因为她试着救他，"尼鲁帕姆说，"这就是为什么找的父亲来到了这个国家，可是这里的情况却恰恰是一样的。我想告诉你的是这个——我听说，英国有一个巫师地下救援服务。他们帮助受指控的巫师逃跑，如果能在宗教法官到来之前赶到他们的分支机构的话。我不知道他们会把你送到哪儿去,或者该问谁,但是埃斯特尔知道。如果你被指控了,你一定要找埃斯特尔帮忙。"

"埃斯特尔?"南说。她想到了埃斯特尔柔和的棕色眼睛和柔软的鬈发,想到了埃斯特尔气人的喋喋不休,想到了埃斯特尔更加气人的那种模仿特蕾莎的样子。她看不出来埃斯特尔能帮助任何人。

"埃斯特尔是个相当好的人,"尼鲁帕姆说,"我经常来这里,经常和她说话。"

"你是说埃斯特尔和*你*说话。"南说。

尼鲁帕姆咧着嘴笑。"她的确话很多,"他表示赞同,"不过她会帮忙的。她告诉我她喜欢你。她很难过你不喜欢她。"

南目瞪口呆。埃斯特尔?这不可能。没有人喜欢南。不过,现在她想起来了,埃斯特尔拒绝过来威胁南把她淹死在浴室里。"好吧,"她说,"我会问她的。谢谢。可是你肯定我会被指控吗?"

尼鲁帕姆点点头。"是这样,你看。6B 班里至少还有两个别的巫师。"

"两个?"南说,"我是说,我知道还有另外一个。这很明显。可是为什么是**两个**？"

"我跟你说过，"尼鲁帕姆说，"我和巫师打过交道。每一个巫师都有自己的风格。就像每个人的笔迹都是不同的一样。我告诉你，音乐课上变出鸟的人，和今天对西蒙施咒语的人，不是同一个人。这两者是完全不同的人生观。但是这两者一定都知道他们非常的傻，不该做出任何一点这种事的，因此他们两个都会想要把责任推给你。很有可能会是他们俩中的一个去指控你。所以你一定要很小心。我会做好我这边的事，如果我听说有任何麻烦的话，我会警告你的。然后你一定要去请埃斯特尔帮你。现在你明白了吗？"

"明白了，而且我非常地感激。"南说。她懊悔地明白到，她不敢尝试把枯叶变成任何东西。而且，尽管她答应了那把旧扫帚，可是她最好不要再骑它了。她十分害怕。可是她仍然感觉到有带着笑意的自信从她的内在汩汩地冒出来，就算现在可能没有任何值得感到自信的事情。留神！她对自己说。你一定是疯了！

第九章

老实验室除了留堂以外,不太用作别的事情。可是它还是沾染着一股淡淡的老式科学的气味,那是一代代人做错的实验所留下的气味。查尔斯溜到了皲裂的后排长椅上,把塔尔斯先生的那本烂书靠在了一段残余的旧煤气管旁边。连环画就在那里,堆在椅子底下的架子上,就在有人花了数个小时勤奋地在座位表面刻了"卡德瓦拉德小姐是个老太婆"的位置的下面。房间里其他的人都坐在了前面。他们大部分都是5B或5C班来的,大概不知道连环画的事。

西蒙进来了。查尔斯用不大不小的力度瞪着他,阻止他坐在后排长椅上。西蒙目中无人地走到了中间一排长椅最中间的位置坐了下来。这很好。接着温特沃斯先生进来了。这不太好。温特沃斯先生很小心地端着一杯热气腾腾的咖啡,房间里所有人都带着无声的妒意看着它。还非得是温特沃斯先生!查尔斯愤恨地想道。

温特沃斯先生小心翼翼地把他的咖啡杯放在了教师长椅上，然后环顾一圈看有谁在接受处罚。他似乎很惊讶看到西蒙，看到查尔斯倒一点也不惊讶。"有人需要抄写纸吗？"他问。

查尔斯需要。他和大部分5B班的人一起走上去，接过一叠别人的旧试卷。考试时这张纸只用了一面，所以，查尔斯猜想，把另一面用来抄写是说得通的。可是尽管如此，它确实还是像在故意告诉大家，他们在这里浪费时间是多么没有意义。浪费废纸。在温特沃斯先生分发纸张的时候，查尔斯可以看得出来，他正处在最不痛快，最苦恼的心情之中。

这一点也不好，在溜回到后排长椅后面的时候，查尔斯想道。因为虽然查尔斯没有特别想过这么做，但是在他看来，很明显他要用巫术来抄写塔尔斯先生的烂书了。如果你不好好利用，做巫师又有什么意义呢？可是他又不得不小心翼翼地去配合在这种心情下的温特沃斯先生。

门开了。特蕾莎带着她的那群支持者进入了门内。

温特沃斯先生看了看她们。"进来，"他说，"很高兴你们终于到了，你们全部的人。坐下来，迪丽雅。找个座位，卡伦。希瑟，狄波拉，朱莉娅，特蕾莎，还有其他人，毫无疑问可以全部挤在西蒙的周围。"

"**我们**没有被罚留堂，先生。"迪丽雅说。

"我们只是来把特蕾莎送过来的。"狄波拉解释道。

"为什么？她不认识路吗？"温特沃斯先生说。"好吧，你们现在要全部留堂——"

"可是，先生！我们只是来——"

"——除非你们现在立即就给我出去。"温特沃斯先生说。

特蕾莎的朋友们消失了。特蕾莎生气地看着西蒙，他正坐在她本来要选择的地方，然后在他后面一排长椅的一头，仔细地挑选了一个位置。"这全都是你的错。"她小声地对西蒙说。

"去死吧！"西蒙说。

太遗憾了，查尔斯想，尼鲁帕姆设法打破了"西蒙说"的咒语，真是太遗憾了。

一片沉默来临了，那些但愿自己身在别处的人，他们可悲的、不得休息的沉默。温特沃斯先生打开一本书，端起了他的咖啡。查尔斯一直等着，直到温特沃斯先生看起来彻底地进入了书中的世界，然后取出了他的圆珠笔。他用食指和拇指顺着它捋了一遍,就像他对西蒙的头发做的那样,一遍又一遍。抄写吧,他对着它默念。照着这本书抄写五百行字。接着,他非常不情愿地替它写出了第一句话——"多么开心的事啊!"沃茨·麦纳惊叫道,"我今天下午被列入传球前卫的名单了!"——来告诉它该做什么。然后他谨慎地放开了手。而这只笔不仅在他放手的地方竖立了起来,而且还开始勤奋地写了起来。查尔斯把塔尔斯先生的书摆摆好,好让它遮住这只正在龙飞凤舞的笔。然后,带着一声满足的叹息,他取出了其中的一本连环画,像温特沃斯先生一样舒服地安坐了下来。

五分钟之后,他觉得一声晴天霹雳击中了他。

圆珠笔跌落下来,在地板上打转。连环画被夺走了。他的右耳极为疼痛。查尔斯抬头一看——看上去模模糊糊的,因为他的眼镜现在只挂在了左耳上——他发现温特沃斯先生正高高地站在他的旁边。他耳朵的疼痛是因为温特沃斯先生严酷地把它揪住了。

"站起来。"温特沃斯先生说着,拽过他的耳朵。

查尔斯不得已地站了起来。温特沃斯先生就那样拎着他的耳朵,领他走到了房间的前面,使得他的脑袋痛苦地倾向一边。走到半路,查尔斯的眼镜从另一只耳朵上掉了下来。他几乎没有勇气去接住它。事实上,他只是出于条件反射才拯救了它。他相当肯定,他马上就不会再需要它了。

站在房间前面,他的视力只能够看见温特沃斯先生用一只手把连环画塞进了废纸篓。"叫你在留堂的时候看连环画!"温特沃斯先生说,"现在跟我过来。"他仍然是拎着查尔斯的耳朵,把他领到门边。在那儿,他转过身来,对着房间里的其他人说话。"在我不在的时候,"他说,"如果有任何人胆敢捣乱,那么他就要每天晚上都在这里待上双倍的时间,直到圣诞节。"说完这句话,他把查尔斯拖到了外面。

他拖着查尔斯在外面的廊道上走了一段距离。然后他放开了查尔斯的耳朵,抓住了他的肩膀,开始摇晃他。查尔斯从没有被人像那样摇晃过。他咬到了自己的舌头。他觉得他的脖子要断了。他觉得他整个人都要裂成碎片了。他把他的左手抓在右手的手心里,试着控制自己——然后感觉到自己的眼镜啪地折成了两半。那么,就是现在了。当温特沃斯先生终于把他放开时,他几乎已经无法呼吸了。

"我警告你!"温特沃斯先生气得狂躁地说道,"我叫你到我的房间里，特意提醒了你！你是一个彻头彻尾的傻瓜吗，孩子？你还得被吓唬多少次才行？你需要到了宗教法官的面前才能停下来吗？"

"我——"查尔斯倒抽着气说，"我——"他从来不知道温特沃斯先生可以这么生气。

温特沃斯先生用一种提高了音调的低音继续说了下去，这种声音远远比大声喊叫更为吓人。"三次——据我所知今天有三次——你使用了巫术。上帝才知道，我不知道的还有多少次。你是在想办法泄露自己的身份吗？你有没有一丁点的概念，你是在冒着什么样的风险？你是有多爱炫耀啊？今天早上学校里所有的鞋子——"

"那个——那是一个失误，先生，"查尔斯气喘吁吁地说，"我——我是想找回我的钉鞋。"

"愚蠢的事情，浪费了巫术！"温特沃斯先生说，"而你还不满足于这样的公开展示，接着你又去给西蒙·塞尔维森施了咒语！"

"你怎么知道是我？"查尔斯说。

"都写在你的脸上了，孩子。不仅如此，你还坐在那里让可怜的南·皮尔格林承担责任。我把这个叫做彻头彻尾的

173

自私和卑鄙！现在又是这样！在任何人都能看到的地方抄书！你很幸运，让我来告诉你，孩子，你非常的幸运，此时此刻你没有潦倒地待在警察局里，等待宗教法官的来临。你活该去那里。不是吗？"他再一次摇晃起查尔斯："不是吗？"

"是的，先生。"查尔斯说。

"你会去那儿的，"温特沃斯先生说，"如果你再多做一次的话。你必须得别再想巫术了，明白吗？别再想魔法了。试着保持正常，如果你知道这是什么意思的话。因为我向你保证，如果你再这么做的话，那你就真的会遇到麻烦。清楚了吗？"

"是的，先生。"查尔斯说。

"现在回到那里去，好好地抄写！"温特沃斯先生用一只手向前推着查尔斯，查尔斯可以感觉到那只手因为生气而在颤抖。尽管这很吓人，但查尔斯还是对此感到高兴。没有眼镜他几乎什么也看不见。当温特沃斯先生带着他闯进老实验室时，房间里只是一大片模糊的混沌。不过他可以感觉到，每个人都在看着他。空气里充满了大家的这种念头：还好不是我！

"回到你的座位上。"温特沃斯先生说，然后猛地一推放开了查尔斯。

查尔斯摸索着穿过了一片片游移的彩色混沌，走到了老实验室的另一头。那些勾连的白色方块一定是书和旧试卷了。可是他的笔，他想起来了，它已经掉到了地板上。在这种状态下，他要怎么找到它呢？更不用说用它写字了。

"你站在那里干什么？"温特沃斯先生冲着他吼道，"戴上你的眼镜，回去用功！"

查尔斯吓了一大跳。他发现自己低头冲向了座位，一边冲一边挂上了眼镜。世界一下子有了焦点。他看见他的笔几乎就躺在他的脚边，于是就弯腰去捡。在他把一半身子探到长椅下面的时候，他想，他的眼镜确实已经一折两半了呀？他听见了可怕的最后折断的噼啪声。他以为他感觉到了它的断裂。他连忙抬起手去摸他的眼镜——把它摘下来看是没有意义的，因为这样的话他就看不见了。它摸上去很正常。完完整整的。要么就是他搞错了，要么就是，是塑料折断了，而不是里面的金属。查尔斯放宽了心，坐了起来，手里拿着那支笔。

然后他盯着它自己写的东西看。我是沃茨列入前卫麦纳多么今天开心的下午。我开心的麦纳是传球今天下午沃茨……诸如此类的，写了整整两页。毫无用处。塔尔斯先生必定会注意到的。查尔斯叹了口气，开始抄写。也许他应该停止使用巫术了。似乎一切都出了岔子。

结果，这天傍晚剩下的时间里都相当的安静。查尔斯坐在一片"戴维"之中，并用大拇指抚摸着食指上厚厚的软垫状水疱，他不想放弃巫术，但也知道自己不敢继续下去。他强烈地体会到一种懊悔与恐惧交杂的感觉，以至于让他大大地乱了心神。而西蒙也感到了压抑。布莱恩·温特沃斯回来了，他坐在那里用功地奋笔疾书，一只眼睛仍然稍稍有点内斜，可是西蒙似乎暂时失去了要打布莱恩的欲望。而西蒙的朋友们也跟从了他的行为。

因为尼鲁帕姆所说的话，南也一直保持着安静。可是，无论她如何努力地和自己讲道理，她都无法摆脱内心的那种往外冒的自信。当天夜里在宿舍的时候，这种自信依然存在。尽管迪丽雅，狄波拉，希瑟和其他人开始像以往一样针对她，但这种自信还在。

"有点太过分了，对西蒙的那个咒语！"

"真的，南，我知道我们叫你做过，可是你应该先动动脑子。"

"看看他对特蕾莎做了什么。她为此失去了她的针织作品!"

而南并没有像往常一样顺从和道歉,而是说道:"是什么让你们那几个漂亮的小脑袋产生了这种想法,认为那个咒语是我做的呢?"

"因为我们知道你是一个巫师。"希瑟说。

"当然,"南说,"可是是什么让你们认为我是唯一的一个?你想一想,希瑟,而不要只是张开你那粉红色的小嘴巴信口开河。我告诉过你,制造一个咒语是很耗费时间的。我告诉过你要采草药,要飞来飞去,要咏唱,不是吗?我还没说要去抓蝙蝠的事呢。那需要花好几年,即使是骑着一把高速的现代飞天扫帚,因为蝙蝠太善于躲闪了。在浴室里你们和我在一起,而过去这一周的所有时间,你们也从头到尾都和我在一起,你们知道我没时间去抓蝙蝠或者采草药,你们也看见了,我没有念念有词或者说什么咒文。你们明白了?那不是我干的。"

她能看出来,她们被说服了,因为她们看起来全都很失望。希瑟嘟囔着:"可你还说过你不会骑着那把扫帚飞!"

不过她没有再多说别的。南很满意。她让她们闭上了嘴，但又似乎没有失去她作为巫师的声望。

只除了卡伦。卡伦是最近才被允许加入特蕾莎的朋友之列的。这使得她非常的热忱。"呵呵，我认为你现在应该念一个咒语了，"她说，"特蕾莎丢了一双毛线鞋，她花了几个小时织的，我认为至少你可以把它找回来。"

"一点也不难，"南轻描淡写地说，"可是特蕾莎想要我去试吗？"

特蕾莎把睡衣的纽扣都扣上了，然后把头扭开，去梳头发。"不要她去试，卡伦，"她说，"以那种方式找回我的针织作品，我会感到羞耻。"

"熄灯，"门口一个风纪老师说，"这些东西是你们谁的吗？看门人在他的狗篮里找到了它们。"她举起了两个小小的，毛茸茸的，灰色的东西，上面都是洞。

在特蕾莎去领她的毛线鞋的时候，所有人看南的那种眼神，让南想知道，自己那样说话是不是明智的。我甚至不是确实地知道，我是否还是一个巫师，在她上床的时候，她想。以后我要管住我的嘴。而那个长柄扫帚还待在橱柜的顶上。我不在乎我是不是答应过它。

在正好半夜的时候，她被什么东西戳醒了。在睡梦之中，南滚来又滚去地躲避，直到在掉下床的时候醒了过来。有一种快速发出嗖嗖声的动静。某样她在近乎黑暗的情况下只能朦朦胧胧看见的东西，先是扑到她上面，然后又扑到她下面。南完全醒过来了，她发现自己离地板有六英尺高，脑袋正倒悬在一边，脚在另一边，整个人对折着挂在长柄扫帚上。挂在多节的扫帚把上是很痛苦的。尽管如此，南还是笑了起来。我到底还是一个巫师！她欢乐地想。

"把我放下来，你这个大骗子！"她小声地说，"你之前只是在博取别人的同情，假装你需要一个人来骑，是不是？把我放下来，你自己飞去！"

飞天扫帚的回答是上升到了天花板。从那个位置看起来，南的床就像一个小小的朦胧的长方形。她知道，如果她跳下去，她是不会跳中的。

"你个大混蛋！"她说，"我知道我答应过你，可那是之前——"

那扫帚暗示性地向窗户漂移而去。南变得警觉起来。窗户是开着的，因为特蕾莎相信新鲜空气对身体好。她想象自己只穿着一件睡衣，在长柄扫帚上晃荡着，被载着飞过乡村

179

的样子。她投降了。

"好吧。我来骑你。不过先让我下来拿些毯子。我不要像这样就走了!"

扫帚转了个圈,猛地冲回到南的床上。南的双腿飞蹬出去,她弹跳了一下降落在床垫上。扫帚一点也不信任他。在她从床上拽起粉红色的校毯的时候,它一直在她的上方盘旋。她一把毯子裹在身上,它就箭一般冲到她的身下,然后再次猛地冲上天花板,以牢牢确保她不会溜走。南被向后甩去。她几乎又要以悬挂在下面的结局来告终了。

"小心点走!"她小声地说,"让我坐坐好。"

在南努力保持平衡,让自己舒服一点时,扫帚不耐烦地盘旋着。她不敢花太长的时间。这些扑腾和低语打扰到了其他的女生们。她们有好几个人都在辗转反侧,不高兴地嘟囔着。南试着坐在扫帚上,但却向一侧倒去。她被她的毯子缠住了。最后,她只是脸冲下向前摔了下去,再一次趴在了扫帚把上——身上裹着一捆毯子,脚勾在扫帚尾上——就罢休了。

她甚至还没来得及在那种姿势下坐得舒服点,飞天扫帚就向窗户扑了过去,把它顶得更开,然后蹿了出去。外面是伸手不见五指的黑夜。天气很冷，下着蒙蒙细雨。南的脸贴着它都蹭皱了，她努力地去习惯这种身处高空中的感觉。扫帚以一种奇怪的上下起伏的方式飞行，它不完全满意这个用脸趴着的人。

为了不让自己再想这些，她说话了。"这是要怎么样，"她说，"让浪漫的梦变成现实？我总是想到自己在一个温暖的夏夜骑着一把飞天扫帚飞行，勾勒出一轮超大的月亮的轮廓，还有一只夜莺之类的鸟歌唱不已。可你看看我们！"在她的身下，飞天扫帚突然一抖。这明显是一个耸肩的动作。

"是的，我料想这是我们能做到的最好表现了，"南说，"可是我不觉得这样很光彩，而且我被淋湿了。我敢打赌，杜西妮娅·威尔克斯曾经优雅地坐在她的扫帚上，大概是侧着坐的，她的长头发在后面飘动着。因为是在伦敦，所以她大概穿着一件精美的丝绸长裙，从下面看会露出许多层的蕾丝衬裙。你知道我是杜西妮娅·威尔克斯的后人吗？"

她身下的涟漪可能是扫帚点头的方式。但反过来也可能是嘲笑。

南发现她现在可以在黑暗中看见了。她俯视了下方，然后吓得脸色苍白。飞天扫帚却觉得在这个高度非常没劲。在她说话的时候，它急速升高，同时转了个弯，以至于学校的那些方形轮廓，都被远远地落在了下面一侧的方向上。黯淡的操场就在正下方，在它的外面，南可以看到布满了前方山谷的整个镇子。房子都是暗的，中间有一连串橘黄色的街灯。尽管下着飘摇的细雨，南还是可以看到，黑漆漆的拉伍德森林是那么远，它在对面的山上。

"让我们飞到森林去吧。"她说。

扫帚掠过了山谷。一旦你习惯了它，真的会是一种很棒的感觉，南一边因为细雨而眨巴着眼睛，一边坚定地对自己说道。秘密的，沉默的飞行。这存在于她的血液里。她用两只手握住了扫帚把的末端，试着把它指向镇子。可是扫帚却有另外的想法。它想要绕着镇子的边缘飞。结果是，他们颠簸了一下，向侧面飞去。

"飞到房子上空去。"南说。

扫帚晃动了一下，差一点让她摔倒。不。

"我猜可能会有人抬头看到我们，"南同意道，"好吧。你又赢了。混蛋。"她突然想到，她贴着一轮巨大的满月飞行的梦想，真的是最最彻头彻尾的浪漫鬼话。没有一个巫师会在她的处境下这么做，因为他们害怕宗教法官可能会看到。

于是在细密的雨中,他们冲过田野,越过了主干道。起初,雨水穿过街灯冒出的橘黄色轻烟,滴滴分明地落在了南的脸上。后来,在他们到达拉伍德森林的时候,只能感觉到黑暗中的一片湿润了,这湿润带来了一股秋叶和蘑菇的气息。可是就算是一片黑暗的树林,在夜里也不是非常黑的。南可以看到,树木更为黯淡了,可它们还是有着黄色的叶子;她还可以清楚地看见,下雨造成的薄雾从树木上方氤氲地冒出来。其中有一部分好像是真的烟。南清晰地闻到了火的气味。一个湿漉漉的火堆,正在烟雾缭绕地燃烧着。

她突然感到相当安静。"我说,那不可能是个篝火,对不对?如果是在午夜过后,就是万圣节了,是不是?"

这个念头似乎让扫帚很不安。它猛地停了下来。有那么一秒钟,它的前端向下轻点,仿佛正在想着降落。为了不让自己头先着地滑落下来,南不得不用力地紧抓。接着它竟然开始往回飞了,它焦虑不安地摇摆着它的扫帚尾,以至于让南的双脚来回地左右摆动着。

"停下!"她说,"我马上就要吐了。"

她知道,他们确实有的时候会把巫师的扫帚和它所属的巫师一起烧死。所以,当扫帚转变方向,远离烟的气味,以一种可以说是庄严的样子,开始向学校飞回去的时候——仿佛那就是它一直打算要去的方向——她并不惊讶。

"你不要耍我,"她说,"不过你可以回去,如果你想的话。我都湿透了。"

扫帚继续着它湿漉漉的庄严旅程,高高地飞在田野和马路上方,直到黯淡平坦的操场再一次出现在他们的下面。南正在想着现在她随时都可以上床睡觉了,突然扫帚似乎有了一个新的主意。它俯冲了令人晕眩的五十英尺距离,并开始加速了。南发现自己正在大约二十英尺的高空上疾疾地飞过田野,因为速度太快而像块软泥一样向后瘫去。她一边坚持着,一边大喊让它停下来。但无论她说什么,都没有引起任何的变化。扫帚继续疾飞。

"噢,真是的!"南喘息着说,"你是我见过的最任性的东西!停下!"

雨水打在她的脸上,不过,尽管如此,她现在还是可以看见前方有个东西。那是一个在草的衬托下显得颜色发暗的东西,而且它相当大,大得不可能是一把扫帚——尽管它也在飞行,轻轻地飘浮着穿过田野。扫帚在向着它飞驰。在他们颠簸着继续前行的时候，南看见，那个东西的下面是平的，上面有一个人的形状。它变得越来越大了。南断定，这只可能是一张坐着一个男人的小地毯。她对着扫帚把又是长拽又猛拉，可是似乎都没办法让扫帚停下来。

扫帚高兴地向上一颠，来到了暗色物体的侧面。这确实是一个男人，坐在一张小地毯上。扫帚扑腾地绕着它飞，非常用力地摇摆着它的帚尾，以至于南都咬到了自己的舌头。它对着那张地毯又是磨蹭，又是轻碰，又是推撞，同时在这么做的时候，把南往不同的方向猝然甩去。而地毯见到扫帚似乎也同样地高兴。它又是抖动，又是拍打，又是摇曳，以至于让上面的男人往不同的方向滚来滚去。南缩下身子牢牢依附在扫帚上，不论这个坐在地毯上的巫师是谁，她都希望自己对他而言，看起来只像是一卷毯子。

但是这个男人因为地毯和扫帚的搞怪而变得恼火起来。"你还不能控制那个玩意吗？"他厉声说道。

南把身子缩得更低了。反正被咬痛的舌头让她很难说话，而她对此几乎感到很庆幸。她认识那个声音。他是温特沃斯先生。

"我告诉过你，永远不要在学期没结束的时候骑那个玩意，布莱恩。"温特沃斯先生说。南还是什么也没说，于是他补充道："我知道，我知道。可是这张讨厌的炉边毯坚持每天晚上要出来。"

这下越来越糟了！南想。温特沃斯先生以为她是布莱恩。所以布莱恩一定是——在拼命的努力之下，她成功地把扫帚的方向扭转了过来，远离了那张炉边毯。然后她用了更大的努力让它朝学校的方向重新上路。她用裸露的脚趾用力去踢它，让它保持前进。当她离开了有一定距离之后，她冒险转回身低声说了一句："对不起。"她希望温特沃斯先生继续认为她是布莱恩。

在飞天扫帚缓慢而笨重地走远时，温特沃斯先生在她身后喊了句话，可是南连听都不愿意去听他说了什么。她不想知道。她几乎仍然无法相信这件事。此外，她还需要集中所有的注意力去指挥扫帚前进。它非常地不情愿。它心情忧郁，沉重地飞越田野，这让南无可抗拒地想起了查尔斯·摩根，不过至少它还是前进了。南满意地发现，她到底还是可以控制它了，当她必须这么做的时候。

把南托升到宿舍窗边的过程显得特别棘手。她几乎相信它在呻吟。有些困难可能是真的。南所有的粉红色校毯现在都已经完全湿透了,它们的分量一定非常重。不过南想起了下午的时候扫帚有多么装模作样,于是决心对它不加怜悯。她再次用脚尖去踢它。扫帚在黑暗的雨夜里向上爬升,它沿着墙壁一点一点地向上,直到终于来到了半开的宿舍窗户外面。南帮助扫帚用肩膀把扫帚推得更开些,然后俯冲到了地板上,腹部落地。真叫人松了一口气!她想。

有人轻声低语道:"我在你的床上放了干的毯子。"

南差一点昏过去。停顿了一会儿,她恢复了意识,从扫帚上翻身滚开,裹着她湿漉漉的毯子跪了起来。一个穿着学校标准睡袍的昏暗人影正站在她的面前,她微微弯下了腰,所以南可以看到她的头发是卷曲的。希瑟?不,别发傻了!埃斯特尔。"埃斯特尔?"她轻轻地说。

"嘘!"埃斯特尔低声说,"过来帮忙把这些毯子放到烘衣柜①里去。我们可以在那儿说话。"

"可是扫帚——?"南低声说。

"把它送走。"

好主意,南想,只要扫帚愿意听话。她把它拾了起来,

---

① 英国人家里一种有暖气的柜子,可以把洗过的半干的衣物放在里面,烘至全干。

一边拾，身上湿透的毯子一边脱落下来，然后她带着它去了窗边。"去球场管理员的小屋。"她严肃地悄声对它说，然后用力一推，把它送走了。因为知道它是一把什么样的扫帚，所以就算它只是咔嗒一声落到地上，她也是不会惊讶的。但是它听从了她的话，这让她相当吃惊——至少，它向着雨夜飞走了。

埃斯特尔已经在把那堆毯子提向门边了。南踮着脚尖过去帮忙。她们一起拖着毯子，沿着通道拖进了那个命中注定的浴室。在浴室里，埃斯特尔把门关了起来，大胆地打开了灯。

"只要我们说话不太大声就没关系的，"她说，"我实在很抱歉——在我帮你铺床的时候，特蕾莎醒过来了。我不得不告诉她你病了。我说你在浴室里，又觉得恶心了。如果她明天问起的话，你能记住吗？"

"谢谢，"南说，"你真好。我出去的时候吵醒你了吗？"

"是的，不过这主要是出于训练。"埃斯特尔说。她打开了大大的烘衣柜。"如果我们把这些毯子折起来放在最后面的话，几周内都不会有人发现它们的。到了那个时候它们可能都已经干了，不过按照这所学校的暖气来看，这种可能性是靠不住的。"

这不是一件很快能完成的事情。她们必须得把堆在烘衣柜里的一叠叠淡粉色的干毯子拿出来,把分量重的鲜粉色湿毯子折起来,放进后面,然后再把所有的干毯子放回去挡住它们。

"你为什么说是出于训练才让你醒来的?"在她们干活的时候,南问埃斯特尔。

"巫师地下逃亡路线的训练,"埃斯特尔说,"我妈妈曾经属于这个组织,而我曾经给她帮过忙。当我听见你出去的时候,我完全又回到了过去——虽然从前通常是有人进来才把我吵醒的。我知道你回来的时候是会淋湿、会需要帮助的。妈妈从小培养我考虑所有像这样的事情。曾经在夜里,我们无论什么时辰都有巫师骑着扫帚进来,可怜的家伙们!他们大部分和你一样被淋湿了——当然,比你惊恐得多。用你的下巴压住毯子。那是折毯子最好的办法。"

"你妈妈为什么把你送走,到这所学校来?"南问,"你一定曾经是个很好的帮手。"

埃斯特尔开朗的脸色变得哀伤。"她没有。是宗教法官把我送来的。他们发动了一场很大的运动，粉碎了我们机构所有的分支。我妈妈被抓住了。她现在在监狱里，因为她帮助巫师。不过——"埃斯特尔柔和的棕色眼睛郑重其事地凝视着南的脸——"求你不要说出去。我无法忍受有其他的人知道。你是我唯一说过这件事的人。"

第十章

第二天早上,布莱恩·温特沃斯没有起床。西蒙躺在那儿,朝他扔了一个枕头,但是布莱恩没有苏醒。

"醒醒,醒醒,布莱恩!"西蒙说,"起来,否则我要把你的被子掀掉了。"布莱恩仍然没有动弹,于是西蒙向他的床逼近。

"别管他,"查尔斯说,"他昨天病了。"

"你说什么就是什么咯,查尔斯,"西蒙说,"你的话就是我的命令。"然后他把所有的铺盖都从布莱恩的床上扯走了。

布莱恩不在里面。相反,里面有排成一线的三个枕头,它们巧妙地相互重叠,搭出了一个人体的形状。所有的人都围拢过来盯着瞧。罗纳德·韦斯特弯下身子去看床底下——就好像他觉得布莱恩可能会在那里似的——然后握着一张纸站了起来。

"瞧这儿,"他说,"这一定是和铺盖一起掉下来的。

看看！"

西蒙从他手中把纸抢了过来。所有其他的人也都伸长了脖子推搡着去看。它是用普通的蓝色圆珠笔，以大写字母写就的，上面写道：哈哈。**我把布莱恩·温特沃斯捏在我的手心里了。署名，巫师。**

西蒙脸上略微有些紧张的表情被一本正经的关心所替代。他马上就知道了，布莱恩的失踪和他没有关系。"我们不会感到恐慌的，"他说，"谁去把值班的男老师找来。"

顷刻间就进入了紧急状态。说话声叽叽喳喳，流言呼啸。由于其他所有的人都吃惊得无法思考，所以查尔斯去把克罗斯利先生找来了。之后，克罗斯利先生和风纪老师们来了又去，向所有人询问，他们最后看到布莱恩是什么时候。其他宿舍的人拥在门口，嚷嚷着议论。每一个人都非常热切地想要说些什么，可是却说不出非常有用的话。许多人都注意到，前一天布莱恩脸色苍白，眼神内斜。有人说他病了，去了舍监太太那里。几个其他的人说，他后来回来了，似乎非常忙碌地在写东西。所有人都发誓，布莱恩前一夜就像往常那样上床去了。

在克罗斯利先生甚至还没把这件事理得太清之前，查尔斯早就已经踮着脚尖匆忙下楼去了。他觉得反胃。直到昨天夜里，他都还以为布莱恩是在试图让自己可以因病退学。现在他明白得多一些了。布莱恩逃跑了，就如他说过他所打算的那样。他听取了前一天午夜查尔斯给他的意见，混淆了自己的行踪。但是什么让布莱恩产生了嫁祸给巫师的想法？会不会是鞋子的事，还有看到查尔斯对着西蒙梳子上的几根头发念念有词？查尔斯相当肯定就是如此。

当查尔斯在走廊里从男生们中间挤过去时，他听见了"巫师"和"南·皮尔格林"这些字眼从四面八方传来。那好吧，只要他们继续归咎于南就行。可是他们会不会呢？在下楼的时候，查尔斯看了看他被烧伤的手指。上面透明而富含液体的软垫状水疱比之前更厚了。被火烧是很疼的。查尔斯疯狂地飞奔着，继续他剩下的路程。他也记得布莱恩在戴维期间龙飞凤舞地写了又写。布莱恩一定写了很多页。即使在那么多页里有一个字写了查尔斯·摩根，他也要确保没有人会看见。他沿着走廊急速前进。他猛地冲进教室，发出响亮的粗粗喘气声。

布莱恩的课桌是打开的。尼鲁帕姆正俯身伏在上面。他看到查尔斯似乎丝毫都不惊讶。"布莱恩很有文采嘛，"他说，"过来看。"

在这张课桌掀开的桌面下，尼鲁帕姆已经把六本练习本对齐，把每一本都翻到了一处跨页匆忙涂写的蓝色字迹那里。救命，救命，救命，救命，查尔斯在第一本里读到。巫师的"邪恶之眼"瞄准了我。**救命**。我正在被拖向我不知道的地方。**救命**。我的思想被控制了。难以名状的恶行被强加于我。**救命**。世界在变成灰色。咒语正在生效。救命……诸如此类的话，写了整整两页。

"写了那么多！"查尔斯说。

"我知道，"尼鲁帕姆说着，打开了布莱恩的法语本，"这本也写满了。"

"写到人名了吗？"查尔斯紧张地问。

"目前看来还没有。"尼鲁帕姆说。

查尔斯并不打算相信尼鲁帕姆的这句话。他轮流拿起每本本子，读完了所有乱涂乱画的内容。救命。疯狂的吟诵和可怕的气味充满了我的耳朵。**救命**。我可以**感觉到自己在消失**。巫师的意念很强。我必须遵从。灰色的嗡鸣和可怕的字眼。**救命**。我的心灵正在从**廷巴克图**[①]被拖向**乌塔普拉德**

[①] 西非马里共和国的一个城市，位于撒哈拉沙漠南缘。

巫师周

什①。我的意思是,被拖向绝对的毁灭。救命……六本本子一本接一本地全都写着这些。光是用大写字母写字这一点,就足以让查尔斯十分确定,那张在床底下的纸条也是布莱恩自己写的。

之后,他也跟着尼鲁帕姆读完了布莱恩所有其他的书本。全都是类似的话。让查尔斯感到宽心的是,布莱恩没有提到任何人名。不过,在这叠本子的底部,仍然还有布莱恩的日记本没读。

"如果他说了任何明确的事情,那一定是在这本里面。"尼鲁帕姆说着,拿起了日记本。查尔斯也伸手去拿它。如果需要的话,他打算用巫术把它从尼鲁帕姆的手中夺出来。还是,直接把所有的内页都变成空白更好些?可是他敢做这其中的任何一件事吗?他的手迟疑了。

就在查尔斯迟疑的时候,他们听见克罗斯利先生的声音在外面的走廊里响起了。查尔斯和尼鲁帕姆手忙脚乱地把书塞回到布莱恩的课桌里,然后把它合上。他们冲到自己的课桌前坐下来,拿出书本,假装在忙着完成前一天晚上的

---

① 印度的一个北部省份。

戴维。

"孩子们,你们现在应该去吃早餐了,"克罗斯利先生进来的时候说道,"走吧。"

他们俩不得不离开了,谁都没有机会看一眼布莱恩的日记本。查尔斯很好奇为什么尼鲁帕姆看起来这么沮丧。不过他为自己的事情太过惊恐,所以没有为尼鲁帕姆的感受费神太多。

在餐厅外面的走廊里,温特沃斯先生匆忙地走过他们身边,他看上去比平常还要更加苦恼。餐厅里面流言四散,说警察刚刚已经到了。

"你们等着吧,"西蒙心领神会地说道,"宗教法官会在午饭之前到这儿。你们会看到的。"

尼鲁帕姆溜到南身边的一个座位上。"布莱恩在他所有的课本里都写了,有一个巫师对他施咒的事。"他嘀嘀咕咕地对她说。

南几乎不需要等这件事来告诉自己她所陷入的麻烦。卡伦和迪丽雅已经问了她几次她对布莱恩做了什么。而特蕾莎——她没有看南——还加了句:"有人做不到不惹别人,不是吗?"

"不过他没有提到任何人名。"尼鲁帕姆嘀嘀咕咕地说着,他同样也没有看南。

布莱恩不需要写出名字,南绝望地想。所有其他的人都会替他这么做的。如果这还不够,埃斯特尔还知道她昨天夜里骑着飞天扫帚出去的事情。她环顾四周寻找埃斯特尔,但是埃斯特尔似乎在躲避着她。她在另外一张桌子。

就此,南最后一丁点巫师的内在自信也完全地离开了她。这是她一生中唯一的一次,没有胃口吃早餐。查尔斯也好不到哪里去。无论他试着去吃什么,他手指上厚厚的水泡似乎都在妨碍他。

在早餐快结束的时候,另一个流言传播开来:警察派人去把追踪犬带来了。

在这之后,过了一小会儿,霍奇小姐来了,她发现学校里一片骚动。她花了一些时间来弄明白发生了什么事,因为哪儿都找不到克罗斯利先生。当最后菲利普斯小姐把事情告诉她的时候,她感到很高兴。布莱恩·温特沃斯消失了!也就是说,霍奇小姐匆匆地想,虽然这件事当然很令人伤心,让人担忧,但这确实给了她一个充分的借口,让她可以重新去吸引温特沃斯先生的注意。昨天是让人感到万分沮丧的。

在温特沃斯先生无视了她对查尔斯·摩根一事大方的道歉之后，她一直想不到可以采取任何其他的行动，来让他和自己结婚。但现在这个情况很理想。她可以去找温特沃斯先生，然后表现出无限的同情。她可以参与到他的悲伤中去。唯一的困难是，温特沃斯先生找不到了，正如克罗斯利先生一样。看样子，他们俩都在卡德瓦拉德小姐的书房里，和警察在一起。

所有人在进入礼堂集合的时候，都可以看到四方院里有一辆警车。几只健壮的阿尔萨斯牧羊犬正从里面出来，它们粉红色的舌头垂在白色的大尖牙外，那个样子好像在说，它们几乎等不及要开始行动，展开追捕了。一些人的脸色变得苍白。还有许多神经质的咯咯傻笑声。

"如果这些狗什么都没找到也没有关系，"可以听见西蒙在解释道，"宗教法官只需要把他的巫师探测仪在班里的每个人身上扫一遍，然后，通过那种方式，他们就能把巫师找出来。"

让南感到宽心的是，埃斯特尔从排队的人群中挤过来，站到了她的身边。"埃斯特尔——！"南开始拼命地喊道。

"不是现在，"埃斯特尔低声地说，"等到唱歌的时候。"

温特沃斯先生和卡德瓦拉德小姐都没有来集合。代替他们坐在主席位上的布鲁贝克先生和塔尔斯先生并没有对此作出解释，也都没有提到布莱恩。这似乎让一切变得更加严重了。塔尔斯先生选择了他最喜欢的赞美诗。让南感到悲惨的是，它叫做《他是英勇的》。当唱到"做一个朝圣者"①的时候，这首赞美诗总是引发特蕾莎看着南咯咯地笑。南不得不等特蕾莎做完了这件事才敢和埃斯特尔说话，同时她想，特蕾莎的咯咯傻笑实在是比以往更加令人讨厌了。

"埃斯特尔，"大家一开始唱第二节诗，南就悄悄地说道。"埃斯特尔，你不认为我出去——昨天夜里，以那种方式——是因为布莱恩，是不是？我发誓我没有。"

"我知道你没有，"埃斯特尔用悄悄话回答，"反正，无论是谁，他抓布莱恩有什么用呢？"

"可是所有人都认为是我！我该怎么办呢？"南又用悄悄话回复。

"第二节课是体育课，到时候我会告诉你的。"埃斯特尔说。

---

① "朝圣者"的音译就是"皮尔格林"。

查尔斯也在歌声的掩护下在对尼鲁帕姆说悄悄话。"巫师探测仪是什么东西？有用吗？"

"黑匣子里的仪器，"尼鲁帕姆对着他的赞美诗集，用气声说道，"用它总能找到巫师。"

温特沃斯先生也谈到过巫师探测仪。所以，查尔斯想，如果传言是真的，宗教法官会在午餐时间之前到达这里，那么今天就是查尔斯的末日了。查尔斯恨布莱恩。自私的王八蛋。是的，好吧，他之前也很自私，但是布莱恩甚至更自私。现在只有一件事可以做，那就是同样去逃跑。可是那些追踪犬却让这成为了几乎不可能的事。

当他们走进教室时，布莱恩的课桌已经被收走了。查尔斯恐惧地看着那个空空的地方。指纹！他想。尼鲁帕姆的脸色变得蜡黄。

"他们把它拿走是为了让狗闻到气味，"丹·史密斯说。他若有所思地加了一句："它们被训练得能把人撕成碎片，那些警犬。我很好奇它们会不会把布莱恩撕碎，还是只是巫师。"

查尔斯看了看手指上的水泡，他意识到被火烧并不是唯一会造成伤痛的事情。他的第一个念头是在课间休息时逃跑。现在他决定在体育课上这么做，那是下一节课。他真希望这中间不需要等上这一整节课。

这节课似乎持续了一年之久。在这节课的大部分时间里，警察都在不停地跟着警犬经过窗边。他们来来回回地走动着。无论布莱恩去了哪里，他们似乎都发现很难找到他的气味。

这个时候南的双手在颤抖，以至于她几乎握不住她的笔了。多亏了昨天夜里的事，让她确切地知道了布莱恩为什么没有留下气味的原因。是那把两面派的飞天扫帚。在它过来弄醒她之前，它一定已经把布莱恩送到外面去了。南非常肯定。南本来可以把警察带到布莱恩所在的那个确切地点的。她昨夜在拉伍德森林上空闻到的不是篝火。那是布莱恩营地的火。飞天扫帚带着她正好从那个地方的上空飞过，然后意识到了它的失误。那就是为什么它变得那么焦虑不安，努力要向后飞走的原因了。她对布莱恩嫁祸给她感到非常生气，以至于她倒希望自己真的可以去告诉他们，他在哪里。但是，如果她这么做的话，那么同时她也就证实了自己是一个巫师，而且还会把温特沃斯先生也牵连进去。噢，布莱恩真是太坏了！南只希望埃斯特尔能在有人指控她，让她开始指控布莱恩和温特沃斯先生之前，想到某种救援的方式。

在这节课快要结束之前，警犬一定是发现了某种气味。当女生们绕着学校外面向女生更衣室走去，去换体育课穿的衣服时，路上连一个警察一条警犬都看不到。在一列女生排着队经过灌木林的时候，埃斯特尔轻轻地握住了南的手臂，把她拉向了树丛中。南任由自己被她拉了过去。她不知道自己的感觉是更放松一点还是更害怕一点。现在的时间还有点早，还不会在灌木林中发现高年级的学生，不过就算是这样，也肯定有人会注意到的。

"我们得进城去，"在她们拨开湿润的树丛往前走的时候，埃斯特尔低声地说，"去'老门房'那里。"

"为什么？"南一边问，一边跟在埃斯特尔后面用力挤进树丛。

"因为，"埃斯特尔回头向着身后说，"那里的夫人掌管着巫师逃亡路线的拉伍德分支。"

她们从巨大的月桂树丛中走出来，到了旁边的草地上。南看了看埃斯特尔惊慌的脸色，又看了看埃斯特尔修长的运动上衣和校服裙。然后她又低头看了看她自己圆滚滚的体型。尽管她们很不一样，但是显然她们都穿着拉伍德之家的统一制服。"可是如果有人看见我们在城里的话，他们会向卡德瓦拉德小姐告发我们的。"

"我在期望，"埃斯特尔悄声地说，"或许你能够把我们变成穿普通衣服的样子。"南意识到，她所施行过的唯一的巫术，就是驾驶那把扫帚。要怎么换掉衣服她一点概念也没有。可是埃斯特尔正依赖于她，而且事情真的很紧急。南感觉自己像个大傻瓜似的，把两只颤抖的手都伸了出来，像念咒语一样，空灵地说出了她头脑里形成的第一句话。

"点兵点将，制服脱掉！"

她的四周有一种天旋地转的感觉。埃斯特尔突然间置身于一片似乎是由一小块一小块的碎布组成的小型暴风雪之中了。海军蓝颜色的碎布，然后是深色的碎布。碎布像烧焦的纸片一样安定下来，依附在埃斯特尔身上垂了下来，也依附在了南的身上。就这样她们俩在几秒钟之内，都变得像巫师一样了，穿着长长的拖尾黑裙子，戴着尖尖的黑檐帽，等等。

埃斯特尔啪地用两只手一起捂住嘴巴，来阻止自己咯咯作笑。南哼着鼻子发笑。"这个不行！再试一下。"埃斯特尔咯咯地笑着。

"你想穿什么呢？"南问。

埃斯特尔的眼睛发亮了。"骑马装，"她热烈地低声说道，"和一件红色的无袖套衫，拜托了。"

南再一次伸出了她的双手。既然知道自己是能够做到的，她就感到十分自信了。

"虾兵点蟹将。穿你最爱的服装。"

碎布的风暴又开始了。在埃斯特尔这边，开始是黑色的，然后形势良好地旋转着变成浅棕色和红色。而在南的周围，它似乎正在变成粉色。当风暴平息时，埃斯特尔穿上了马裤、红色套衫，戴着防护帽，腿上是闪闪发亮的靴子，看上去非常漂亮修长；她正用一根马鞭指着南，不可救药地爆发出大呼小叫。

南低头看了看她自己。看样子她最想要的那种衣服，是她想象中杜西妮娅·威尔克斯骑着她的飞天扫帚绕着伦敦飞行时穿的那种裙子。她穿着一件闪闪发亮的粉色丝绸舞会礼服。这条大摆裙裙摆在湿润的草地上扫过。粉红色的紧身上衣使她的肩膀裸露出来。它的正面有蓝色的裙弓,袖子上有蕾丝。难怪埃斯特尔在笑!粉色的丝绸对于像南这样身材圆滚滚的人来说,无疑是个错误。为什么是粉色的?她问自己。大概她是从校毯的颜色上得到的灵感。

她把自己的双手伸了出去,想再试一下,就在这个时候她们听见卡伦·格里格在灌木林外面喊叫。"埃斯特尔,埃斯特尔,你在哪儿啊?菲利普斯小姐想知道你去了哪里!"

埃斯特尔和南转身就跑。埃斯特尔的衣服在灌木林中冲刺是很理想的。南的衣服却不是。她在埃斯特尔后面笨拙地跑着,急急地喘着气,湿润的树叶不断在她裸露的肩膀上洒落水滴。她的袖子妨碍了她。她的裙摆裹住了她的腿,并且不断地刮到灌木。就在灌木林的边缘,礼服被一条细枝挂住了,撕裂时发出了非常响亮的嘶的一声,这让埃斯特尔恐惧地急转过身来。

"等等!"南气喘吁吁地说。她把粉色的裙摆拽松,然后把下面的整个部分给扯了下来。她把扯下来的部分像围巾一样裹住了自己湿漉漉的肩膀。"这下好多了。"

在这之后,她就可以非常容易地跟上埃斯特尔了。她们偷偷地一路溜到了学校的大道上,沿着它一路飞奔,穿过铁门跑到了外面。南打算停下来,在外面的路上把粉色礼服换成别的衣服,可是就在门的外面,有一个男人正在打扫人行道。他停止了打扫,盯着她们两个瞧。再往前一点点,又有两个提着购物袋的女士,更加用力地盯着她们两个瞧。在她们俩走过这两个女士身边时,南出于强烈的尴尬,而把脑袋低了下来。她的身上有一条条撕裂的粉红色丝绸垂挂下来,缠在了浅蓝色的长筒袜上——看样子,她把她的短袜变成了长筒袜。而在长筒袜的下面,看样子她又给自己添了一双粉红色的芭蕾舞鞋。

"你上完马术课之后,可以来我的芭蕾舞教室找我吗?"她拼命地大声对埃斯特尔说。

"可能会吧,但是我很怕你的芭蕾舞老师。"埃斯特尔说着,勇敢地加油添醋。

她们从两位女士的身旁走过去了,可是路上更远一些的地方还有更多的人。她们越是进入城里,路上就有越多的人。当她们来到了商店附近的时候,南知道,她不会再有机会更换粉色的舞会礼服了。

"你看上去漂亮极了。真的。"埃斯特尔安慰她道。

"不，才不是。这就像是一场噩梦。"南说。

"在我做的类似的噩梦里，我根本就没有穿任何衣服。"埃斯特尔说。

终于，她们抵达了那座陌生的红砖古堡，它就是"老门房"。埃斯特尔的脸色煞白，看上去很紧张，她领着南走上了台阶，来到了尖顶的门廊下面。南拉响了挂在尖顶的前门旁边大钟的钟绳。然后她们站在拱门下面等着，比之前任何时候都要紧张。

过了很长的一段时间，她们觉得没有人会来开门了。接着，在差不多五分钟之后，门开了，开得很慢，还发出了许多吱吱嘎嘎的响声。一位年纪很大的老妇人站在那里，她拄着一根拐杖，有些惊讶地看着她们。

埃斯特尔在这个时候已经紧张得不行了，所以说话结结巴巴的。"以……以杜……杜西妮娅之……之名，找……找一个出路。"她说。

"噢，天呐！"老妇人说道，"亲爱的，我非常抱歉。几年以前宗教法官粉碎了这里的组织。如果不是因为我的年纪，我现在就是在监狱里了。他们每周都会过来监督我。我什么都不敢做了。"

她们呆站着，用彻底心灰意冷的眼神注视着她。

老妇人看到了。"如果真的是一个紧急事件，"她说，"我可以教给你们一个咒语。那是我能想到的唯一办法了。你们愿意吗？"

她们凄凉地点点头。

"那么就等一下，我去把它写下来。"老妇人说。她把前门留着，蹒跚地向一旁走去，来到了黑乎乎的旧厅中某一侧的桌子旁。她打开了上面的一个抽屉，摸索着去找纸。然后她又去找了一支笔。然后她远远地望着她们。"你们知道，亲爱的，为了不引人注意，你们真的应该让自己看起来像是来进行慈善募捐的样子。我可以假装在给你们写支票。你们俩有谁能弄来募捐箱吗？"

"我能。"南说。她几乎因为惊恐和沮丧而失声。她不得不咳嗽了几下。她不敢冒险念咒语，因为她正站在老房子的台阶上，这个位置就在繁忙的街道上方。她只是挥了挥哆嗦的手，祈盼着。

瞬时间，有一份重量压在了她的手上。一只沉甸甸的马口铁募捐箱在她的胳膊上晃荡着，还有另一只在埃斯特尔的胳膊上晃荡。每一只都和一罐油漆桶那么大。每一只的一侧都有一个红色的十字,每一只都因为她们紧张的颤动而发出响亮的叮铃哐啷的声音。

"这下好多了。"老妇人说完,很慢很慢地,开始写起了字。

这两只超大号的铁皮罐确实真的让南和埃斯特尔在等待的时候感觉好多了。路过的人们当然会好奇地抬头看着她们,可是大部分都在看见铁皮罐的时候微笑了。她们又在那里站立了相当长的一段时间,因为,除了写字很慢之外,老妇人还一直在远远地对她们喊话。

"你们俩有谁知道'波特韦橡树'吗?"她喊道。她们摇摇头。"可惜了。你们必须到那里去念这个咒语,"老妇人说,"它是一圈环形的树,就在森林的下面。那么我还是最好给你们画一张地图。"她慢慢地画了起来。然后她喊道:"我不知道它为什么叫做'橡树'。它其中的每一棵树都是山毛榉树。"又过了一过会儿,她唤道:"现在我正在把你们该念的发音写下来。"

两个女生仍然站在那里。南正要开始怀疑,这个老妇人是不是实际上和宗教法官联合了起来,故意要把她留在这里。就在这时,老妇人终于把纸折了起来,拖着脚步回到了前门。

"给你们，亲爱的。真希望自己能为你们多做一点事情。"

南接过了那张纸。埃斯特尔亮出了一个明媚而造作的微笑。"太谢谢您了，"她说，"它有什么用？"

"我不确定，"老妇人说，"它是祖上传到我们家，用来应付紧急情况的，可是以前从来没有人用过它。他们告诉我它很有力量。"

就像许多老人一样，这位老妇人说话实在是太大声了。南和埃斯特尔紧张地回头去看下面的街道，但是似乎并没有人听见。她们礼貌地谢过了老妇人，然后，当前门关上的时候，她们无精打采地沿台阶走了回去，手里还抱着她们硕大的募捐箱。

"我看我们最好去使用它吧，"埃斯特尔说，"我们现在不敢回去了。"

第十一章

查尔斯向着球场管理员小屋的方向，绕着操场慢跑。他希望任何看见他的人都会以为他是在外面上体育课。为了这个理由，在他溜走之前，他换上了他小小的天蓝色运动短裤。当他有时间的时候，他料想他可以把短裤转变成牛仔裤或诸如此类的。但是此时此刻最重要的事情是，找到前几天人们用来羞辱南·皮尔格林的那把邋遢的旧扫帚。如果他在有人注意到他失踪之前找到它，那么他就能够骑着扫帚离开，世上就没有一只狗能够发现他的踪迹。

他跑到了小屋在菜园的旁边的一角。他蹑手蹑脚地绕过墙角去门口。与此同时，尼鲁帕姆也从相反的方向蹑手蹑脚地绕了过来，他也穿着天蓝色的短裤，也正在伸出他长长的手臂去开门。两个人面面相觑。各种关于要怎么说的想法从查尔斯的脑海中涌现出来，从解释说他只是在逃体育课，到指责尼鲁帕姆绑架了布莱恩，等等。最后，这些他都没有说。尼鲁帕姆这个时候已经握住了门闩。

"长柄扫帚是我的。"查尔斯说。

"除非有两把。"尼鲁帕姆说。他的脸色因为害怕而变得蜡黄。他把门拉开,闪进了小屋。查尔斯在他后面冲了进去。

里面连一把旧扫帚都没有。这里有花盆、水桶,一个旧的碾子,一个新的碾子,四把耙子,两把铁锹,一把长柄锄,还有一把旧的湿拖把支在其中一个水桶里。只有这些。

"谁把它拿走了?"查尔斯发疯地说。

"也没有人把它拿回来。"尼鲁帕姆说。

"噢,去他的这一切!"查尔斯说,"我们该怎么做?"

"用点别的东西,"尼鲁帕姆说,"或者步行。"他抓住了离他最近的一把铁锹,两腿分开跨立在上面,两条强壮的长腿又屈又蹬。"飞啊,"他对铁锹说,"前进,飞啊,你有法力的!"

查尔斯明白,尼鲁帕姆的办法是正确的。一个巫师当然应该有能力让任何东西飞起来。"我倒认为拖把会飞得更好。"他说着,迅速地为自己夺过那个湿拖把。拖把太旧了,以至于都卡在了水桶里。查尔斯被迫把一只脚放进水桶里去拽它,把它变得松动了,但拖把头的大部分还落在水桶里。结果它变成了一根末端是稀稀拉拉的灰色残桩的棍子。查尔斯抓住了它,跨立在它的两边。跳上跳下。"飞啊,"他吩咐拖把,"快点!"

尼鲁帕姆把铁锹扔下来,一把拿起了长柄锄。他们一起绕着屋子拼命地跳。"飞啊!"他们气喘吁吁地喊,"快飞!"

拖把以一种老态龙钟的,湿漉漉的,精神萎靡的样子遵从了他。它上浮到大约三英尺的空中,向着小屋的门口飘去。尼鲁帕姆在绝望地哀号着,突然间长柄锄也起飞了,它是猛然跃起,然后急速行进的,仿佛不想被落在后面似的。尼鲁帕姆粗壮的双腿使劲乱摆,嗖地飞过了查尔斯身边。"有用了!"他得意洋洋地喘着粗气,然后以又一个袋鼠跳向着菜园飞去。

他们是被禁止进入菜园的,但这看起来似乎是离开学校时最隐秘的一条路。查尔斯跟着尼鲁帕姆穿过大门沿着石子路飞行,两个人都在努力地控制他们的坐骑。拖把飘浮不定,起起伏伏。它就像是一个很老,很老的老人,在空中衰弱无力地蹒跚而行。而长柄锄则要么像袋鼠那样往上蹿,要么倾斜成一个坡度,在石子路上拖曳着它的金属头。尼鲁帕姆为了不在地上留下气味,而不得不把双脚向前蹬直。他疼得翻起了白眼。他不断地追上查尔斯，又不断地被落在后面。当他们来到菜园尽头的围墙那儿时，两把工具都停了下来。拖把在空中四处飘浮。长柄锄的锄头部分在砂砾石上跳动。

"它们上不去那么高的地方，没法翻墙，"查尔斯说，"现在怎么办？"

这本来可能会是他们旅途的终点，如果看门人的狗没有在菜园里到处嗅，然后突然间闻到他们的气味的话。它沿着长长的石子路向他们冲过来，汪汪地叫着。长柄锄和拖把像受惊的猫咪一样起跳。它们蹭地越过围墙——查尔斯和尼鲁帕姆不管好歹牢牢地抓住了它们——然后猛地向下一跃，消失在了外面的田野里。它们向着主干道飞奔，其中，拖把开始突然加速，长柄锄则拖着锄头纵身俯冲，它只高过了树篱一点点，几乎要和树木擦肩而过。它们一直都没有减速，直到它们和看门人的狗之间有了三片田的距离。

"她们一定和我们一样恨这条狗，"尼鲁帕姆喘息着说，"'西蒙说'的咒语是你干的吗？"

"是的，"查尔斯说，"音乐课上的那些鸟是你变出来的吗？"

"不。"尼鲁帕姆说。这让查尔斯很是意外。"我只做了一件事,那是一件悄悄干的事,可我还是不敢留在这里,如果宗教法官要把巫师探测仪带来的话。用这个他们总能找到你。"

"你做了什么?"查尔斯说。

"你知道,我们所有的鞋子都变到礼堂里去的那个晚上。"尼鲁帕姆说。"嗯,我们那天晚上吃了一顿大餐。丹·史密斯强迫我掀开地板,把吃的拿出来。他说我没有权利长得这么高大却又这么虚弱,"尼鲁帕姆愤愤不平地说,"而我正在为此生他的气,这时我掀起了地板,发现了一双带有防滑钉的跑鞋,和吃的一起藏在里面。我把那双鞋子变成了一块巧克力蛋糕。我知道丹非常贪心,他会自己一个人把它全部吃掉。而他也真的这么做了。他没有让其他任何的人吃上一口。你可能已经注意到了,第二天他和平时不太一样了。"

在那特定的一天里,在查尔斯身上发生了太多的事,以至于他根本记不得丹看起来是什么样。他不忍心说明尼鲁帕姆给他造成的所有的麻烦。"那是我的钉鞋。"他悲哀地说。他想到铁钉通过丹的胃,由此产生了一种相当敬畏的感觉,因此他前进时在拖把上摇摆不定。"他一定有一个像鸵鸟一样的消化系统！"

"钉子被变成了樱桃，"尼鲁帕姆说，"鞋底子是奶油。整只鞋子变成了一块叫做'黑森林'的奶油蛋糕。"

这时他们飞到了主干道上，看见树篱外面小轿车的车顶在呼啸而过。"我们得等待一个交通的间歇。"查尔斯说。"停下！"他命令拖把。

"停下！"尼鲁帕姆对着长柄锄大喊。

这两把工具，没有一把对他们有一丁点的理会。查尔斯和尼鲁帕姆因为害怕给狗留下气味而不敢把脚放下来，所以他们完全找不到办法停下来。他们无能为力地被载着飞过树篱。幸运的是，马路就在下面稍微有些偏斜的地方，他们的高度刚好足够越过呼啸而过的车。尼鲁帕姆狂乱地把他粗长的双腿屈了起来。查尔斯努力不让自己的双腿晃荡。汽车喇叭嘀嘀地响。他看见那些抬头凝望他们的面孔，有被激怒的表情，有咧着嘴笑的表情。查尔斯突然明白，他们看上去一定是非常的可笑：两个人都穿着小小的蓝色短裤；他自己有一个丢人现眼、脏兮兮的旧拖把头在身后左摇右摆；而尼鲁帕姆则以兔子跳的动作在空中不断地向前扑，脸上带着一种痛苦的表情。

在他们越过马路另一侧的树篱的时候，汽车喇叭还在不断鸣响。

"噢，救命！"尼鲁帕姆喘着气说，"向树林前进，快点，别等有人把警察叫来！"

离开拉伍德森林只有短短的山坡的距离，而且幸运的是，他们的恐慌被拖把和长柄锄所领会了。它们都加快了速度。拖把的摇摆和侧滑差一点把查尔斯甩下去。长柄锄通过把金属头猛力地戳进地里来帮助自己前进，以至于尼鲁帕姆就像是踩着弹簧单高跷一样向上蹿，每一次跳起都发出一声短促的尖叫。尼鲁帕姆和查尔斯一先一后地抵达了树丛，纵身钻了进去，而汽车喇叭声仍然还在马路上回响。这个时候，尼鲁帕姆已经在前面很远的地方，以至于查尔斯以为自己把他给跟丢了。大概这样也无妨吧，查尔斯想。他们分开走可能会更安全。可是拖把却有不同的想法。在踌躇了一小会儿之后——仿佛它丢失了它所跟踪的气味——它又以最大的幅度摇摆着，再次出发了。查尔斯被迫绕着树干左摇右摆，然后迂回地穿过了扎人的下层矮灌木。最后他滑向一侧，穿过了一畦荨麻。他大声地喊叫。就在那片荨麻后面，尼鲁帕姆也在大声喊叫着。长柄锄一低头把他甩进了一片黑莓灌木林之中，然后如离弦之箭一般兴高采烈地冲向一把用烂了的长柄扫帚，后者正靠在有刺的黑莓灌木林的另一边。一看见扫帚，拖把就把查尔斯甩进了荨麻丛里，也蹦蹦跳跳地向着扫帚轻佻地跑了过去，看起来就像是一个去郊游的老太太。

查尔斯和尼鲁帕姆脾气暴躁地爬了起来。他们倾听着。马路上的汽车司机看样子已经厌倦了，不再按响他们的喇叭。他们观察着。在一蹦一跳的锄头和亲昵磨蹭着的拖把后面，有一堆烧得很旺的营火。在营火的后面，被更多荆棘掩藏住的，是一个小小的橘黄色帐篷。布莱恩·温特沃斯正站在帐篷旁边，对着他们目露凶光。

"我以为我让你们当中至少有一个被抓起来了，"布莱恩说，"滚开，听到吗！还是说，你们打算要让我被抓起来？"

"不是的，我们没有，"查尔斯气呼呼地说，"我们是——嘿，你听！"

在山上的某个地方，在树木茂密的地方，一条狗发出了阵阵回响的兴奋的叫声。鸟儿正扇着翅膀从树林里飞出来。查尔斯竖起的耳朵还可以听见一种有节奏的飒飒声，就像是在下层矮灌木林中列队行进所发出的沉重脚步声。

"那是警察。"他说。

"你们两个蠢货！你们把他们引到我这儿来了！"布莱恩用悄悄话的声音尖叫道。他从拖把和锄头中间把旧扫帚夺了过来，然后，熟练地一跳就坐在了扫帚上，滑翔着飞过了荆棘丛。

"是他变出了音乐课上的那些鸟。"尼鲁帕姆说完，抓起了锄头。查尔斯抓住了拖把。两个人都跟在布莱恩后面出发了，摇摇晃晃，蹦蹦跳跳地飞过了荆棘丛，进入了一片矮树林。查尔斯一直把头低着，因为树枝不断划过他的头发，他想尼鲁帕姆一定是对的。那些鸟分秒不差地及时出现，解救了必须唱歌的布莱恩。而创造一只会叫"布谷！"的鹦鹉，正是布莱恩会做的那种事。

他们正在追赶着扫帚，这不是因为他们想这么做，而是因为拖把和锄头显然下定了决心要和扫帚在一起。它们一定在球场管理员的小屋里一起度过了很多年，并且，查尔斯还烦躁地猜想，它们一直感人地爱着彼此。无论他或者尼鲁帕姆做什么，都不会让这两把工具中的任何一个向别的方向去飞。很快，布莱恩就滑翔在他们前方只有几码远的树丛间了。

他转过来瞪着他们。"别跟着我！你们破坏了我的逃亡，让我丢了帐篷。走开！"

"是拖把和锄头的问题。"查尔斯说。

"警察是在找你，不是找我们，"尼鲁帕姆气喘吁吁地说，"你期望会怎么样？你失踪了。"

"我没期望会有两个大白痴在森林里到处横冲直撞，把警察引过来追我，"布莱恩龇着牙咆哮道，"你们为什么就不能待在学校里？"

"如果你不想我们跟来，你就不应该写那一堆关于巫师对你施咒的废话，"查尔斯说，"因为你，今天有一个宗教法官要来。"

"好吧，是你建议我这么做的。"布莱恩说。

查尔斯张张嘴，又合拢了，完全没办法说出表达愤怒的话。他们现在就快要飞到树林的边缘了。透过一大簇黄色的榛树叶，他可以看见绿色的田野了，于是他又再次试着让拖把转变方向。如果他们从树林中出来的话，他们会立刻被人看见的。可是拖把却固执地跟着扫帚。

当他们在榛树嗖嗖划过的粗大树枝间努力前行时，尼鲁帕姆一边严重地喘着粗气,一边说:"你应该高兴有一些朋友和你在一起,布莱恩。"

布莱恩歇斯底里地大笑。"朋友!就算你们给我钱我也不会和你们中的任何一个做朋友!6B班的所有人都嘲笑你们!"

在布莱恩说这句话的时候,他们身后的树林里突然听到了狗发出的喧闹声。有一个人的声音大喊着什么关于帐篷的话。显而易见,警察发现了布莱恩的露营地。布莱恩和飞天扫帚加快速度冲了出去,来到外面的田野里。拖把和锄头努力地跟了上去,查尔斯和尼鲁帕姆则发现自己被不分青红皂白地一路拖着从榛树的粗大树枝间穿过了。

他们满身划痕,上气不接下气地盘旋着飞到了外面,镇子对面的树林边,某一片田地里。布莱恩在前方一段距离处,低空快速地向山下飞去,飞向这片田地中间的一个树丛。拖把和锄头跟在他后面急速冲刺。

"我知道布莱恩很讨厌,但在这件事之前,我一直以为那是他的处境导致的。"在锄头沿着田地做袋鼠跳的动作时,尼鲁帕姆一颠一颠地发表了意见。

查尔斯无法立刻回答,因为他不确定一个人的性格和他的处境可以这样去分开。他倒想知道,当你乘着一把高速游荡的拖把,还得用一只手牢牢握着它,另一只手去扶眼镜的时候,你要怎么去谈论这种事情。这个时候,布莱恩已经抵达了树丛,并消失在里面了。他们又听见了他刺耳的发火的声音,在树丛间回响。

"布莱恩是要试图把警察引过来追我们吗?"尼鲁帕姆气喘吁吁地说。

两个人都回头看了看身后,料想会有人和狗从林子的边缘冲出来。但是什么都没有。紧接着,他们就开始嗖嗖地穿越橘红色山毛榉树叶的低枝了。拖把和锄头猛地一颤,停了下来。查尔斯把他被荆棘刺破的双腿放了下来,在一片被青灰色的树干包围着,被风吹得沙沙作响的空地上站了起来。他先看看埃斯特尔·格林——她看起来像是弄丢了一匹马。他又看看南·皮尔格林——她穿着一件破破烂烂的粉色丝绸,飞天扫帚在她的周围一边跳跃,一边亲切地悄悄靠近她。

布莱恩正生气地站在她们俩身边。"看啊!"他对查尔斯和尼鲁帕姆说,"这个地方有你们这么多人真是热闹啊!你们为什么就不能让别人安安静静地跑掉?"

"拜托你们,有谁能让布莱恩闭嘴吗?"埃斯特尔用极为威严的声音说道,"我们正要念诵一个能拯救我们所有人的咒语。"

"这些树被称作'波特韦橡树'。"南解释的时候为了让自己不笑出来,她咬住了腮帮子内侧的肉。尼鲁帕姆骑着一把锄头,这可是她所见过的最好笑的事情之一。而查尔斯·摩根的拖把看上去则就像他屠杀了一个年事已高、吃退休金的老人似的。不过她知道,她和埃斯特尔看上去也是同样的傻,而男生们却并没有嘲笑她们。

布莱恩仍然还在生气地说着话。尼鲁帕姆任凭锄头松开他,高兴地绕着扫帚蹦蹦跳跳,然后他啪地一下用一只长长的棕色的手紧紧捂住了布莱恩的嘴。"继续。"他说。

"迅速一点。"查尔斯说。

南和查尔斯重新在她们那张飘动的纸片前俯下身去。老妇人只是在纸片的最上面把一个陌生的词写了三遍。在那个词下面,就像她告诉她们的那样,她用抖抖索索的大写字母写下了该如何念这个词:克,甲,斯,托,昊,奇。然后她又写道,去"波特韦橡树",把咒语念三遍。纸片的其余部分则画满了一张歪歪扭扭的地图。

埃斯特尔和南一起念出了这个词的发音,三次。"克里斯托曼奇,克里斯托曼奇,克里斯托曼奇。"

"这就结束了吗?"尼鲁帕姆问。他把他的手从布莱恩的脸上挪开了。

"有人欺骗了你们!"布莱恩说,"那不是咒语!"

似乎有一股强劲的风吹到这个树丛里。他们四周所有的枝桠全都因为这股压力而急速地甩动,发出吱吱呀呀的声音,以至于空中满是纷纷扬扬的树叶。地上枯萎的橘黄色落叶跃到了空中,绕着他们所有人旋转,一圈又一圈,仿佛树丛的里面是一个旋风的风眼。在这之后是一场突如其来的静止。树叶在空中停留在了原处,包围着所有人。没人能看到除了树叶之外的东西,任何地方都听不到一点声音。然后,很慢很慢地,又开始有了声音。在悬空的树叶落回到地面上的时候,发出了一片轻轻的沙沙声。在树叶原来的地方,一个男人站在那里。

他看起来像是彻底被搞糊涂了。他的第一个动作是抬起双手去把头发捋顺。这几乎是不需要做的事,因为大风并没有弄乱它一丝一缕。它就和新铺的柏油路面一样光滑、漆黑、发亮。捋过头发之后,这个男人又重新整理了一下他挺括的白衬衫的袖口,再把他已经笔直的浅灰色领带拉拉直。之后,他仔细地把鸽紫色的马甲脱了下来,又同样仔细地从他漂亮的鸽灰色西装上拂下了一些想象中的灰尘。在他做这些事的时候,他自始至终都在用越来越困惑的眼神——打量着他们五个人。他所看到的一切使得他的眉毛抬得更高了。

大家全都感到尴尬万分。尼鲁帕姆试着藏在查尔斯的身后——在这个男人看到他的蓝色小短裤的时候。查尔斯则试图溜到布莱恩的后面。而布莱恩正试着不动声色地把牛仔裤膝盖上的泥拍下来。男人的目光又转向了南。这是一双明亮的黑眼睛,看起来不太像这个男人脸上别的地方显露的表情那么糊涂,它让南感觉到,宁愿自己根本没穿衣服,也不愿穿着一件破破烂烂的粉色舞会礼服。仿佛南太有碍观瞻似的,男人继续朝埃斯特尔看去。南也向埃斯特尔看去。埃斯特尔一边把她的防护帽扶正,一边含情脉脉地抬头凝视着男人英俊的脸庞。

我们这回够受的了!南想。很明显,他是埃斯特尔立即就会爱上的那种男人。所以说,他们不但莫名其妙地召唤来了一个文雅得过分的陌生人,而且还并没有离获得安全的目标更近一步,同时,更糟糕的是,从现在开始,埃斯特尔大概再也提供不了任何有头脑的想法了。

"上帝保佑我！"男人喃喃自语地说。现在他正在盯着拖把、锄头和扫帚瞧——它们正像一个小团队一样晃来晃去，就像是老年人的重聚。"我觉得你们最好离开。"他对它们说。随着一声微弱的呼啸声，三把工具全部都消失了。男人转向了南。"我们大家在这儿干什么呢？"他有一点哀怨地说道，"还有，我们在哪儿？"

第十二章

狗在山上兴奋地吠叫。除了陌生人之外，大家都吓了一跳。

"我认为我们现在必须离开了，先生，"尼鲁帕姆礼貌地说，"那是一条警犬。他们之前是在找布莱恩，不过我认为他们现在是在找我们其余的人了。"

"如果他们找到你们，你们认为他们会做什么？"男人问道。

"烧死我们。"查尔斯说着，用大拇指来来回回地抚摸着手指上厚厚的水疱。

"你瞧，我们都是巫师，除了埃斯特尔。"南解释道。

"所以如果你不介意我们把你丢下——"尼鲁帕姆说。

"这是多么野蛮的事啊，"男人说，"我觉得，如果警察和狗根本找不到我们所在的这个树丛，那么情况就会好得多，不是吗？"他茫然地环顾四周，想看看他们认为这个主意怎么样。大家的表情半信半疑，布莱恩则表现出了露骨的轻蔑。"我向你保证，"男人对布莱恩说，"如果你走到外面的田里去看一看的话，你会看不到这些树的，就和那些警察一样。如果一个魔法师所说的话对你们而言还不够的话，那你就出去自己看看吧。"

"什么魔法师？"布莱恩粗鲁地说。不过当然，没有人敢离开这些树。他们犹如芒刺在背地等待着警察们的声音慢慢地变得更近。最后，警察们似乎就在树丛的外面了。

"什么也没有，"他们听见警察说道，"所有人都回去，集中精神在树林里找。希尔斯，马克艾弗，你们两个下去看看树篱旁边的那些司机在挥什么手。其他人，把狗带回帐篷，从那里重新开始。"

在这之后，一切声音都平息了。所有人都稍稍放松了一点，南甚至开始希望，陌生人也许会有点帮助。可是接下来他又变得非常哀怨了。"你们谁能告诉我我们在哪儿吗？"他说。

"就在拉伍德森林的外面，"南说，"赫特福德郡。"

"英国，不列颠群岛，世界，太阳系，银河，宇宙。"布莱恩轻蔑地说道。

"啊，是啊，"男人说，"可是是哪一个？"布莱恩瞪眼看着他。"我是说，"男人耐心地说道，"你们是否碰巧知道，这是哪一个世界，哪一个银河，哪一个宇宙，等等？这些事物恰巧都有无限多的数量，除非我知道这里是哪一个，否则我不觉得可以很容易地帮到你们。"

这给了查尔斯一种非常奇怪的感觉。他想到了外太空和眼珠突出的怪物，然后胃里开始翻江倒海。他的目光顺着男人精致的夹克衫出神地上下打量，想试图看清楚这件衣服的下面是不是有空间去藏一双多余的手臂。没有。这个男人明显是一个人类。"你不是真从另一个世界来的吧？"他说。

"正是如此，"男人说，"另一个充满了像你这样的人的世界，它和这一个世界并列运行。有无数个这样的世界。所以，这一个世界是哪一个呢？"

据他们大多数人所知，世界就是世界。每个人都看起来很茫然的样子，除了埃斯特尔。埃斯特尔害羞地说："还有另外一个世界。它是巫师援救的人把巫师送去以保安全的地方。"

"啊！"男人转向埃斯特尔，然后埃斯特尔的脸猛地变红了，"告诉我这个安全世界的事。"

229

埃斯特尔摇摇头。"我不知道更多的情况了。"她轻声地说着，觉得不知所措。

"那么让我们用另一种方式来把它弄明白吧，"男人提议道，"你告诉我，导致你们把我召唤到这儿来的所有的一系列的事件——"

"那么克里斯托曼奇是你的名字吗？"埃斯特尔用仰慕的语气轻声地打断了他。

"人们通常都这么叫我。是的，"男人说，"那么是你把我召唤到这儿来的吗？"

埃斯特尔点点头。"是某种咒语！"布莱恩嘲弄地说。

布莱恩明摆着下定决心，无论如何都不帮忙了。在其他人解释着导致他们会待在这里的事件时，他却保持着轻蔑的沉默。没有人把所有的事情全都告诉克里斯托曼奇。反正布莱恩鄙视的表情让这一切感觉就像是一派胡言。南没有提到她遇见了坐在炉边毯上的温特沃斯先生。考虑到布莱恩的行为方式，能对这件事一字不提让她感觉自己颇为崇高。她也没有提到自己描述食物的样子，虽然查尔斯提了。而另一方面，查尔斯不认为有需要提及"西蒙说"的咒语。尼鲁帕姆对克里斯托曼奇说了这一点，但是不知怎么地他却忘了说丹·史密斯吃了查尔斯鞋子的事情。当其他人都说完了以后，克里斯托曼奇看着布莱恩。

"现在该听你的叙述了，请吧。"他礼貌地说道。

这是一种非常有力量的礼貌。所有人都认为布莱恩根本什么也不会说，但是他却不情愿地说了。一开始他承认他制造了音乐课上的鸟。然后他宣称查尔斯在夜里建议他从学校逃跑并嫁祸给巫师来混淆他的行踪。然后，当查尔斯还在为此气得口吃的时候，布莱恩却心平气和地解释说无论如何，第二天早上他都发现查尔斯是巫师了，他叫查尔斯带他去找舍监太太，好让舍监太太直接看到"邪恶之眼"造成的影响。最后，他更加不情愿地坦白道，是他给克罗斯利先生写了那张匿名的纸条，开始了所有的一切。接着他又想起了什么，转向了南。

"你一直在偷我的飞天扫帚，是吗？"

"它不是你的。它属于学校。"南说。

与此同时，查尔斯生气地对克里斯托曼奇说："说我建议他嫁祸给巫师的事不是真的！"

克里斯托曼奇则茫然地抬头凝视着山毛榉树，似乎并没有在听。"这种情况完全不可能啊，"他评论道，"让我们都去看看那位曾经运作过巫师救援服务的老太太吧。"

这让大家一下子全都觉得是个绝妙的主意。显然老妇人是可以救他们的,如果她想的话。他们士气高涨地同意了。尼鲁帕姆说:"可是警察——"

"当然,我们要隐形。"克里斯托曼奇说。他显然还在想着一些别的事情。他转过身去从树干之间走掉了,同时,在他这么做的时候,大家都忽地一下消失了。所有能够看见的情景,就只有在秋天沙沙作响的环形山毛榉树丛而已。"跟上。"克里斯托曼奇的声音说道。

接踵而来的是一分钟左右难以形容的晕眩。一开始南以为自己没有身体,而往一棵树上走过去。但她的身体还是和以往一样坚固,于是有一瞬间她很傻地撞到了树。"噢,对不起!"她对树说。其余的人也都以某种方式在低矮的枝桠下面拨开了一条路,然后突然发现自己走到了外面的田野里。在那里大家首先看到的是两辆轿车,几乎就停在下面的树篱里。从车里出来的若干个人正趴在树篱上,和两名警察说话。从那些人全都一直指着上面树林的姿势来看,很显然他们正在描述自己是如何看见两个巫师骑着拖把和锄头飞过马路的。这让大家全都感到了恐慌。他们全都急匆匆地转向另一个方向，向城里出发。但是他们一这么做之后，就马上发现看不到前面的人了，于是便等着其余的人跟上自己。不过当然了，他们也搞不清自己要追的人在什么地方。很快，就没有一个人知道其他人在什么地方，自己又该怎么办了。

"也许，"克里斯托曼奇的声音从空中传来，"你们可以让自己全部手拉着手？你们瞧，我不知道'老门房'在什么地方。"

谢天谢地，每个人都伸出手去抓其他人的手。南发现自己牵的是布莱恩和查尔斯·摩根的手。她从没想过会有这么一天，她会乐于做这样的事。埃斯特尔设法成为了那个牵克里斯托曼奇手的人。这一点后来变得很明显，因为当他们一溜人步履轻快地移动着，走到下面通往城里的小路上时，可以听见埃斯特尔的声音在前面扯开嗓子回答着克里斯托曼奇的问题。

一到别人不可能听见他们说话的时候，克里斯托曼奇就开始问起许许多多的问题来。他问谁是首相，哪几个国家是最重要的国家，欧洲经济共同体是什么东西，世界大战发生了几次。然后他问起了历史上的事情。没过多久，他们所有人都开始回答他的问题了。他们感觉有一点优越感，因为克里斯托曼奇所不知道的事情，看起来数量真的很可观。他听说过希特勒，尽管有布莱恩提醒了他一下；可是他对甘地和爱因斯坦都只有极其模糊的概念，而且他从来没有听过华特·迪士尼或者雷鬼音乐。他也没有听到过杜西妮娅·威尔克斯。南解释了一下杜西妮娅是谁，然后她发现自己不自觉地带着极大的骄傲感说出了她是杜西妮娅的后人。

我为什么在说这个？她突然警觉地想。实际上我并不知道告诉他是不是安全！可是，一旦她这么想的时候，她就开始明白自己为什么要说这个了。是克里斯托曼奇问那些问题的方式。他让南想起了那个时候她一直在出皮疹，她的姑姑带她去看了一位很权威的专科医生。医生穿着一件非常好的西装，尽管完全没有克里斯托曼奇的那么漂亮。而他就是用同样的方式问了问题，试图去找出南的病症。记起了那位医生，让南感觉有希望多了。尽管克里斯托曼奇既茫然又文雅，但是如果你把他想成是某一类试图为他们解决问题的专科医生的话，那么你就可以相信，他也许恰好有这个能力帮助他们。他无疑是一个强大而又专业的巫师。也许他可以让老妇人把他们送到某个真正安全的地方去。

当小路把他们带到了城里繁忙的街道上时，克里斯托曼奇停止了提问，可是南很清楚，他仍在继续寻找病症。他让大家停了下来，仔细地研究一辆停在超级市场旁边的货车。那只是一辆普通的货车，前面写着"利兰"①，侧面写着"买豆子就找亨氏"②，但是克里斯托曼奇却喃喃地说道："我的天呐！"，仿佛他真的感到很惊诧；然后他把他们全都拽了过来，让他们透过超市的窗户朝里面看。接着他拖着他们在一些汽车的前面蹲上蹲下。这个过程实在很令人恐惧。车窗、轮毂罩和超市的玻璃全部都显现了出他们六个人微弱而朦胧的映像。他们十分确信，在超市里买东西的一些人随时都会注意到他们。

终于，克里斯托曼奇任凭埃斯特尔拽着他沿着街道一直走到了简陋的布店——那家店看起来似乎从来没人会来买东西。"你们使用十进制货币体系有多久了？"他问道。大家一边在回答他，布店窗户上模糊的映像一边显示出，他高大的身形正弯腰盯着几盒紧身裤和一件脏得发暗的蓝色尼龙睡

---

① 利兰汽车有限公司是一家百年英国车厂，所生产的货车上面有很大的 LEYLAND 标志。

② 亨氏食品公司的一句著名的广告语。该品牌在英国家喻户晓。

裙看。"这些长筒袜是用什么材料做的?"

"当然是尼龙啦!"查尔斯急促地说。他想知道他要不要放开南的手跑掉。

埃斯特尔的感觉和他们几乎差不多,她用力去拉克里斯托曼奇的手,急急忙忙地领着他们所有人来到了"老门房"的门口。她拽着他们走上了台阶,在克里斯托曼奇能够提出更多问题之前,赶紧拉响了门铃。

"我们不需要打扰她。"克里斯托曼奇评论道。他一边说着,尖顶的门廊一边消失在了他们的周围。相反,他们来到了一间老式的客厅,里面放满了小桌子,桌上是球状的织物,织物上有饰品。老妇人正伸手去够她的拐杖,努力要把自己从椅子里撑起来,嘴里嘟嘟囔囔地说着"今天有一连串没完没了的人敲门!"之类的话。

克里斯托曼奇忽地一下显形了,他高大,优雅,不知怎么的和这个老式的房间非常相称。埃斯特尔、南、查尔斯、尼鲁帕姆和布莱恩也忽地显形了,但看上去却要多不相称就有多不相称。老妇人重新又在椅子里陷了下去,瞪眼看着他们。

"请原谅我们的闯入,夫人。"克里斯托曼奇说。

老妇人冲着他眉开眼笑。"多么美妙的惊喜啊!"她说,"好几年没有人像这样出现了!我的膝盖这两天关节炎很严重。你们想要喝点茶吗?"

"我们不会麻烦您的,夫人,"克里斯托曼奇说,"我们之所以来,是因为我了解到您是某种通道的看护人。"

"是啊,我是的,"老妇人说。她看上去半信半疑。"如果你们全部都要用这条通道的话——我猜你们必须得这么做——可是这会花费我们好几个小时。你们瞧,它在底下的地窖里,藏在七吨煤的下面,这是为了让宗教法官找不到。"

"我向您保证,我们来这儿并不是来请您搬煤的,夫人。"克里斯托曼奇说。不,查尔斯看着克里斯托曼奇白色的衬衫袖口想道。干这件事的会是我们。"我真正需要知道的是,"克里斯托曼奇继续说道,"这条通道的另一边,是哪一个世界。"

"我没有见过,"老妇人充满遗憾地说,"不过我总是听说,那是一个完全和我们一样的世界,只不过那里没有巫术存在。"

"谢谢您。我想知道——"克里斯托曼奇说。他似乎再次变得非常茫然。"您了解杜西妮娅·威尔克斯的事吗?在她之前,这里有很多巫术吗?"

"那位大巫师?我的天呐,是的!"老妇人说,"很久之前,还没有杜西妮娅的时候,这个地方到处都是巫师。我认为是奥利弗·克伦威尔①制定了第一条反对巫师的法令,不过也可能在他之前就有了。确实曾经有人对我说,伊丽莎白一世或许是一个巫师。是她制造了那场将西班牙无敌舰队②覆灭的风暴,你知道。"

南看着克里斯托曼奇一边倾听,一边点头,她意识到,他又在搜集病症了。她叹了口气,想知道她是不是要主动表示愿意开始去铲煤。

克里斯托曼奇也微微叹了一口气。"可惜了,"他说,"说到这里我正希望大巫师是问题的关键呢。或许奥利弗·克伦威尔——?"

"恐怕我不是历史学家,"老妇人坚定地说,"而且你也找不到太多了解更深的人了。巫师的历史是被禁止的。那些种类的书籍在很久以前就被全部被焚毁了。"

---

① 17世纪英国政治家。他按照清教徒的方式为国民制定了严格的戒律,曾经取缔了圣诞节。

② 由西班牙国王腓力二世在1588年所派出的100多艘大战舰,意图征服英格兰却失败了。

和南一样不耐烦的查尔斯在这时突然插了句嘴。"温特沃斯先生知道许多巫师的历史，但是——"

"是的！"南热切地打断了他，"如果你真的想知道，你应该把温特沃斯先生召唤到这儿来。他也是一个巫师，所以不要紧的。"说到这里，她意识到布莱恩正在用一种几乎合乎查尔斯·摩根标准的眼神瞪着她，而查尔斯本人也正失去控制地盯着她。"是的，他就是，"她说，"你知道他是巫师，布莱恩。昨天夜里我在外面碰见了他，他正驾驶着他的炉边毯飞行，而我则骑着你的扫帚，他还以为我是你。"

这句话把一切都解释清楚了，查尔斯想。温特沃斯先生消失的那天夜里，他是飞出去的。窗户大大地敞开着，并且，既然现在知道了，查尔斯就能够清晰地记起，煤气炉的前面是光秃秃的，这是那条破旧的炉边毯原来所在的地方。这也解释了留堂罚抄的那一次，当时他以为他的眼镜折断了。它确实是折断了，但温特沃斯先生用巫术把它复原了。

"你就不能把你的大嘴巴闭上吗？"布莱恩狂躁地对南说。他指向了克里斯托曼奇："我们怎么知道他是不是安全呢？仅就我们所知道的而言，他有可能是你召唤出来的恶魔！"

"噢,你是在抬举我,布莱恩。"克里斯托曼奇说。

老妇人看上去很震惊。"这话多么不中听,"她对布莱恩说,"没人告诉过你,不管恶魔是怎么出现的,他都永远不可能是一位完美的绅士吗?完全不像这位——呃——这位?"她注视着克里斯托曼奇,眉毛出于礼貌地抬了起来。

"克里斯托曼奇,夫人,"他说,"这提醒了我。但愿您能告诉我,您是如何想起来要把我的名字给到埃斯特尔和南的。"

老妇人笑了起来。"这就是那个咒语的意思吗?我不知道啊。它是从我曾祖父的时候起,在我的家族里一代一代传下来的,它有严格的指令,只能在紧急情况下使用。而那两个可怜的女生遇到了那么大的麻烦——不过我拒绝相信你会有那么老,我亲爱的先生。"

克里斯托曼奇微笑了。"我没有。这个咒语一定是被用来召唤我的某一位前辈的——布莱恩听见这个会很难过。好了。我们走吗?显然我们必须到你们学校去咨询温特沃斯先生。"

他们瞪眼盯着他瞧,就连老妇人也是。然后,当他们渐渐明白到克里斯托曼奇并不打算让他们进入煤窑并获得安全时,所有人都爆发出了抗议的声音。布莱恩、查尔斯和南说："噢不，求你了！"老妇人则说："你这不是有点冒险吗？"与此同时尼鲁帕姆说："可是我告诉过你，有一个宗教法官要来学校！"埃斯特尔又补充道："我们就不能全部安安静静地留在这里，而你自己去看温特沃斯先生吗？"

克里斯托曼奇一个接一个地打量着埃斯特尔、尼鲁帕姆、南，然后是布莱恩和查尔斯。他看起来似乎大吃了一惊，表情一点也不含糊。房间里似乎变得非常安静，显得不祥而又无情。"这都是些什么事啊？"他说。他的语气是如此轻柔，以至于让所有的人听到都颤抖了。"我确实了解你们，不是吗？你们五个人，把你们的学校闹了个底朝天。我肯定你们给许许多多的老师以及警察造成了许许多多的麻烦。你们用一种让我很难回去的方式，从一个遥远的地方，把我从某件极其重要的事务中召唤了过来。而现在你们却全部打算要退出，扔下你们制造的这堆烂摊子。这就是你们要说的意思吗？"

"我没有召唤你。"布莱恩说。

"不是我们的错，"查尔斯说，"不是我想当这个巫师的。"

克里斯托曼奇带着微弱而略带冷淡的惊讶表情看着他。

"是吗？"有一瞬间，他说话的方式让查尔斯真的在想，他是不是不知怎么的自己选择了要生来做巫师的。"因此，"克里斯托曼奇说，"你们认为，你们的麻烦让你们有这个权利，让这位女士在宗教法官那里陷入更大的麻烦，是吗？这就是你们大家要说的吗？"

没有人说一句话。

"我认为我们现在该走了，"克里斯托曼奇说，"如果你们愿意全部一个一个牵着手的话，拜托你们。"他们默默无言地全都伸出了手，握住了彼此。克里斯托曼奇牵起了布莱恩的手，不过，在他用另一只手去牵埃斯特尔的手之前，他抬起老妇人那只青筋凸起、疙疙瘩瘩的手吻了一下。老妇人感到很愉快。她越过克里斯托曼奇光滑的脑袋兴奋地冲南挤眉弄眼。南却感觉自己就连微笑也无力回报了。"带路，埃斯特尔。"克里斯托曼奇说着，挺直了身子，牵起了埃斯特尔的手。他们发现自己再一次隐形了。就在同一刻，他们已经在外面的街道上了。

埃斯特尔向着拉伍德之家出发了。查尔斯想，如果是换了除埃斯特尔之外的其他任何一个人来带路的话，他们可能会想着要把队伍带去某个别的地方——任何别的地方——因为克里斯托曼奇是不会知道的。可是埃斯特尔带着他们径直向着学校走，而其他的人全都拖着脚步跟在后面，他们太崩溃又太紧张了，什么也做不了。布莱恩是唯一一个发出抗议的人。无论什么时候，只要四下无人，大家就能听见他的声音在抱怨这不公平。"你们这些女生，干吗一定要把他弄过来？"他说个不停。

等到他们穿过学校大门，拖曳着脚步沿着大道向上走的时候，布莱恩放弃了抗议。埃斯特尔领着他们来到了正门，也就是最宏伟的那扇门那里——它只用来接待父母或者默尔克勋爵那样的来宾。有两辆警车停在正门边的石子路上，但是里面是空的，四周也没有人。

就在这个时候，随着一声砾石被碾过的刺耳声音，布莱恩意志坚决地做出了逃跑的努力。从发出的一些声音，以及从埃斯特尔发现自己开始挨着尼鲁帕姆和南的感觉上来判断，克里斯托曼奇立即飞快地去追布莱恩了。先是传来三声沉重的"砰"声，然后是散落一地的石子，接着克里斯托曼奇又重新显形，出现在了离他最近的一辆警车旁。他似乎只有独自一人，但他的右胳膊却僵硬地弯曲着，还微微有一点抽搐，因为隐身的布莱恩在胳膊的末端扭动着。

"我真的建议你们所有人都和我寸步不离,"他若无其事地说道,"你们只会在离我十码远的距离之内隐身。"

"我可以让自己隐身,"布莱恩的声音在克里斯托曼奇鸽灰色的肘部旁边说道,"我也是巫师。"

"非常有可能,"克里斯托曼奇表示同意,"不过不凑巧,我可不是巫师。我是一名魔法师。除了其他的区别之外,一个魔法师要比一个巫师强大十倍。现在是谁在队伍的最后?查尔斯。查尔斯,你可以好心走上台阶,到门口去拉铃吗?"

查尔斯拖着身后其他的人吃力地向前走,然后拉响了门铃。似乎没有什么别的事可以做。

门几乎立刻就被学校的秘书打开了。克里斯托曼奇站在门口,看来似乎只有一个人。他鸽灰色的西服平平整整,头发纹丝不乱。他愉快地对着秘书微笑。很难相信,他一只手正紧紧地抓着布莱恩,另一只手则牵着埃斯特尔,而还有另外的三个人在以不舒服的姿势挤在他的周围。他微微一鞠躬。

"我叫莫法,"他说,"我相信你们正在期待我的到来。我是宗教法官。"

第十三章

学校秘书禁不住慌乱起来。她开始滔滔不绝。这样也好。否则她可能会听见克里斯托曼奇周围的空气中有五个呼吸声。

"噢,请进来,宗教法官,"秘书说个不停,"卡德瓦拉德小姐正在等着您。我非常地抱歉——我们似乎把您的名字搞错了。我们被告知要来的是一位利特尔顿先生。"

"十分正确,"克里斯托曼奇淡定地说道,"利特尔顿是地区宗教法官。但是总部决定,事情太过重大,不能只是地区级别的。我是分部级别的宗教法官。"

"噢!"秘书说着,似乎完全被吓住了。她把克里斯托曼奇迎了进去,穿过了铺着地砖的大厅。克里斯托曼奇缓慢而庄重地跟在她的后面,让大家有足够多的时间挤在他的周围一起进入大厅,在他旁边踮起脚尖走过地砖。秘书把卡德瓦拉德小姐书房的门大大地推开。"莫法先生,卡德瓦拉德小姐。分部派来的宗教法官。"克里斯托曼奇拖着布莱恩，拉着埃斯特尔，更加缓慢地进入了书房。南和尼鲁帕姆跟着挤了进来，而查尔斯也勉强地进来了——他是在秘书恭恭敬敬地退出去时，把自己紧贴着门柱塞进来的。他不想把自己落在隐身圈之外。

卡德瓦拉德小姐表现出一种在她身上十分罕见的手忙脚乱，她冷不丁地蹦上前去和克里斯托曼奇握手。在克里斯托曼奇把布莱恩放开的时候，其他人都听见布莱恩砰地一声向一旁躲开了。"噢，早上好啊，法官大人。"

"早上好，早上好。"克里斯托曼奇说。他似乎又变得很茫然了。在握手的同时，他心不在焉地环顾了一下房间。"你这儿是一个很舒服的地方，卡——呃——卡达沃兰达小姐。"

这句话是真的。她必须让政府官员和父母们相信拉伍德之家真的是一个好学校，也许是基于这个理由，卡德瓦拉德小姐把自己置身在了奢侈品的包围之中。她的地毯就像深邃的暗红色草坪。她的座椅是一团云一样柔软的紫色。她的壁炉台上有大理石雕像，在她一百幅左右的照片外面镶着大大的烫金相框。她有一个鸡尾酒柜，里面安了一个小小的冰箱，顶上还放着一个咖啡机。她的高保真收音机和磁带卡座占据了一面墙上大部分的空间。查尔斯思慕地看着她宽大的电视机，那上面还放了一个穿着裙撑的洋娃娃。他仿佛已经有好几年没看电视了。南盯住了那面放满了熠熠生辉的新书的墙。这些书似乎大部分都是推理小说。她本来会很乐意靠近一点去看看，可是她又不敢放开尼鲁帕姆或查尔斯，以防她再也找不到他们了。

"您的赞许让我很开心，法官大人，"卡德瓦拉德小姐坐立不安，"我的房间完全由您自由支配，如果您想用它来向孩子们问话的话。我觉得您可能会需要找6B班的一些孩子来问话？"

"是6B班里所有的学生，"克里斯托曼奇严肃地说，"大概还有他们所有的老师。"卡德瓦拉德小姐看上去因为这句话而彻底地惊慌失措了。"在结束之后，我期待能向学校里所有的人问话，"克里斯托曼奇继续说道，"需要多久，我就将在这里待上多久——几个星期也行，如果必要的话——来探明这件事的底细。"

到了这个时候，卡德瓦拉德小姐已经明显脸色苍白了。她紧张地十指相扣。"您确定有如此严重吗，法官大人？确实只是6B班的一个男生夜里失踪了。他的父亲碰巧是我们这儿的一名教师,这是我们非常关心这件事的原因。我知道他们告诉您这个男生留下了大量的笔记指控一名巫师劫持了他,可是从那之后警察局打过电话来说,他们在森林里找到了一个露营地,里面有那个男生的气味。您不认为整件事情相当方便迅速地就能搞清楚吗?"

克里斯托曼奇严肃地摇了摇头。"我也一直在了解这件事的最新进展,卡——呃——卡迪瓦利小姐。这名男生仍然没有露面,不是吗?在这样的情况下,是再怎么小心都不为过的。我认为 6B 班里有人比您所认为的更了解这件事。"

到目前为止,所有在聆听他们谈话的人都感到越来越放心了。如果卡德瓦拉德小姐知道除了布莱恩还有其他四个人不见了,那么她刚才肯定会说出来的。可是他们的这种感觉在卡德瓦拉德小姐说出下一句话的时候发生了改变。

"您一定要立即问问一个叫做特蕾莎·马利特的女生,宗教法官。我认为您会发现这件事马上就能得到澄清。特蕾莎是我们的一个好学生。她在课间休息的时候来找我,告诉我那个巫师几乎肯定是一个叫做杜西妮娅·皮尔格林的孩子。我很抱歉地说,法官大人,杜西妮娅不属于我们的好学生。她的几篇日记写得非常大胆露骨、心怀不满。她质疑所有的事情，还在严肃的问题上开玩笑。如果您愿意，我可以叫人把杜西妮娅的日记本拿来，您可以自己看看。"

"我要读 6B 班所有人的日记，"克里斯托曼奇说，"在合适的时间。不过这就是您接下去要说的所有内容吗，卡——呃——卡兰德小姐？我不可能仅仅通过道听途说或是几个玩笑就裁定一名女生是巫师。这不专业。您没有其他的嫌疑人了吗？比如说，教师——"

"这里的教师们全都无可怀疑，法官大人。"卡德瓦拉德小姐非常坚定地说了这句话，尽管她的声音听上去有一点刺耳。"但 6B 作为一个班级来说却并非如此。许多学生都是作为巫师的遗孤来到我们这里的，他们的父亲、母亲，或者父母双亲都被烧死了——在一个像这样的学校里，法官大人，这是一个悲哀的事实。在 6B 班里这样的孩子有异常多的数量。我要特别指出几个人来，以供您及时关注——尼鲁帕姆·辛格，他有一个哥哥被烧死了；埃斯特尔·格林，她的母亲因为帮助巫师逃跑而被关进了监狱；还有一个叫做查尔斯·摩根的男生，他几乎和那个叫做皮尔格林的女生一样不受欢迎。"

"天哪！这事态的危害是多么的严重！"克里斯托曼奇

说，"我看我必须立即开始工作了。"

"那么，我把我这个房间留给您工作用吧，法官大人。"卡德瓦拉德小姐温文尔雅地说。看起来她似乎从坐立不安的状态中恢复了过来。

"噢，我怎么可能麻烦您，"克里斯托曼奇完全和她一样温文尔雅地说，"您的副校长没有一间我能用的书房吗？"

卡德瓦拉德小姐庄重的举止中透出一种强烈的欣慰感。"不，事实上他是有一间，法官大人。多么让人称赞的想法啊！我将亲自带您去温特沃斯先生的书房，立刻就去。"

卡德瓦拉德小姐一阵风似的从房间里走了出去，她的心情放松得几乎让她没法庄重了。克里斯托曼奇就像能够看到布莱恩一样，找到了他的位置并握着他的胳膊，跟在卡德瓦拉德小姐的身后一阵风似的离开了。其他的四个人被迫拼命地踮起脚尖去跟上他的速度。他们没有人想见到温特沃斯先生。事实上，在卡德瓦拉德小姐说完刚才的话之后，大家唯一渴望去做的事，就是偷偷溜走，然后再一次地逃跑。可是在他们离开克里斯托曼奇超过十码的那一刻，他们就会当场被卡德瓦拉德小姐或者经过的任何其他人看见，看见他们穿着骑马装、蓝色小短裤，和粉色舞会礼服。这足以让他们所有人都一直努力踮着脚尖,沿着走廊走上楼梯。

卡德瓦拉德小姐轻轻地在温特沃斯先生书房的玻璃上敲了敲。"请进!"温特沃斯先生的声音说道。卡德瓦拉德小姐把门推开,对克里斯托曼奇做了一个请的手势。克里斯托曼奇面无表情地点点头,再一次缓慢而气派地走进门内,同时微微发出了一点拖曳的声音——那是他在把正在抵抗的布莱恩拉进门内的声音。这给了其他四个人足够多的时间从卡德瓦拉德小姐的身边溜了进去。

"我暂时把您交给温特沃斯先生了,法官大人。"卡德瓦拉德小姐在门口说道。在这个时候,温特沃斯先生才从他的课程表上抬起了目光。当看到克里斯托曼奇时,他的脸色变得苍白,然后他慢慢地站起身来,看上去愁苦万分。"温特沃斯先生,"卡德瓦拉德小姐说,"这位是莫法先生,是分部派来的宗教法官。两位,午饭之前请到我的书房来尝点雪利酒吧。"然后,卡德瓦拉德小姐显然感觉自己做的已经足够了,于是便关上门走了。

"早上好。"克里斯托曼奇有礼貌地说。

"早——早上好。"温特沃斯先生说。他的双手在颤抖,把课程表捏得沙沙作响。他大声地咽了咽唾沫:"我——我才知道有分部级别的宗教法官。是新的职位,是吗?"

"噢,你们没有分部级别的宗教法官吗?"克里斯托曼奇说,"真是可惜!我还以为这听起来十分威风呢。"

他点点头。所有人突然全都再次显形了。南、查尔斯和尼鲁帕姆都努力地藏在彼此身后。布莱恩气呼呼挣扎的样子被显现了出来——他正试图从克里斯托曼奇那里松开自己的胳膊;埃斯特尔正再次紧紧抓着克里斯托曼奇的另一只手。她匆匆放开了手,把防护帽摘了下来。但可以非常肯定的是,温特沃斯先生并没有注意到这些事情。他背靠着窗户,先是盯着克里斯托曼奇,然后又盯着布莱恩看,现在他的表情已经不只是愁苦了:他被吓坏了。

"发生了什么事?"他说,"布莱恩,你参与了什么事吗?"

"没什么,"布莱恩暴躁地说,"他不是宗教法官。他是一个魔法师还是什么的。他在这里不是因为我的错。"

"他想要什么?"温特沃斯先生情绪失控地说,"我没有什么可以给他的!"

"亲爱的老师,"克里斯托曼奇说,"请试着冷静一点。我只想要您的帮助。"

温特沃斯先生用力向后靠着窗户。"我不知道你是什么意思！"

"不，你知道的，"克里斯托曼奇愉悦地说，"不过还是让我来解释一下吧。我是克里斯托曼奇。这是与我的职位相匹配的称呼，我的工作是控制巫术。我相信，我的世界稍微比你们的世界更快乐点，因为巫术在那里并不是违法的。事实上，就在今天早上，我正在主持五朔节①委员会的一个会议，我们在为万圣节的庆祝做最后的安排，正说到一半的时候，我就极其突然地被人召唤走了，就是被您的这些学生们——"

"这就是为什么你会穿着那些漂亮的衣服吗？"埃斯特尔仰慕地问。

所有人都小心地使了个眼色，除了克里斯托曼奇——他似乎认为这是一个完全合理的问题。"唔，说实话，不是的，"他说，"我喜欢穿着得体，因为我总是很容易被叫去别的地方，就像你们叫我那样。不过我必须得承认，尽管处处

---

① 译注：五朔节是每年5月1日英国传统的春节，通常以篝火晚会祭祀树神、谷物神。17世纪清教徒认为这种欢乐不合教义，曾一度禁止这项活动，到了1660年王朝复辟后才又恢复过来。但在书中的这个世界，自从1605年盖伊·福克斯事件之后，就与原先的世界分离，因此五朔节及篝火庆祝也始终没有恢复。

小心，但有几次我还是穿着便袍被接走的。"他再次看向温特沃斯先生，显然期待他现在可以平静下来了。"这一次的召唤确实很有问题，"他说，"你们的世界全部都错了，在许多的方面。这就是我为什么将感谢您的帮助，先生。"

但不幸的是，温特沃斯先生根本没有平静下来。"你怎么敢这么和我说话！"他说，"这是赤裸裸的敲诈！你不会从我这儿得到任何帮助！"

"可这并不合理啊，先生，"克里斯托曼奇说，"这些孩子正面临着严重的麻烦。您自己也面临着同样的麻烦。你们的整个世界甚至面临着更大的麻烦。拜托您，如果可以的话请试一下，忘掉您这些年来为自己、为布莱恩一直以来的担惊受怕，听一听我下面要问您的问题。"

可是温特沃斯先生似乎没有办法理智。南悲哀地看着他。她一直认为他是那么坚强的人，直到现在。她感到非常地幻灭。查尔斯也是。他记得温特沃斯先生的手放在他的肩膀上，把他推回去继续罚抄。他曾经以为那只手是因为生气而颤抖，但现在他意识到，那是因为恐惧。

"这是个计谋！"温特沃斯先生说，"你想设法得到我的供词。你在利用布莱恩。你就是一个宗教法官！"

就在他说这句话的时候,门上响起了轻轻的叩门声,霍奇小姐神采奕奕地进来了。她刚刚给6B班上了一节英语课——下个星期二之前的最后一节,谢天谢地!自然而然地,她注意到了坐在布莱恩旁边的其他四个人现在不见了。一开始,她以为他们都被宗教法官叫去问话了。他们是几个出头鸟。不过后来教研室里有人表示宗教法官还没有来。霍奇小姐立刻就想到,如果她想去找温特沃斯先生,并开始对布莱恩表示同情的话,那么这就是她所需要的借口。为了百分之百地确保温特沃斯先生不会再次走掉,她一敲门就马上进来了。

有一瞬间房间里似乎装满了人,可怜的温特沃斯先生看上去非常不安,正冲着看上去终究像是宗教法官的人在大声嚷嚷。宗教法官向霍奇小姐投去了一个含糊的眼神,以最轻微的幅度挥了挥手。然后房间里除了霍奇小姐,看起来确实只有宗教法官和温特沃斯先生两个人了。但是霍奇小姐知道自己看见了什么。她一边思考这件事,一边说着她到这里来要说的话。

"噢,温特沃斯先生,恐怕现在6B班里还有另外的四个人也不见了。"而这四个人刚才全部都在这里,就在这个房间里，霍奇小姐知道。还穿着那么怪异的东西。而且布莱恩刚才也在这里。这就好办了。温特沃斯先生看上去可能不安，但是他并没有因为布莱恩而伤心。这意味着，她要么必须想到其他的办法来引起他的注意，要么使用她知道自己拥有的那种优势。这名被认为是宗教法官的男人正有礼貌地搬出一把椅子让她坐下。一个圆滑的反派。霍奇小姐对那把椅子视而不见。"我觉得我打断了一场巫师的主日聚会。"她灿烂地说。

扶着椅子的男人抬起了眉毛，仿佛认为她疯了。一个非常圆滑的反派。温特沃斯先生以一种类似于哽咽的声音说道："这位是分部级别的宗教法官，霍奇小姐。"

霍奇小姐大笑起来，得意洋洋。"温特沃斯先生！你和我都知道没有分部级别的宗教法官这种东西！这个男人是不是在骚扰你？如果是的话，我将直奔卡德瓦拉德小姐那里去。我认为她有权利知道，你的书房里装满了巫师。"

克里斯托曼奇叹了口气，漫步走到了温特沃斯先生的书桌前，在那里无所事事地拿起了其中的一张课程表。温特沃斯先生的眼神追踪着他的一举一动，仿佛克里斯托曼奇正对自己进行极大的骚扰，不过他仍然以一种无可奈何的语气说道:"去找卡德瓦拉德小姐是绝对没有意义的,霍奇小姐。卡德瓦拉德小姐知道我是巫师已经有好几年了。她把我大部分的工资都拿走了,作为她不会告诉任何人的回报。"

"我不知道你——!"霍奇小姐开了个头。她之前没有意识到,温特沃斯先生也是一个巫师。这一来就造成了相当大的区别。她比之前更加得意地微笑起来。"这样的话,让我成为你对付卡德瓦拉德小姐的一个盟友吧,温特沃斯先生。你和我结婚,我们一起来和她斗。"

"和你结婚?"温特沃斯先生带着明显惊恐的表情盯着霍奇小姐,"哦不。你不能。我不能——"

布莱恩的声音从空中传来:"我不要让她来做我的母亲!"

克里斯托曼奇从课程表上抬起了目光。他耸耸肩。布莱恩出现在房间的另一边,他看上去和温特沃斯先生一样的惊恐。霍奇小姐又再次微笑起来。"这么说我是对的啦!"她说。

"霍奇小姐,"温特沃斯先生说话时声音发颤,但却试着让自己听起来平静而理性,"我很抱歉让你失望了,可是我不能和任何人结婚。我的妻子还活着。作为巫师她被逮捕了,但是她设法从某个人家的后院里逃了出去,得到了巫师救援服务。所以你看——"

"那好啊,你最好假装她被烧死了。"霍奇小姐说。她非常生气。她感觉被欺骗了。她一步步逼近了温特沃斯先生的书桌,抓住了温特沃斯先生电话的话筒。"你同意娶我,否则我就打电话给警察局告发你。就现在。"

"不,求你——!"温特沃斯先生说。

"我说到做到。"霍奇小姐说。她试着要把听筒从电话上拿起来。它似乎被卡住了。霍奇小姐生气地抖动它。它发出了许多叮叮当当的声音,但却似乎不像会动弹的样子。霍奇小姐环顾四周,发现克里斯托曼奇正带着一种有兴趣的表情看着她。"你给我住手!"她对他说。

"除非你告诉我一件事,"克里斯托曼奇说,"你发现自己在一屋子的巫师中间,却似乎完全不感到惊慌。为什么?"

"我当然不惊慌了,"霍奇小姐反击道,"我同情巫师。现在拜托你,可以允许我打电话给警察局,说说温特沃斯先生的事情了吗?几年来他一直在欺骗所有人!"

"可是我亲爱的小姐,"克里斯托曼奇说,"你也是。唯一会和你有同样表现的人，一定自己就是巫师。"

霍奇小姐昂然地盯着他。"我这辈子从来没有用过一句咒语。"她说。

"稍微有点夸张吧，"克里斯托曼奇说，"你用了一个很小的咒语，来确保没人知道你是巫师。"

我为什么就没想过这个办法呢？查尔斯一边问自己，一边看着害怕和气馁的表情在霍奇小姐的脸上渐渐显露。他受到了很大的震撼。他无法接受这样一个想法：他的第二个巫师，很可能是布莱恩的母亲。

霍奇小姐再次抖动那台电话。它仍然被卡着。"很好，"她说，"我不怕你。如果你想的话，你可以让学校里所有的电话都不能用，但你不能阻止我出去向碰到的所有人告发你和温特沃斯先生，还有布莱恩，还有其他四个人，除非温特沃斯先生立即同意和我结婚。我认为我要从哈罗德·克罗斯利先生开始。"她做出好像要转身离开房间的动作。很显然她是认真的。

克里斯托曼奇叹了口气，把一根手指伸向他手里握着的课程表，非常仔细而精准地，按在了其中一个标记着"霍奇小姐6B"的长方形区域的中央。霍奇小姐就不在那里了。

在电话机发出一小声"叮"的工夫里,她就消失了。在同一时刻,南、埃斯特尔、尼鲁帕姆和查尔斯发现自己全都重新显形了。他们很清楚,霍奇小姐不仅仅是与他们相反变得隐形了。房间里缺少了她的存在感,而吹乱温特沃斯先生书桌上考卷的一小股风似乎证明了她的离去。

"真想不到她是个巫师!"尼鲁帕姆说,"她在哪里?"

克里斯托曼奇仔细研究了一下课程表。"呃——我相信是下个星期二。这应该会给我们足够的时间来理清这个混账的局面的。当然了,除非我们非常不幸运。"他看着温特沃斯先生。"也许现在您会乐意帮助我们这么做了,先生?"

可是温特沃斯先生让身体在书桌后面的椅子里沉了下去,双手掩面。

"你从没告诉我妈妈跑掉了,"布莱恩指责地对他说,"你也从来没说过一句关于卡德瓦拉德小姐的事。"

"你从没告诉我你打算跑到森林里去露营,"温特沃斯先生疲惫地说,"噢,上帝啊!我要到哪去另外找一个老师?今天下午无论如何我必须得找到一个人来上霍奇小姐的那些课。"

克里斯托曼奇坐在他为霍奇小姐搬出来的那把椅子上。

"人们总是可以瞎担心一些事情,"他说,"这一点始终都在让我感到惊奇。我亲爱的老师,您是否意识到,除非我们做点什么,否则您的儿子,还有您的四个学生,全都很有可能被烧死?而您却在这儿担心课程表。"

温特沃斯先生抬起了他愁苦的脸,盯着克里斯托曼奇旁边的空白。"她是怎么做到的?"他说,"她是怎么保持下去的?作为一名教师,霍奇小姐怎么能够完全不使用巫术呢?我每时每刻都在使用。除此之外还如何能够让脑袋后面也长一双眼睛呢?"

"这是我们的时代里最大的谜团之一,"克里斯托曼奇同意道,"现在请听我说。我相信您察觉到了,在这个世界之外,至少还有一个另外的世界。把逃亡的巫师送到那里去,似乎是你们的一种惯例。我推测您的妻子就在那里。而您可能没有意识到的是,这只是众多世界中的两个,而这些世界彼此之间全都非常的不同。我本人就是从其中一个别的世界里来的。"

让所有人感到欣慰的是,温特沃斯先生听了这些话。"你是说,平行世界?"他说,"关于这个说法一直有一些猜想。幻想世界、反现实世界,等等。你是说它们是真实存在的？"

"和您一样真实。"克里斯托曼奇说。

尼鲁帕姆对此十分有兴趣。他在克里斯托曼奇折得很漂亮的裤缝旁边弯下腰，坐在地板上说道："我相信它们是从历史上的伟大事件中产生的，先生，在那些事件中事情有向两个方向发展的可能。最容易理解的是战争。双方不可能同时胜利，所以每场战争都创造了两个可能的世界，每一个世界中胜利的一方都是不同的。就像滑铁卢战役。在我们的世界里，拿破仑输了，可是另一个世界立刻就从我们的世界中分裂出去了，在那个世界里，拿破仑赢了。"

"就是这样，"克里斯托曼奇说，"我发现那个世界是一个颇为难挨的世界。那里所有的人都说法语，听到我的口音都避之不及。说来奇怪得很，那里唯一说英语的地方是在印度，他们非常的英式，习惯在吃完咖喱之后吃糖浆布丁。"

"我应该会喜欢这么做。"尼鲁帕姆说。

"人各有所好吧，"克里斯托曼奇说着微微颤抖了一下，"但是，正如您会看到的，是谁赢得了滑铁卢战役，正是造成那两个世界之间存在大量差异的原因。这就是规律。一个小得令人吃惊的变化，也总是能够把新的世界更改得面目全非。除了你们的世界，也就是我们现在都在的这个世界。"他看着温特沃斯先生。"这就是我需要您帮助的地方，先生。这个世界有什么地方出了严重的问题。巫师极其常见，但却又非法，这个事实对于这里的世界，以及对于我自己的世界——在那里巫师同样常见，但是合法——应该是造成了同样程度的差异。可是却并没有。埃斯特尔，也许你可以和我们说说巫师救援服务把巫师们送去的那个世界。"

埃斯特尔双腿交叉坐在地板上，并从那个地方仰慕地对他露出了笑脸。"老奶奶说它就像这个世界一样，只不过没有巫术。"她说。

"这恰恰就是问题所在，"克里斯托曼奇说，"我非常了解那个世界，因为我有一个年轻的监护对象曾经是属于那个世界的。自从我来到这里之后，我发现这里的历史事件、汽车、广告、商店货物、钱——所有我能核对的一切——全部都和我监护对象的世界一模一样。而这是完全错误的。从来没有两个世界是如此的相像。"

温特沃斯先生现在是非常热切地在仔细聆听了。他皱起了眉头。"你认为错在什么地方？"南想，所以他确实是在寻找病症啦！

克里斯托曼奇表情茫然又半信半疑地环顾了一下所有的人，然后开口说道："如果你们能原谅我的话，我想说，你们的世界不应该存在。"他们全都呆住了。"我是说真的，"克里斯托曼奇抱歉地说道，"我常常在想，为什么在我监护对象的世界里巫术这么少。现在我明白了，巫术全都在这里的世界。有些事——我不知道是什么事——导致你们的世界从那个世界中分离出来，并带走了那里所有的巫术。不过它并没有脱落得很干净，而是不知怎么地仍然与第一个世界有一部分相连，以至于它几乎就是那个原来的世界。我认为这里面有某种意外的成分。一个文明的世界是不应该把巫师烧死的。正如我说过的，它不应该存在。所以，就像我一直在试着向你们解释的那样，温特沃斯先生，为了找出这里到底发生了什么样的意外，我急迫地需要了解巫术的简史。伊丽莎白一世是巫师吗？"

温特沃斯先生摇摇头。"没有人知道确切的答案。不过在她统治的时期，巫术似乎并不是个多大的问题。那个时候巫师大部分都是农村里的老太太。她不是——现代巫师实际上是在伊丽莎白一世死后不久开始的。在1606年似乎有一次大的增长，当时官方的火刑第一次出场。第一条反对巫术的法令是在1612年通过的。奥利弗·克伦威尔通过了更多这类的法令。1760年通过了三十四个反巫术法案，那一年是杜西妮娅·威尔克斯——"

但是克里斯托曼奇举起了一只手来阻止他说下去。"谢谢。我知道大巫师。您已经告诉了我我需要知道的东西。巫术目前的状态是非常突然地在1600年之后开始的。这意味着我们在寻找的意外一定发生在那个时间前后。您有印象可能是什么事情吗？"

温特沃斯先生再次摇摇头，相当闷闷不乐。"我一点概念也没有。不过——假设你真的知道的话，那你又可以做什么呢？"

"不外乎是两种做法，"克里斯托曼奇说，"要么我们把这个世界彻底与另一个拆开——我不认为这是个好主意，因为这样一来你们肯定都会被烧死的——"所有人都打了个激灵，查尔斯发现自己的大拇指正来来回回地在手指的水泡上抚摸。"或者，"克里斯托曼奇说，"有个更好的主意——我们可以把你们的世界放回到另一个世界里由，那是它真正所属的地方。"

"如果你这么做，那我们会怎么样？"查尔斯问。

"没有太大的变化。你只会静悄悄地融入那个世界里的真正的你。"克里斯托曼奇说。

所有人都考虑着这个提议,沉默了一会儿。"这真的可以做到吗?"温特沃斯先生期盼地问道。

"嗯,"克里斯托曼奇说,"可以做到,只要我们能先找出是什么导致了分裂。这将需要使用强大的魔法力量。可是万圣节到了,尤其是在这个世界里,将会有大量的魔法失去约束,而我们就可以动用它们。是的。我肯定这是可以做到的,尽管可能并不容易。"

"那就让我们就这么干吧。"温特沃斯先生说。这个主意似乎使他恢复到了平常的状态。他站起身来,双眼严厉地环视着周围的骑马装、天蓝色短裤,以及布莱恩的牛仔裤,不愿相信地停留在那件破破烂烂的粉色舞会礼服上。"如果你们这帮家伙认为,自己可以穿成这样出现在课堂里的话,那就去吧。"他说。他又恢复到了一名校长的样子。

"呃,要留下布莱恩,我认为。"克里斯托曼奇迅速地说。

"在留堂罚抄的时候,你们将会有足够多的时间来重新考虑。"温特沃斯先生把他的话说完了。南、埃斯特尔、查尔斯和尼鲁帕姆，全都赶紧匍匐着爬了起来。而他们一站起来，就发现自己已经穿着校服了。他们环顾四周找寻布莱恩，可是他却似乎不在那里了。

"我又隐身了！"布莱恩的声音在空中厌恶地说道。

克里斯托曼奇在微笑。"不错嘛，老师。"他对温特沃斯先生说。温特沃斯先生看上去很满意。在领着他们四个人向门口走去时，他以一种相当友好的方式对克里斯托曼奇回以微笑。

"为什么布莱恩可以被允许继续隐身？"在温特沃斯先生带着他们列队重新向教室进发时，埃斯特尔抱怨道。

"因为他给了克里斯托曼奇一个借口，可以作为宗教法官继续留在这里，"尼鲁帕姆悄悄地说，"他本来应该是来调查巫师对布莱恩做的事的。"

"但是可别告诉布莱恩，"在他们到达6B班门外时，查尔斯嘟嘟囔囔地说，"他会把事情搞砸的。他就是那样的人。"事实上他不太确定，如果他自己有机会的话，会不会也把事情搞砸。什么事也没有改变。他仍然还是和从前一样，有着很多的麻烦。

第十四章

温特沃斯先生打开门,把他们四个领进了教室,他们一下子陷入了全班的目不转睛和窃窃私语之中。"恐怕我是非得把这四个人拐走不可的,"温特沃斯先生对碰巧当时正在给班里其他人上课的克罗斯利先生说,"我们一直在整理我的书房,好让宗教法官可以使用。"

克罗斯利先生似乎毫不质疑地相信了这个说法。从6B班的表情上来判断,他们感到了极大的失望。他们曾预想这四个人全都被捕了。但他们还是充分利用了这个局面。

"塔尔斯先生正在找你们两个。"西蒙大义凛然地对尼鲁帕姆和查尔斯悄声说道。特蕾莎则对埃斯特尔说:"菲利普斯小姐想找你。"南很幸运,菲利普斯小姐不到万不得已是从来不会记得她的。

他们回来得太晚了,所以在午饭时间之前,只剩下一小段课了。当午饭的铃声响起,查尔斯和尼鲁帕姆紧紧跟在了人流最集中的地方。两个人都不想被塔尔斯先生看见。可是查尔斯和往常一样又碰上了坏运气。塔尔斯先生在餐厅的门口当值。当查尔斯溜了进去，而塔尔斯先生却完全没有显露出对他有任何兴趣时，查尔斯才感到大大地松了一口气。

在做过祷告坐下来之后，尼鲁帕姆用胳膊肘推了推查尔斯。克里斯托曼奇正在贵宾席上，坐在卡德瓦拉德小姐的旁边，他看上去兴味索然又面无表情。所有人都伸长了脖子看着他。大家相互传播消息说，这位就是分部级别的宗教法官。

"我无法想象如果惹到他会怎么样，"丹·史密斯观察着，"你可以看得出来，他那种困倦的表情只不过是为了要愚弄你而已。"

"他看上去很虚弱，"西蒙说，"我不会让他吓倒我的。"

查尔斯也伸长了脖子去看。他知道西蒙是什么意思，但是他现在已经非常确定，克里斯托曼奇茫然的表情和丹想的一样具有欺骗性。温特沃斯先生也坐到了上面的贵宾席上。查尔斯很好奇布莱恩在哪里，布莱恩又要怎么吃到午饭。

查尔斯把脖子转回到桌子面前，他听见特蕾莎正在说："他真是超级的好看，他让我感到全身非常的无力呢！"

269

让所有人吃惊的是，埃斯特尔跳了起来，探出身子越过桌面，愤怒地瞪着特蕾莎。"特蕾莎·马利特，"她说，"只要你敢爱上宗教法官，就看看会有什么结果吧！他是我的。是我先遇到他的，我爱他！所以说你试试看！"

有那么一会儿工夫，没有人说一句话。特蕾莎甚至惊讶得没有再咻咻发笑。所有人都很不习惯看见埃斯特尔这么凶狠，就连总风纪老师也想不到该说什么。

在这片沉默之中，布莱恩要怎样吃午饭的问题变得清晰了。查尔斯和尼鲁帕姆感觉他们正在被一个看不见的人从中间推开。在这个人爬上他们俩之间的长椅，开始吃起来的时候，两个人都被看不见的胳膊肘猛戳了一下。"你们得让我从你们的盘子里吃东西，"布莱恩的声音悄悄地说，"我希望不是黏糊糊的炖菜。"

幸运的是，恰好在布莱恩说话的时候，有西蒙打破了沉默。他以一种嘲弄的、不太相信的语气说道："你们花了那么长时间是在为虚弱的宗教法官先生布置些什么呢？"

从当时大家的表情中，南立即知道，没有人相信温特沃斯先生的借口。她可以看出来，他们大多数人都会去怀疑一些很像真相的事情。救命！南想。"嗯，我们得把许多电线拉到书房里去，"南仓促地瞎编道，"他要求必须要有一盏明亮的灯布置在那里，好照在别人的脸上。这能帮助他把他们击垮。"

"完全不是为了电击吗？"丹满怀希望地问道。

"有一部分可能是的，"南坦言，"有相当多赤裸的电线，还有一种类似于头盔的东西，上面有一个个电极戳出来。查尔斯安的电线。查尔斯的电工非常棒。"

"还有什么？"丹屏住呼吸地问道。他现在已经听得实在太过入神了，都没有注意到自己正在和一个女生说话。

"墙壁全部都挂上了黑色的幕布，"南编造道，"埃斯特尔和我去挂的。"

就在这个时候午饭被端上来了。是土豆派。这对不敢使用刀叉的布莱恩来说很幸运，可是对查尔斯和尼鲁帕姆来说就没那么幸运了。当厚厚的一大块土豆从他们的盘子里消失的时候，两个人都发出了愤怒的嘟哝声。布莱恩从他俩每个人那里都抓走了满满一把。不过，当一块块土豆在两人中间掉下来的时候，他们的心中还要更加的恼火。

"别浪费了！"尼鲁帕姆厉声说道。

"你就分辨不出自己的嘴巴在哪儿吗？"查尔斯生气地

271

低喊道。

"可以。但是我不知道我的手在哪里，"布莱恩也悄悄地喊道，"你来试试看，如果你觉得自己有那么聪明的话！"

当他们在说着悄悄话的时候，南正在被丹热切地提问，同时编造出越来越多宗教法官为温特沃斯先生书房布置的装备。"是的，确实有那些东西，上面有小小的铬做的螺丝钉，"她正在说着，"我认为你是对的——那些一定是拇指夹。但是其中有一些大得可以夹进一根胳膊或是腿。我不认为他会停留在拇指的地步。"

尼鲁帕姆用他的手肘点了点布莱恩看不见的侧面。"听听这个！"他悄悄地说，"如果他把丹叫进去的话，那这些东西就都必须在那里。"

"我不是傻瓜。"布莱恩回嘴到。他的声音听上去像是嘴里塞得满满的。

"当然还有许多其他的东西，我们必须挂在墙上。有各种大小的手铐。"南继续说道。她现在受到了鼓舞，创造力似乎无边无际。看样子她就是停不下来了。查尔斯开始问自己，一个小小的书房是不是有可能容纳得下她所描述的所有东西——或者甚至仅仅是其中的一半，布莱恩所能记住的部分。

幸运的是,埃斯特尔太忙于欣赏克里斯托曼奇吃饭了,她突然做了一件分散注意力的事情——她大声叫喊道:"看啊,看啊!卡德瓦拉德小姐仅仅使用了一把叉子,而他却在使用一把刀和一把叉子。噢,他真勇敢不是吗!"

听到这里,尼鲁帕姆抓住机会试着成功地让南闭上了嘴。他恶狠狠地瞪了她一眼,然后大声地说:"你知道了吧,在吃过午饭以后,宗教法官大概真的会犀利地审问我们每一个的。"

尽管尼鲁帕姆的这句话只是为了给南一个警告,但还是引起了一阵忧心忡忡的沉默。有惊人数量的学生看起来并没有对土豆派和接下来的糖浆挞感到非常热衷。尼鲁帕姆也抓住了这个机会。他拿走了三四份食物,去和布莱恩分享。

午餐刚刚结束,温特沃斯先生就进来,把 6B 的所有人按照字母顺序集结了起来。忧心忡忡的沉默变成了一片惊惧的沉默。从学校其他人脸上的表情来判断,这种惊惧感正在传染。在 6B 班被排着队带走时,就连高年级的学生们看上去也很惊慌。他们整齐地走上楼去,队伍被排成一半留在通道里,一半留在楼梯上的样子;而温特沃斯先生则走进了他的书房，去告诉克里斯托曼奇他们准备好了。那些站在队伍前面的人可以看到，门上原来清澈如波的玻璃，现在却漆黑如夜。

之后，结果是，克里斯托曼奇想要按照字母的倒序来见他们。所有人都不得不排着队重新上上下下地绕了楼梯一圈，以至于希瑟·杨和罗纳德·韦斯特站在了队伍的前面，而不是杰弗里·巴恩斯和狄波拉·克利夫顿。他们没有像往常一样大发牢骚或产生混战。就连查尔斯——他十分肯定，他们的排队站位只是为了给克里斯托曼奇足够的时间，把南编造出来的所有东西全都放进去——也发现自己有一点安静和不适，大拇指不住地抚摸水疱。希瑟和罗纳德看上去恐惧得厉害。丹·史密斯——因为布莱恩不见了所以成了第三个——催促地悄悄问着尼鲁帕姆："他要对我们干什么？"

尼鲁帕姆也不比丹知道得多。他甚至不知道克里斯托曼奇是否真的打算要审问他们。他试着看上去狠一点。"你会看到的。"丹的脸色变得像奶油一样发白。

克里斯托曼奇见每个人所用时间的长短都不同。希瑟消失在书房里，似乎度过了一段无止境的时期，而她出来的时候和进去的时候一样的惊恐。

罗纳德在里面只待了一分钟，而他从变暗的门后面出来的时候，看上去却很轻松。他探出身子越过丹和尼鲁帕姆对西蒙悄悄地说："完全没有问题！"

"我知道不会有问题。"西蒙高傲地撒谎道。

"安静点！"温特沃斯先生咆哮道，"下一个——丹尼尔·史密斯。"

丹·史密斯去的时间也不长，可是他出来时的样子看起来并不像是没有问题。他的脸色变得比奶油更白，是奶酪一样的颜色。

尼鲁帕姆去的时间比南或者查尔斯所预期的都要久得多。出来的时候，他皱着眉头，心神不宁。他的后面是西蒙。又是一场无止境的等待。在这段时间里，下午上课的铃声响起，跟着就是往常一样汹涌的脚步声。在那之后是沉默的上课时间，过了非常久之后西蒙才走了出来，以至于6B班里没有一个人不觉得，自己就像个弃儿。西蒙终于出来了。他的脸色很古怪。他不和任何一个从队伍里探出身子想问他发生了什么事的朋友说话。他只是像梦游一样向墙壁走去，然后靠了上去，两眼盯着空中发呆。

这没有让任何人感觉好过一点。南想知道克里斯托曼奇会对里面的人做些什么。等到有三名女生走出来,走到她和西蒙之间时——她们的表情全都和希瑟·杨一样的糟糕——南害怕得要命,以至于双腿几乎都无法行动了。可是现在轮到她了。她不得不去了。不管怎么样,她都拖曳着脚步绕进了黑暗的门内。

在书房里面,她目不转睛地站着。在6B班列着队在外面上上下下的时候,克里斯托曼奇确实一直非常的忙。温特沃斯先生的书房整个地都挂满了黑色的窗帘。还有南忘记编造的,一张黑色的地毯,也正覆盖着镶木地板。而悬挂在墙上,在黑色的背景下微微闪光的东西,有手铐、一个套索、挂满尖刺的链条、几种鞭子,以及一条九尾鞭[①]。房间的一角有一个大大的罐子,上面贴着"汽油,部法办,只用于刑讯"的标签。

克里斯托曼奇本人,也仅仅可以隐约地看见在一盏闪闪发光的电灯后面,这让南非常不舒服地想起了手术台上的那盏灯。它所发出的光线照射在温特沃斯先生挂着更多黑布的书桌上,那里像珠宝店似的陈列着闪耀的拇指夹和其他令人

[①] 是一种多股的软鞭,由九根带结的棉布索组成,在英国和其他一些国家的执法体罚中都有实用。

不快的物品。那顶缠满电线的头盔就在上面。琳琅满目的裸线也在那里噼啪地吐着蓝色的火花。在那些东西后面的，是一堆厚厚的黑色书籍。

"你能看出来布莱恩忘记了什么吗？"克里斯托曼奇模糊的人影说道。

南开始笑起来。"我没有说地毯，也没有说汽油。"

"是布莱恩提议要一张地毯。而我认为那个角落有一点空。"克里斯托曼奇承认。

南指向了那堆黑色的书。"那些是什么？"

"伪装过的课程表，"克里斯托曼奇说，"哦——我明白你的意思。很明显，它们是国会法案和巫术法令，拷问手册，以及《观察者巫师发现指南》。没有一个宗教法官可以离开这些东西。"

南可以从他的声音中听出来，他正在笑。"我谴责你，你只顾着自己开心，"她说，"外面所有的人都已经六神无主了。"

"我承认。"克里斯托曼奇在灯光下绕着书桌走了出来。他随意地把那束闪着火花的裸线推到一边——它似乎并没有电击到他一点点——然后坐在了有黑布悬垂的书桌上，好让自己的脸处于和南的脸一样高的位置。她突然发现自己已经几乎不可能把脸转开了。"我也谴责你，只顾着自己开心。"他说。

"是的，我就是这样！"南不服地说，"自从我来到这所恶劣的学校，这大概是第一次！"

克里斯托曼奇几乎是焦虑地看着她。"你喜欢做巫师？"南用力地点点头。"而且你喜欢编造一些东西，并把它们描述出来——拇指夹之类的？"南再次点头。"你最喜欢的是什么？"克里斯托曼奇问道。

"噢，是做巫师，"南宣称，"它让我感觉——嗯——就是那么自信，我猜。"

"像一个巫师那样，描述一下你到目前为止所虚构出来的东西吧。"克里斯托曼奇说。

"我——"南看着克里斯托曼奇，她的一侧是强烈的灯光，另一侧是闪烁的电线；她相当困惑地发现，自己作为一名巫师才做了多么少的一点事情。当你归结起来看的时候，你会发现她所做过的一切，只不过是骑过一把飞天扫帚，给自己和埃斯特尔变出了那种错误的衣服，以及变出了一些样子毫无疑问很古怪的募捐罐。"我没有太多时间做这些事。"

她说。

"但是查尔斯·摩根和你有差不多同样长的时间,而根据别人告诉我的情况来看,他真的非常别出心裁,"克里斯托曼奇说,"难道你不会认为,因为你已经做了巫师并有了自信,所以说,你可能真的更喜欢去描述一些事物,甚至超过做巫师?"

南想了想。"我猜是的,"她说着,感到相当的惊讶,"只要我们不是非得在日记里进行描述就好了!"

"很好,"克里斯托曼奇说,"我想我可以答应给你一个非常好的机会来进行描述,而且和日记没有关系。我和你说过,我们需要使用强大的魔法,来把这个世界送回到它所属的世界中去。为了利用全世界所有的魔法来让这个变化发生,所以在我找到做这件事的方法以后,我会需要所有人的帮助。当这个时机来临时,我可以依靠你来解释这一切的来龙去脉吗?"

南点点头。她感到无比的荣幸和责任感。

当她正有这种感觉的时候,克里斯托曼奇又补充道:"你更喜欢描述一些事物也挺好。恐怕当变化发生以后,你就不会再是巫师了。"南目不转睛地盯着他。他不是在开玩笑。"我知道你是大巫师的后人，"克里斯托曼奇说，"但是天赋并不总是按照原来的形式遗传下去。你的天赋似乎是以编造和描述的能力遗传到你身上的。我的建议是保持这种天赋，如果可以的话。现在给我说出一个历史人物的名字。"

南因为话题的转换表示惊讶。"呃——克里斯托弗·哥伦布[①]。"她悲惨地说。

克里斯托曼奇拿出了一本小小的金色笔记本，取下了一支夹在上面的金色铅笔。"你介意解释一下他是谁吗？"他有一点无助地说道。

克里斯托曼奇仿佛不知道大部分显而易见的事情，他的这种样子非常令人诧异，南想。她尽可能详尽地告诉了他关于克里斯托弗·哥伦布的所有事情，而克里斯托曼奇就在金色的笔记本里把它写了下来。"令人钦佩，"他一边写，一边喃喃自语，"清晰而生动。"结果，南走出书房时一方面觉得很高兴，因为克里斯托曼奇认为她非常善于描述；另一方面则极度伤心，因为她不久之后就不再是一名巫师了。丹·史密斯的朋友兰斯·奥斯古德是接下来的一位，当南走出来的

---

① 意大利的著名航海家，地理大发现的先驱者。

时候,他努力地去看南的脸色,但却不知道该怎么理解这种表情。

兰斯在书房里待的时间不长。接下来的特蕾莎·马利特也是如此。到了这个时候,埃斯特尔才刚刚赶到楼梯顶上,队伍前端的附近。在特蕾莎出来的时候,埃斯特尔躲在墙角后面伸长了脖子探视过来,去搜寻特蕾莎脸上爱情的迹象,可是特蕾莎看上去既气恼又疑惑。所有人都明白,宗教法官并没有用体面的尊敬态度来对待特蕾莎。迪丽雅正隔着人在对希瑟悄悄地谈论着这件事,这时候查尔斯进去了。

查尔斯这一次一点也不害怕。现在他已经非常确定,克里斯托曼奇是在完全以每个人应得的态度来对待他们。当他看到整个书房都遮成了黑色的时候,他咧开嘴笑了,然后把他的眼镜推到了鼻子上面,去看墙上那些挂着的那些东西。

在电灯和火花四溅的电线后面,克里斯托曼奇是一个模糊的人形。"你满意吗?"他说。

"还不错,"查尔斯说,"布莱恩在哪儿?"

"在这边。"布莱恩的声音说道。被黑色覆盖的墙壁上,有两副手铐升了起来,叮当作响。"这还要继续多久?我已经该死的够无聊了,而你们才刚刚审问到 M 打头的人。"

281

"你为什么要把他留在这里?"查尔斯问克里斯托曼奇。为了给布莱恩最强烈的"双筒炮"眼神,他一直把手指顶在自己的眼镜上面。

"我有我的理由。"克里斯托曼奇平静地说。尽管很平静,但这还是让查尔斯感觉到,仿佛有什么非常寒冷而且相当致命的东西正在沿着他的后背慢慢爬下来。"我想和你谈谈,"克里斯托曼奇以同样平静的语气继续说道,"关于你那个'西蒙说'的咒语。"

寒气从查尔斯的脊柱上瞬间传遍了他的全身,开始在他的胃里盘踞。他知道这次问话绝不会像他之前想的那样是一个玩笑。"怎么了?"他喃喃地说。

"我无法理解,"克里斯托曼奇说话时温柔而迷惑,比之前更加如死一般地平静,"你怎么会忘了提起那个咒语。它是怎么从你的脑袋里溜走的?"

就像一个人被深深地埋在了冰块里。查尔斯试着用咆哮来打破寒冰。"告诉你没有意义。它只是一个咒语——它并不重要,而且西蒙罪有应得!反正尼鲁帕姆把它从他身上撤掉了!"

"我麻烦你再说一遍。我没有注意到你要为自己辩护。"

克里斯托曼奇说。

像这样的挖苦是很难承受的，而如果你知道有一个像布莱恩这样的人正在偷听的话，那情况就更糟糕了。查尔斯聚集起了另一次怒目而视的力量。可是他发现很难用它对准克里斯托曼奇，因为他正躲在灯光的后面，于是作为代替，他再次把它转向了布莱恩。或者更确切地说，是转向了布莱恩可能戴着的那两副手铐上面。"这没有那么重要。"他说。

克里斯托曼奇看起来比以往更加困惑了。"不重要？我亲爱的孩子，一个能够把世界摧毁的咒语为什么会那么不重要？当然，你可能会知道得更多，但是我的印象是，西蒙很容易会碰巧说一些非常傻的话，像是——比如说——'二加二等于五'。如果他说了，那么所有和数字有关的一切就会立刻崩溃。而由于所有的东西都可以计数，因此所有的东西都会破碎——地球，天空中的太阳，身体里的细胞，还有其他你能想到的任何东西。你的头脑无疑不屑于思考这些东西，但我自己却不由得不发现它们的重要性。"

查尔斯对着手铐目露凶光，来掩饰这让他感觉有多讨厌。而且布莱恩还听到了每一个字！"我没有意识到——我怎么会意识到呢？不管怎么说，这是西蒙自己招来的。他活该受到些惩罚。"他一边说一边觉得有点高兴，因为没有人知道他接下来打算要对丹·史密斯做些事情。

"西蒙活该？"克里斯托曼奇想知道，"西蒙当然很自大，但是——布莱恩，你来告诉我们。你的自尊心至少和西蒙的一样大。你或者西蒙，活该手里拥有这么大的权力吗？"

"不，"布莱恩的声音闷闷不乐地说道，"不该有毁灭世界的权力。"

查尔斯因为这件自己差一点就做到了的事而恐惧得浑身发冷。不过他不打算承认。"尼鲁帕姆把它从西蒙身上撤掉了，"他说，"西蒙没来得及真的去做什么。"

"布莱恩似乎学到了什么，"克里斯托曼奇评论道，"虽然你并没有学到，查尔斯。我向你保证，由于魔法在这里是禁止的，所以从来没有人教过你它可以做什么，或者如何使用它。但是你本来是可以弄明白的。可你却还是没有开始反思。尼鲁帕姆并没有把那个咒语从西蒙身上撤掉。他只不过是把它前后颠倒了而已。那个可怜的孩子所说的话现在全都**不会**变成现实了。我不得不命令他始终闭紧他的嘴。"

"可怜的孩子！"查尔斯惊叫道，"你可不能为他感到难过！"

"我为他感到难过，"布莱恩的声音说道，"如果我不是在医务室的话，我自己本来会试着去把它从他身上撤掉的。而且我本来还会比尼鲁帕姆做得更好！"

"现在，查尔斯，"克里斯托曼奇说，"你有了一个很棒的范例，完全无关谁对谁错，却可以说明，为什么这是一个那么差劲的捉弄人的主意。所有的人现在都为西蒙感到难过。而这完全不是你想要的，是不是？"

"是的。"查尔斯低头看着影影绰绰的黑色地毯，懊悔地决定重新想想丹·史密斯的事情。这一次，他要把事情做对。

"让他把西蒙身上的咒语撤掉。"布莱恩提议道。

"我怀疑他能不能做到，"克里斯托曼奇说，"这是一种强大得令人生畏的东西。为了让它哪怕有丝毫的效果，查尔斯也一定要具备魔法师级别的高级功力才行。"查尔斯的脸一直扭过去向着地毯，希望这可以藏住他感到正在自己脸上扩散的，自鸣得意的大大笑容。"要把那个咒语从西蒙身上撤下来，需要一系列特殊的条件，"克里斯托曼奇继续说道，"首先，查尔斯必须想要把咒语撤掉。但他却不想。你想吗，查尔斯？"

"我不想。"查尔斯说。想到西蒙终其一生都不得不保持缄默，这让他感到如此的愉悦，以至于他不愿意费神去听布莱恩开始不断骂他的话了。他把他的手指伸到了灯光之中，欣赏着强烈的灯光和火花四溅的电线在他柔软的黄色水疱上照出花纹的样子。邪恶已经烙进了他的心里，他想。

克里斯托曼奇等着布莱恩骂查尔斯骂到词穷。然后他说："我很难过你会有这种感觉，查尔斯。当我们把这个世界送回它所属的地方时，我们所有人都将需要你的帮助。你不能重新考虑一下吗？"

"不能，谁叫你在布莱恩面前一直针对我。"查尔斯说。然后他继续欣赏着他的水疱。

克里斯托曼奇叹了口气。"你和布莱恩都坏得半斤八两，"他说，"温特沃斯先生告诉我，拉伍德之家的人总是会发展成巫师的，但是他告诉我，他毫不费力就可以让其中的任何人不再露出自己的真面目，直到遇到你和布莱恩。布莱恩太急于得到别人的注意了，以至于都不在乎自己会不会被烧死——"

"嘿！"布莱恩愤慨地说。

所以克里斯托曼奇现在是在试图通过数落布莱恩来保持

公允咯,查尔斯想。这么做有点太迟了。他是不会帮忙的。

"所以他必须要帮忙,否则他就要一辈子隐身。"克里斯托曼奇继续说了下去。他无视于布莱恩愤慨而悲惨的抱怨声,转向了查尔斯。"你,查尔斯,似乎压抑了你自己的感情,你憎恨所有的一切,直到巫术来到你的身边,把这种压抑赶走了。现在,要么你不得不把自己再次压抑起来或是被烧死,要么你就必须帮助我们。由于你在巫术方面的天赋非常强大,因此看样子在那个对的世界里,你肯定将在某个其他方面拥有同样强大的天赋,而你应该会很容易就找到它。所以,你要选择哪一样?"

失去巫术?查尔斯用一根手指压住他的眼镜,透过强烈的灯光去瞪克里斯托曼奇。他甚至不认为他恨西蒙或者丹有像他恨克里斯托曼奇那么多。"我将继续做一名巫师!就是这样!"

克里斯托曼奇模糊的人影在灯光后面耸了耸肩。"术士是通常用来形容像你这样胡闹的人的术语。很好。现在请给我说出一个历史上的名人。"

"开膛手杰克[①]。"查尔斯龇牙咧嘴地吼道。

---

① 是1888年8月7日到11月9日间,伦敦东区的一位连环杀手。

金色的笔记本在灯光下闪烁着光芒。"谢谢你，"克里斯托曼奇说，"你出去的时候把下一个人叫进来。"

当查尔斯转过身慢吞吞地向门口走去时，布莱恩又开始喋喋不休地咒骂他了。

"布莱恩，"克里斯托曼奇平静地说，"我告诉过你，我会拿走你的声音；如果你再对任何人说话的话，我就会这么做。"

就知道你会这样！查尔斯生气地想。他把门撞开，问自己敢不敢对南和埃斯特尔做些什么——因为是她们把克里斯托曼奇叫到这儿来的——但却发现自己正盯着迪丽雅·马丁的脸。他看上去一定非常吓人。迪丽雅的脸色变得惨白。实际上她和他说起了话。"他是什么样的人？"

"该死的太恐怖了！"查尔斯大声地说。他希望克里斯托曼奇能听见。

第十五章

6B班其余的人都拖着脚步在慢慢地从书房里走进走出。有些人走出来脸色惨白,有些人走出来很放松。埃斯特尔走出来时双眼朦胧,光彩照人。

"真是的!"特蕾莎说,"有些人啊!"

埃斯特尔向她投去了一种绝对鄙视的眼神。她把双手都围拢在南的一只耳朵边上,呼着湿气对她说着悄悄话:"他说在我们要去的那个地方,我妈妈不会在监狱里!"

"噢,太好了!"南说道,然后她突然激动地想,那么,我的妈妈将还会活着!

克里斯托曼奇本人和最后一个进去的杰弗里·巴恩斯一起走出了书房,和温特沃斯先生交换了一个意味深长的眼神。南可以辨别出来,他还没有找到改变世界的方法。她明白,他们两个人都很忧虑。

"对了。排队回到教室里去。"温特沃斯先生大喊。他看上去那么苦恼,他又那么迅速地赶着他们下了楼,以至于南知道,克里斯托曼奇的运气要耗尽了。也许真正的宗教法官现在已经到了。在 6B 班列队穿过走廊的时候,第一节课下课的铃声响起了,这让紧迫感更强烈了。其他班级的人匆匆地从他们身边走过,向他们投去同情又好奇的目光。

他们一边走,西蒙的朋友一边一直在试着和西蒙说话。西蒙发疯似的摇着头,指着自己的嘴巴。"他知道巫师是谁,可是他的嘴唇被封起来了。"罗纳德·韦斯特睿智地说。

这让迪丽雅和卡伦溜出了队伍,走到西蒙的身边。"告诉我们巫师是谁,西蒙,"她们悄悄地说,"我们不会说出去的。"西蒙越是摇头,她们就越是要问他。

"安静!"温特沃斯先生咆哮道。

所有人都一个接一个走进了教室。教室里站着克罗斯利先生,他正等着在 6B 班写日记的时候在这里照看他们。

"你最好把这节课当做是自习时间,哈罗德。"温特沃斯先生对他说。克罗斯利先生点点头,对此感到万分的称心如意,然后动身去教研室了——他希望能在那里碰到霍奇小姐。

"可怜的泰迪,"埃斯特尔对南悄悄地说,"他不知道她人在下个星期二呢。记着,无论如何我不认为她有一天会和他在一起。"

克里斯托曼奇走进了教室，看上去老于世故又眼神暧昧。没有人能够从他的表情中猜到，时间快用尽了，而他大概像温特沃斯先生一样的焦虑。他咳嗽了几下以吸引大家的注意。他立刻带来了一片沉默，彻底安静而又专心致志的沉默。温特沃斯先生先生看上去有一点嫉妒。

"这是一个令人难过的事件，"克里斯托曼奇说，"在我们的中间有一个巫师。而这个巫师对西蒙·塞尔维森施了一个咒语——"

教室里全是大家刷地一下转过身去看西蒙的声音。查尔斯目露凶光。西蒙看上去几乎又很高兴了。他又站在了聚光灯下，他属于那里。

"现在，最最不幸的是，"克里斯托曼奇继续说道，"有人作出了初衷很好但却误入歧途的尝试，想要去打破咒语，但是却把咒语的意思颠倒了过来。"尼鲁帕姆看上去有点病恹恹的。"你不能责怪这个人，"克里斯托曼奇说，"但事情的结果却是极其不圆满的。这是一个很强大的咒语。现在，西蒙说的所有事情，不仅仅是**不会**发生，而且是从来**不曾**发生过。我不得不警告西蒙，不要开口，直到我们把这件事情查个水落石出。"

克里斯托曼奇一边说,一边眼神暧昧而又心不在焉地把目光转向了查尔斯。查尔斯则给了他最漠然、最恶劣的眼神作为回答。如果克里斯托曼奇认为自己可以就这样让他把咒语撤掉的话,那么他就得再好好想想别的办法了。查尔斯没有注意到的是,克里斯托曼奇的目光在这之后又转向了南。其他的人也都根本没有注意到,因为有三个人举起了手:迪丽雅、卡伦和特蕾莎。迪丽雅代表她们三个人说话了。

"宗教法官先生,大人,我们告诉您巫师是谁。是南·皮尔格林。"

埃斯特尔的书桌发出一声巨响翻倒在地。书本、日记本、作业纸,还有针织物都滑向了四面八方。埃斯特尔站在了这堆东西中间,脸气得通红。"不是南·皮尔格林!"她大喊道,"南这辈子从没有伤害过任何人!是你们这帮人在伤天害理,你们随时随地传播谣言,你和特蕾莎还有卡伦。我为自己曾经和卡伦是朋友而感到害臊!"

南把她火烫的脸埋在了双手之中。埃斯特尔为了安慰她显得有一点太忠心了。

"把那个课桌扶起来,埃斯特尔。"温特沃斯先生说。

西蒙忘了自己的责任,张开嘴正要发表嘲弄的言论。克里斯托曼奇的目光刚好碰巧瞥向了他。西蒙的嘴啪的一声合上了，眼珠瞪得鼓鼓的。

除此之外，克里斯托曼奇对这场插曲视若无睹。"麻烦你们全部集中注意力。"他说。所有人立刻都照做了。"谢谢。在我们说出这个巫师的名字之前，我想要你们所有的人再说出一个历史名人的名字。你在前面，那么你先说——呃——嗯——特蕾莎——呃——菲绪。"

所有的人都给出了一个名字。大家都相信，宗教法官会通过他们给出的名字而知道巫师是谁。不要提及任何坏人的名字显然是很重要的。于是，尽管因为宗教法官弄错了自己的名字而感到受了冒犯，但是特蕾莎还是确实非常认真仔细地想了想。但就像通常会发生的情况那样，她的头脑里立即就塞满了历史上所有的反面人物。她一言不发地坐在那里，一个接一个地想到了布克和海尔[1]、克里平[2]、加略人犹大[3]、尼禄[4]，和托尔克马达[5]，却实在没法想到任何好人。

---

[1] 19世纪英国一对传奇的盗墓者和连环杀手。
[2] 20世纪初英国一位涉嫌杀害自己妻子的医生。
[3] 圣经故事中出卖耶稣的门徒。
[4] 古罗马暴君，公元37年—公元68年。
[5] 西班牙第一位宗教裁判所大法官，被认为是"中世纪最残暴的教会屠夫"。他在1483年至1498年间共判决烧死了10220名"异端"。

"来吧——呃——塔蒂阿娜。"克里斯托曼奇说。

"特蕾莎。"特蕾莎说。然后,她有了灵感,于是说道:"圣特蕾莎①,我是说。"

克里斯托曼奇在他金色的笔记本里把这个名字写了下来,然后指向了迪丽雅。"圣乔治②。"迪丽雅说。

"在任何一个世界里都不存在这个人,"克里斯托曼奇说,"再说一个。"

迪丽雅绞尽脑汁,最终想到了戈黛娃夫人③。克里斯托曼奇点名的手指绕着教室继续移动,给所有人都带来了同样的麻烦。反面人物在他们的头脑中纷纷涌现——匈奴王阿提拉④、理查德三世⑤、卢克蕾佳·博尔贾⑥、约瑟夫·斯大林⑦——而当他们真的设法想到了任何不那么反面的人物

---

① 特蕾莎修女,20世纪著名的天主教慈善工作者,一生奉献给解除贫困,于1979年得到诺贝尔和平奖。
② 据信是罗马帝国时代的一位基督徒,因成功杀死一条毒龙而深受爱戴。其故事是英格兰文化的重要部分。
③ 10—11世纪一名英格兰贵族妇女,据传说曾为了争取减免丈夫强加于市民的重税,而裸体骑马绕行大街。
④ 公元5世纪匈奴帝国的国王,能征善战,曾使西罗马帝国名存实亡,在西欧被视为残暴及抢夺的象征。
⑤ 英国历史上,金雀花王朝的最后一个国王,莎士比亚将其描述为一个残忍的国王。
⑥ 罗马教皇亚历山大六世的私生女,因和兄长恺撒的不伦之恋及丰富情史而使这个名字成为污点。
⑦ 前苏联领导人,二战后建立了社会主义阵营,在冷战中与西方国家对峙。

时，却似乎总是像安妮博林①或者伽利略，这些被处死的人。大部分的人也不想提起他们，尽管尼鲁帕姆冒险说了查理一世②，因为他知道克里斯托曼奇并不是一个真正的宗教法官。在大多数的人名被提及之后，克里斯托曼奇都转向了温特沃斯先生，而温特沃斯先生则告诉他这些人是谁。6B班的大部分人都想不出宗教法官为什么要这么做，除非是为了证明温特沃斯先生是一个足智多谋的人，但是南想，他又在搜集病症了。为什么呢？历史上有某个人一定非常的重要吧，我想。

查尔斯看着克里斯托曼奇的手指指向了自己。他想，你别想那样打垮我！"圣弗朗西斯③。"他说。克里斯托曼奇的手指仅仅是继续移向了丹·史密斯而已。

丹被难住了。"求你了，大人，我肚子疼。我没法思考。"

手指继续指着他。

"噢，"丹说，"呃——迪克·特尔宾④。"

---

① 英格兰王后，英王亨利八世的第二任妻子，伊丽莎白一世的母亲。她本是第一任妻子的侍从，与亨利八世曾经秘密结婚，后以通奸罪被斩首。
② 英国国王，在英国爆发内战后，于1649年被砍了头。
③ 16世纪罗马天主教传教士，曾远及印度南部、马六甲海峡和日本等地传教，被称为继圣·保罗之后最伟大的传教士。
④ 18世纪的英国公路劫匪，1739年被绞死。

这引发 6B 班的人们倒吸了一口冷气，然后是一种失望得近乎呻吟的声音——因为克里斯托曼奇的手指继续移动，掠过座位之间的过道，指向了埃斯特尔。

埃斯特尔现在已经扶起了她的课桌，捡起了大部分的书本，但是她的毛线团滚到了几张课桌的下面，一边滚一边散落开来。埃斯特尔正跪着把毛线卷进去，她的脸色出从未如此阴沉过，她没有注意到他。南探下身子，戳戳她。埃斯特而吓了一跳。"现在该我了吗？对不起。盖伊·福克斯——有人已经说过盖伊·福克斯了吗？"她回去继续卷她的毛线。

"等一下。"克里斯托曼奇说。一种好奇的安静似乎在教室里渐渐扩展："跟我说说盖伊·福克斯好吗？"

埃斯特尔再次抬起头来。每个人都瞪着她，猜测她是否是个巫师。但埃斯特尔只关心她的毛线。"盖伊·福克斯？"她说道，"他们因为他炸飞了国会大厦而把他架在篝火上烧死了。"

"把国会大厦炸飞了？"克里斯托曼奇说，"可是在我所知道的任何一个世界里，盖伊·福克斯都从来没能成功地把国会大厦炸飞过！"

西蒙张开嘴，想说埃斯特尔的话完全正确，却又匆忙地把嘴合上了。埃斯特尔点点头。有一些人喊了出来："不是啊，大人。他成功了，大人！"

克里斯托曼奇看着温特沃斯先生。温特沃斯先生说："在1605年，盖伊·福克斯为了把政府班子和国王炸飞，带着多桶火药偷偷溜进了国会大厦的地窖里。但是他犯了一个错误。火药在夜里爆炸，上下两院都被摧毁了，但却没有炸死一个人。盖伊·福克斯完好无损地逃了出来，不过他们几乎马上就把他抓住了。"

这听上去就像之前的每一次解释一样，温特沃斯先生对克里斯托曼奇讲述一段历史，但是不知怎么的，这一次又并不一样。克里斯托曼奇的双眼闪烁出了一种特殊的光明，又亮又黑，他一边直视着南，一边说："一个错误，嗯？这并不让我惊讶。那个叫做福克斯的家伙从来没能把任何事做对。所以，这是一个他做起事来比平时更会出错的世界。"他指着南。

"狮心王理查①。"南说。然后她想，他找到了！盖

---

① 英格兰金雀花王朝的第二位国王，被神圣罗马帝国皇帝亨利六世囚禁，有一次他被扔进有狮子的房间，没有想到，他徒手将狮子的心脏取出，在众人的眼皮底下将心脏生吃掉，由此得名。

伊·福克斯就是我们的世界不一样的理由。可是为什么呢？他将让我来描述这个理由，但是我不知道为什么。她想啊想，而此时克里斯托曼奇正在从 6B 班的其他人那里收集现在已经没人需要的人名。1605 年 11 月 5 日。南所能记得的全部，只有很久以前，她的母亲被宗教法官带走之前曾经说过的话。妈妈说过，11 月 5 日是巫师周的最后一天。巫师周从万圣节开始，而今天就是万圣节。这有帮助吗？一定有，尽管南看不出来会如何有帮助。不过，她知道她是对的，她知道克里斯托曼奇确实已经找到了答案，因为，当他站在温特沃斯先生身旁时，他的表情是那么的安详而又欢喜。

"现在，"他说，"我们将来揭露那个巫师。"

他的表情再一次变得暧昧起来。他从鸽子灰的口袋里慢慢地拿出了一只细长的金匣子，而如果说他是在看着谁的话，那么现在他看的就是查尔斯。太好了，南想。他在给我时间思考。查尔斯则想道，好吧。那就揭露我吧。可我还是不打算帮忙。

克里斯托曼奇捧着扁平的金盒子把手伸了出去，好让每个人都能够看到它。"这个，"他说，"就是最新的现代巫师搜索仪。好好地看看它。"查尔斯看了。他几乎肯定这个搜索仪是一个金色的香烟盒。"当我放开这个仪器的时候，"克里斯托曼奇说，"它将会自己在空中飞行，然后它会轮流地指向每一个人，除了西蒙之外。当他所指的是一个巫师时，按照它所设计的程序，它会发出警示声。我想要它指出的巫师过来站到我的身边。"

6B 班目不转睛地盯着这个金色的长方形，既紧张又兴奋。有喘息的声音。它在克里斯托曼奇的手里乱窜。克里斯托曼奇放开了手，它停留在空中，自己来回快速地摆荡。查尔斯怒目而视。他明白了。是布莱恩。布莱恩会隐身地带着它四处走。就是这样！如果克里斯托曼奇认为他可以通过让布莱恩得到所有的乐趣而来说服查尔斯的话，那他会非常失望的。

摆荡中的盒子自动上下颠倒过来。查尔斯看见它沿着上边缘裂开了一小部分，这是布莱恩想看看它是否真的是一个香烟盒，而快速地窥视了一眼。它是的。查尔斯瞥见里面有白色的香烟。

"你去吧。"克里斯托曼奇对它说。

随着响亮的一声"啪"，金色的盒子合上了，让所有人都吓了一跳,然后它迅速地飞向了第一张课桌。它停留在了与罗纳德·韦斯特头部相同的高度。它发出了一种刺耳的哔哔的响声。大家又全都吓了一跳,包括罗纳德和金色的盒子。

"到这儿来。"克里斯托曼奇说。

罗纳德看上去极为目瞪口呆。他走出了他的课桌,跌跌撞撞地向克里斯托曼奇走去。"我绝对不是——!"他申辩道。

"是的,你是,你知道的。"克里斯托曼奇说。然后他又对金色的盒子说:"继续下去。"

带着一点不确定,盒子飞向了杰弗里·巴恩斯。它再次发出了哔哔的声音。克里斯托曼奇向他示意。杰弗里走了出来,脸色惨白,但是没有申辩。

"它是怎么知道的?"他无精打采地说。

"现代科技。"克里斯托曼奇说。

这一次金色的盒子不待吩咐就继续了下去。它哔哔作响,移到下一个,又哔哔作响。一个又一个的人惨痛地站起身来,拖拖拉拉地走出来,站到了教室前面。查尔斯认为这是一个肮脏的把戏。克里斯托曼奇只不过是试着要他丧失胆量罢了。现在盒子和兰斯·奥斯古德平行了。所有人都等着它哔哔作响。等了又等。盒子停留在兰斯旁边一直指着他,直到兰斯看它看得变成了斗鸡眼。但什么都没有发生。

"继续,"克里斯托曼奇说,"他不是巫师。"

盒子移向了丹·史密斯。在这里,它发出了至今时间最长、声音最响的警示声。丹畏缩了。"我把我的痕迹全都掩盖掉了!"他说。

"出来。"克里斯托曼奇说。

丹慢慢地站了起来。"这不公平!我的肚子在疼。"

"这无疑是你应受的,"克里斯托曼奇说,"从警示声判断,你在一段很近的时间内使用过巫术。你做了什么?"

"只不过是把一双跑鞋藏了起来。"丹含糊不清地说。在他沿着过道垂头丧气地走上前的时候,他没有看查尔斯。查尔斯也没有看丹。他开始明白,克里斯托曼奇并不是要把其他的人假装当成巫师。

现在,教室的前面已经非常拥挤了。接下来,盒子飞向了尼鲁帕姆。尼鲁帕姆正在等着它。它在他面前发出了比在丹面前更为响亮的声音。为了不被问到实施了什么巫术,在它发出响声的那一刻,尼鲁帕姆就立即站了起来,大步流星地逃到了教室的前面。然后盒子来到了查尔斯面前。响声震耳欲聋。

"好吧,好吧!"查尔斯喃喃自语。他也迈着吃力的步子走到了教室前面。所以,克里斯托曼奇是在公平地对待每一个人,但是他显然仍旧在试图通过贬低巫术来给查尔斯一个教训。查尔斯环顾了一圈其他站在前面的人。他知道他有这群人里面最强大的魔法。他想保住它。他可以用魔法去做一千件事情。他不想和另外一个世界搅和在一起,就算那里不焚烧巫师。说到被焚烧——查尔斯低头看着他的水疱——他发现一旦习惯了之后,自己倒相当享受惊恐的感觉了。这让生命变得有趣起来。

与此同时,金色的盒子跟着查尔斯走过座位间的过道,然后指向了迪丽雅。一片沉默。迪丽雅并没有要尝试隐藏她得意的笑容。但是当盒子移向特蕾莎时,这笑容从她的脸上消失了。它发出了一声小小的,清晰的哗哗声。

特蕾莎站起来,感到受了耻辱。"谁?我!"

"只是一个微不足道的,三脚猫一类的巫师。"克里斯托曼奇安慰地告诉她。

但这丝毫也没有安慰到特蕾莎。如果她要做一名巫师,她感觉她至少得做个一流的巫师。无论是哪一种情况，都是一件丢脸的事。当盒子移向卡伦却也没有在卡伦面前响起的时候，她感到真的很生气。但是，当盒子继续下去，在希瑟、狄波拉，以及她所有其他的朋友面前哗哗作响的时候，她也感到同样的恼火。她带着极度令人痛苦的复杂情绪站在那里。

接着，盒子也在埃斯特尔的面前响了起来。特蕾莎生气地猛扬起了头。可是埃斯特尔却喜气洋洋地蹦了起来。"噢，太好了！我是一个巫师！我是一个巫师！"她蹦蹦跳跳地跑到了前面，满脸都是笑容。

"有些人啊！"特蕾莎毫无说服力地说道。

埃斯特尔才不在乎。当盒子在南的面前大声响起时，她笑了起来，而南则若有所思地开始加入了她的行列。"我认为这个世界上的大部分人一定都是巫师。"埃斯特尔悄声地对她说。南点点头。她肯定这是真的。她肯定这与克里斯托曼奇所发现的所有其他的事情是一致的，但是她仍然想不出该如何解释这件事。

散坐在教室里的只剩下四个人了。他们看上去脾气都很糟，又孤零零的，就连西蒙也是。

"这不公平!"卡伦说。

"至少我们不会被烧死。"迪丽雅说。

克里斯托曼奇向盒子示意。它徘徊地沿着过道飞了过去,把自己交到了他的手上。克里斯托曼奇一边把它放回了口袋里,一边环顾着那群巫师。他对查尔斯视而不见。他已经放弃他了。他看了看南,然后又望向了被人群挤到了门边的温特沃斯先生。"那么,温特沃斯,"他说,"这看上去非常有希望啊,不是吗?我们在这儿有充足的巫术可以利用了。我提议现在就发动我们的攻势吧。如果南准备好要向大家解释的话——"

南一点也没有准备好。她正要说不,教室的门突然打开了。温特沃斯先生被撞到了一边。卡德瓦拉德小姐站在了他原来的位置上,她因为生气而站得僵硬笔直,青筋暴露。

"你们都在干什么,6B班?"她说,"用最快的速度回到你们的位子上。"

温特沃斯先生站在门后,脸色惨白,身体发抖。所有人都怀疑地看着克里斯托曼奇。他的表情变得非常暧昧。于是所有人都做了审时度势的决定,急急地跑回了自己的课桌旁。他们一边跑,一边又有三个人在卡德瓦拉德小姐的后面走进了教室。

卡德瓦拉德小姐带着气恼而又胜利的姿态面对着克里斯托曼奇。"莫法先生,"她说,"你是一个冒名顶替的骗子。这位是真正的宗教法官。利特尔顿法官。"她站到一边把门关上,好让所有人都能看见这位宗教法官。

利特尔顿法官是一个小个子的男人,穿着一件蓝色的细条纹西服。他的两边各有一名身材高大的男人,他们穿着审判所的黑色制服。这两位身材高大的男人,每个人的皮带上都挂着一只手枪皮套、一根警棍,和一根折起来的鞭子。一看到他们,查尔斯被烧伤的手指就不由自主地弯曲起来藏进了他的拳头里,就像是一个罪恶的秘密。

"你敢动,我就下令开枪!"利特尔顿法官对克里斯托曼奇厉声说道。他的声音很刺耳。在他布满了鲜红色血管,棱角平平的小脸上,他水汪汪的小眼睛正瞪着克里斯托曼奇。他的蓝色西装不是非常合身,就好像利特尔顿法官在买了这件西服之后,他的身材又经过了一段时间的缩水和硬化,变成了一副浓缩着力量的新身材。

"下午好,宗教法官,"克里斯托曼奇有礼貌地说,"我差不多可以算是在等你。"他回头望向身后的西蒙。"如果我说得对就点点头,"他说,"你说过有一位宗教法官会在午餐之前到这儿是吗?"

西蒙点点头,看上去受到了极大的打击。

利特尔顿法官眯缝起了他水汪汪的眼睛。"所以说,是巫术使我的汽车抛锚的吗?"他说,"我就知道!"他解开了肩膀的挎带上挂着的一只黑盒子。他把它对准了克里斯托曼奇,旋转了一下小钮。所有人都看见了它顶部的刻度盘在猛烈抽搐。"我想也是,"利特尔顿法官用磨牙般刺耳的声音说道,"这东西是个巫师。"他把毫无棱角的下巴朝着克里斯托曼奇的方向抽动了一下。"现在把那个家伙给我弄过来。"

其中一个身材高大的男人伸出了一只巨大的手,从门边把温特沃斯先生拽了过去,轻松得就仿佛温特沃斯先生是一个绣花枕头。卡德瓦拉德小姐看上去仿佛想要对此表示抗议,但是她无可奈何地放弃了。利特尔顿法官把他的黑盒子对准了温特沃斯先生。

在他还没来得及转动旋钮的时候,黑盒子就从他的手中被扯掉了。它拖曳着扯断的挎带,匆匆地从宗教法官那里飞到了克里斯托曼奇的身边。

"我想这是一个错误,布莱恩。"克里斯托曼奇说。

那两个身材高大的男人都拔出了手枪。利特尔顿法官手指着克里斯托曼奇向后退去。他的脸色涨得紫红，充满了憎恨、恐惧、满足相交织的古怪情绪。"看啊！"他大声喊道，"这东西有个魔鬼在听候它使唤！噢，我现在发现你了！"

克里斯托曼奇看上去几乎被激怒了。"我的大好人，"他说，"这真是非常无知的臆断。只有偷偷摸摸的术士才会不顾身份去利用魔鬼。"

"我不是魔鬼！"布莱恩尖锐刺耳的声音喊道，"我是布莱恩·温特沃斯！"

迪丽雅尖叫起来。没有抓着温特沃斯先生的那名身材高大的男人似乎吓破了胆。他害怕地瞪着声音传来的方向，用两只手举起枪，瞄准了黑盒子。

"扔了它！"克里斯托曼奇说。

布莱恩听了他的话。黑盒子向着窗户穿梭而去。那名身材高大的男人糊里糊涂地举着枪跟着它转了个弯。他开枪了。一声可怕的巨响。这一次好几个人都尖叫了。黑盒子爆炸后成了一堆乱七八糟的电线和金属板，并炸掉了一半的窗户。一阵猛烈的雨水被风吹了进来。

"你这个傻瓜！"利特尔顿法官说，"那是我最新型号的巫师探测仪！"他瞪着克里斯托曼奇。"对了。我受够了这个污秽的东西。帮我把它抓过来。"

身材高大的男人把枪放回了皮套里，一步步向着克里斯托曼奇逼近。尼鲁帕姆迅速举起了一只长长的胳膊。"拜托。等一下。我想卡德瓦拉德小姐可能也是一个巫师。"

所有人都立刻看向了卡德瓦拉德小姐。她说："你怎么敢这么说，孩子！"但是她的脸色和温特沃斯先生变得一样惨白。

南意识到，这个时候，就是她应该出场的时候了。她不确定要怎么做，但是无论如何她还是猛地站了起来，匆忙得差一点就像埃斯特尔一样要把课桌撞翻了。所有人都目不转睛地盯着她。南感觉很糟。有很长很长的一个片刻，她继续站在那里，脑袋里没有任何想法，也没有一丁点的自信可以来帮助她。但是她知道，她不能就这样重新坐下去了。她开始说话了。

"等一下，"她说，"在你做接下来的事情之前，我必须得告诉你关于盖伊·福克斯的事。你知道，他就是为什么这个世界上几乎所有人都是巫师的原因。盖伊·福克斯主要的特点是，他是那种永远不会把事情做对的人。他的出发点不错,但他是一个失败者——"

"让那个女生闭嘴!"利特尔顿法官用他粗糙刺耳又喜欢发号施令的声音说。南紧张地看着他,然后又看着那两个高大的男人。他们都没有动。事实上,她一看才发现,所有人似乎都在她第一次站起来的时候,就完全保持在当时的位置和姿势上不动弹了。克里斯托曼奇正茫然地盯着远处,似乎也并没有在做任何事,但是南突然间很肯定,他正在不知用什么方式把所有的事情都暂停了下来,好给她一个机会去解释。这让她感觉好多了。

她一边环顾四周,一边从始至终都在不停地说话,解释着火药阴谋案,解释策划者选择盖伊·福克斯来实施爆炸是一个多么大的错误。现在她似乎要开始解释其他世界的存在了。

"在数量多得吓人的世界里,有数量多得吓人的盖伊·福克斯,"她听见自己在说,"而在每一个世界里,他都是一个失败者。有些人就是那样。你知道,有几百万个其他的世界。它们之间的重大区别是在历史上的重大事件中产生的,比如一场战役是赢了还是输了。两个结果不可能在同一个世界里发生,所以一个新的世界会分裂出来,在那之后开始变得不同。但是还有各式各样更小一些的事情,也同样可以有两种结果,但却不会让世界分裂。你们大概全都做过那种梦吧,梦境很像你平时的生活,只是许多事情都不同了,而你似乎知道在梦里将来会怎样。好吧,这是因为,有许多可能发生两种结果的其他世界,像彩虹一样,从我们自己的世界里延展开来,然后又可以说是相互地交汇到了一起——"

南发现自己相当钦佩这个形容。现在她受到了鼓舞。她本来可以说上几个小时。但是这没有太大的意义,除非她可以说服 6B 班其余的人都来做点什么。但所有人都只是目不转睛地盯着她。

"好了,我们的世界本来真的只应该是另一个特定世界里的一条彩虹色带,"她说,"但现在却不是。而我要告诉你们为什么,这样的话可以让我们所有的人都来为此做些事情。我跟你们说过,盖伊·福克斯是一个失败者。好吧,但问题是,他知道他是个失败者。而这就让他非常紧张,因为他想至少要把这一件事做对,把国会大厦好好地炸飞。他一直在脑子里不断地复习着所有可能出错的地方:他可能被背叛,或者火药可能受潮,或者他的蜡烛可能熄灭,或者他的导火线可能无法点燃——他想到了所有的可能性，所有能把差别不大的世界变成不同彩虹色带的事情。在半夜里，他紧张得去点燃了导火线，而这只是为了确保它能点燃。他没有想到 11 月 5 日，他做这件事的日子，是巫师周的最后一天，这个时候世界上到处都有那么多的魔法，以至于各种异常的事情都会发生——"

"能有人让那个女生安静点吗！"利特尔顿法官说。

他让查尔斯吓了一跳。查尔斯从始至终都一直坐在那里，在努力辨别自己的感受。他似乎又一分为二了，不过是在他的内心不示与人的地方。他的一半是彻底的恐惧，感觉上就仿佛他尖叫着，带着无处可逃的绝望，被活生生地烧死了。他的另一半则很生气，气克里斯托曼奇、卡德瓦拉德小姐、6B 班、利特尔顿法官——所有的一切。现在，当利特尔顿法官突然用他响亮而粗糙的声音说起话来的时候，查尔斯看向了宗教法官。他是一个长着一张愚蠢的脸的小个子男人，他穿着一件不合身的蓝色西装，很享受逮捕巫师的乐趣。

查尔斯发现自己又记起了他的第一个巫师。那个被焚烧时极度震惊的胖男人。他突然理解了那名巫师的诧异。那是因为有人像利特尔顿法官一样，如此平凡普通，如此愚不可及，却有权力来烧死他。而这一切是全都错了的。

"噢，得了吧，你们这些人！"南说，"你们没有看到吗？当盖伊·福克斯点燃那根导火线的时候，他制造出了新的广泛多样的彩虹的可能性。在我们那个特定的世界里，在我们应该属于的那个世界，导火线本来应该又是直接熄灭的，所以国会大厦本来会完好无损。可是一旦导火线被点燃了，巡夜人就可能会闻到，或者盖伊·福克斯可能会用水把它扑灭，又或者有些让我们之所以成为我们的事情可能会发生：盖伊·福克斯可能把导火线的踩灭，不过却正好留下了一个微小的火星在烧着，而它继续地燃烧，缓缓地向那几桶火药蔓延——"

"我跟你们说过，让那个女生闭嘴！"利特尔顿法官说。

查尔斯现在又合二为一了。他看了看宗教法官，又看了看克里斯托曼奇。就在这个时候，克里斯托曼奇看上去已经没有那么优雅了。他的西装皱巴巴的，仿佛他的身体正在衣服里面变得消瘦，他的表情苍白而空洞。查尔斯可以看到他的前额上有汗水。他明白，克里斯托曼奇正在使出浑身解数，用某种方式让整个世界都保持住静止，好给南时间来说服 6B 班把他们的巫术结合起来去改变世界。但是 6B 班仍旧像呆头鹅一样坐在那里。这就是为什么利特尔顿法官又开始说话了。他显然是那种很难保持安静的人，所以克里斯托曼奇为了有力量控制住其他的一切，而不得不把他撂在了一边。

"你就不能安静点吗，孩子！"利特尔顿法官说。

"梆！"南说，"于是国会大厦爆炸了，不过里面没有人。但这并不是非常重要，因为就连盖伊·福克斯也没有被炸死。但是记住，那是在巫师周。它让这场爆炸变得比本来应有的情况糟糕得多。在巫师周里，我们现在所处的这一整条彩虹色带，以及附近各处的所有魔法，都从那个世界其他的地方冲了出来，可以说有点像一根长长的彩色突刺。不过它不是完全脱离出来的。它仍然在两头都与彩虹其余的部分相连接。它现在仍然是这样。只有当我们能让这场爆炸从未发生过，我们才可以把它放回到原来的地方去。而因为今天是万圣节，所以周围甚至充满了比平时还要多的魔法——"

查尔斯看见温特沃斯先生正要开始发抖。他看上去耗尽了体力。照这种速度，克里斯托曼奇不会再剩下任何力量来把他们的这根突刺放回到它所属的世界中去了。查尔斯跳了起来。他想道歉。很显然，拥有克里斯托曼奇这么大能量的人，本来可以在利特尔顿法官到达的时候就轻易地离开。但与此相反，他选择了留下来帮助他们。可是要说出他很抱歉这样的话还得再等等。查尔斯知道他必须得做点什么。多亏了南，他才知道了要做什么。

"坐下，孩子！"利特尔顿法官用急躁刺耳的声音说。

查尔斯置之不理。他猛地穿过了座位间的过道，抓住了西蒙·塞尔维森运动上衣的前胸。"西蒙。说盖伊·福克斯做的事。快点！"

西蒙默默地凝视着查尔斯。他摇摇头，指了指他的嘴。

"赶紧！说啊，你这个傻瓜！"查尔斯说道，然后摇晃着西蒙。

西蒙一直闭着嘴。他害怕说任何的话。那就像一个噩梦。"说盖伊·福克斯做的事！"查尔斯对着他大喊大叫。他放弃了摇晃西蒙，转而把巫术倾泻在他身上，来让他开口。西蒙只是摇摇头。

尼鲁帕姆看到了其中的意义。"说啊，西蒙！"他说。这让6B班其余所有的人都理解了查尔斯是在打算做什么。所后人都从座位上站了起来，冲着西蒙嚷嚷。"说啊，西蒙！"温特沃斯先生喊道。布莱恩的声音也加入了进来。巫术从四面八方向西蒙席卷而来，就连卡伦和迪丽雅也冲他又喊又叫。南加入了喊叫的行列。她抑制不住内心源源不断的骄傲和喜悦。仅仅通过描述发生了什么，她就做到了这一点。它随时都可以像巫术一样棒。所有人都明白了，他们可以让这个世界重新变成另一个世界的一部分——巫师救援服务把巫师送去的那个世界——通过让西蒙说出，在那个另外的世界里没有发生的事。"说啊，西蒙！"所有人都尖叫。

西蒙张开了他的嘴。"我——噢，别喊了！"他被可能发生的事情吓坏了，但是一旦他开口了之后，那么大量冲击着他的巫术，对他来说就太难以抵抗了。"他——他——盖伊·福克斯炸飞了国会大厦。"

所有的人都立刻开始涟漪般地波动起来。

世界仿佛变成了一张打着褶子悬挂着的宽广的窗帘，它的每一个褶子都抖进抖出地波动着。这波动同等地传遍了所有的课桌，窗户，墙壁，和人。每一个人的浑身上下都在波动。它们忽而使劲搋紧，忽而又波动起来，直到所有人都感觉自己要撕成碎片了。这个时候，波动已经变得如此强烈而又急剧，以至于所有人都可以直接看到他们下方的那些褶子了。只过了一小会儿，就变成了这样：每一个褶子的外面，是大家所认识的教室——宗教法官和他那两名身材高大的男人，与卡德瓦拉德小姐在同一个褶子上，克里斯托曼奇则在他们旁边的另一个褶子上——而那些褶子折进去的部分则全都是不同的地方。

查尔斯意识到，如果他要对克里斯托曼奇道歉的话，那么他最好马上就说。他转过身刚想去说。但是褶子已经扯平了，所有的一切都与原来不再一样了。

第十六章

"我非常抱歉,老师。"有一个男生说。说来奇怪,他听起来仿佛是认真的。

克罗斯利先生跳了起来,想知道自己是不是一直在睡觉。他打了个冷战,那样子似乎让人看见了会说:"有人在我坟上走过。"他从正在批阅的本子中抬起头来。

看门人在教室里。他叫什么来着?他有一副粗糙刺耳的嗓音,和许多愚蠢的意见。利特尔顿,是叫这个名字。利特尔顿看样子似乎正在清扫打破的玻璃。克罗斯利先生感到很困惑,因为他不记得有一扇窗户被打破过。但是当他向窗户看去时,他发现其中一扇是新近修补过的,上面粘着大量油灰,还有许多手指印。

"弄好了,克罗斯利先生。现在全都干净了。"利特尔顿先生用急躁刺耳的声音说。

"谢谢,利特尔顿。"克罗斯利先生冷冷地说。如果你让利特尔顿说话的话,他会说个不停,试图来给这班学生上课。他看着看门人收拾起他的东西退出了门外。谢天谢地!

"谢谢你,查尔斯。"有人说。

克罗斯利先生猛地转过身去,发现教室里有一个完全陌生的人。这个男人长得很高,他表情疲惫,从他穿的衣服看起来,似乎正在去参加婚礼的路上。克罗斯利先生想,他一定是一位学校管理层,于是正要有礼貌地站起来。

"噢,请不要起身,"克里斯托曼奇说,"我正要出去。"他走向了门边。在他走出去之前,他环顾了一下 6B 班,然后说道:"如果你们有谁又想找我的话,给'老门房'递个话,应该就能找到我。"

门在他的身后关上了。克罗斯利先生重新开始着手批阅他的本子。他目不转睛。在叠得最高的一本练习本的上面,有一张纸条。他知道它之前并不在这里。它是用普通的蓝色圆珠笔,以大写字母写成的,它给了克罗斯利先生一种极其古怪的感觉,好像他之前遇到过的同样的情景。这是为什么呢?他一定是打了个瞌睡,做了个梦。是的。克罗斯利先生想到这里才记起来,他确实做了一个极其奇怪的梦。他梦见他在一个糟透了的寄宿制学校教书,那个学校叫做拉伍德之家。他抬起头宽慰地看着6B班低头忙着写字的学生。他很清楚地知道，这是波特韦橡树综合学校，而所有人都会在每天傍晚的时候回家。谢天谢地！克罗斯利先生不喜欢在寄宿制学校教书的念头。你总是有干不完的活儿。

他想知道是谁写了这张纸条。于是，他的目光扫视了一下全班，这个时候他感到了片刻的震惊。许多的脸孔从他的梦中消失了。他记得有一大堆烦人的女生：特蕾莎·马利特、迪丽雅·马丁、希瑟什么的，卡伦什么的。这些人一个都不在这里。丹尼尔·史密斯也不在。

啊，但是——克罗斯利先生现在想起来了。丹·史密斯本来应该在的。但是他在医院里。两天以前，那个蠢呼呼的男生为了打赌而吃了一把镀锡的大头钉。起初没有人相信他做了这样的事。但是当他们的校长温特沃斯先生，让丹坐进了自己的车里并送他去照了X光，才发现他的肚子里全都是镀锡的大头钉。有的孩子真是白痴啊！

而克罗斯利先生的梦还有另外一点也很疯狂：他梦见校长是卡德瓦拉德小姐，而不是温特沃斯先生！真是疯了。克罗斯利先生知道得再清楚不过了，卡德瓦拉德小姐是掌管门房女校的那位女士，艾琳·霍奇也在那里教书。开始一想他才知道，那一定是为什么他会梦到特蕾莎·马利特和她那些朋友们的理由。他曾经在那些走在艾琳·霍奇后面的一队循规蹈矩的女生中间看见过她们的脸，而她们也曾从队伍里目不转睛地盯着他看去。

现在克罗斯利先生又想起了其他的一些事情，这些事情几乎让他忘记了他做的梦和那张神秘的纸条。艾琳·霍奇终于同意和他出去约会了。他要在星期二去接她，因为她要在期中假时离开了。他终于取得了一定的进展啦！

尽管他在艾琳这件事上感到喜悦，但那个梦和这张纸条也还始终在不断烦扰着克罗斯利先生。为什么是谁写了这张纸条会让他费神呢？他看着布莱恩·温特沃斯——他正坐在他最棒的朋友西蒙·塞尔维森旁边。他们两个正在咯咯地笑谈着什么事情。那张纸条非常可能是布莱恩的一个玩笑。但是它同样也很可能是查尔斯·摩根和尼鲁帕姆·辛格策划的某种有深意的计谋。克罗斯利先生看着这两个人。

查尔斯透过眼镜，目光越过他本应在写的那页纸，向克罗斯利先生看了回去。克罗斯利先生知道多少？查尔斯写下的内容只有一个标题：《万圣节的诗》。尼鲁帕姆也是。在他们两人之间的地板上，有一双带着防滑钉的跑鞋，而让他们充满疑问的是鞋子上所标记的名字：丹尼尔·史密斯。他们俩都知道丹连一双跑鞋都没有。当然，史密斯也不完全是一个不常见的名字，但是——他们两个人都在奇怪的双重记忆中挣扎着。

查尔斯对自己这种轻松平和的情绪尤其感到疑惑。他的内心感觉很舒坦，还觉得有点饿。他记忆中的一部分告诉他，这是因为布莱恩·温特沃斯在无形中吃掉了他一半的午餐。而另一半则暗示，这是因为象棋俱乐部占据了他午餐的大部分时间。这其中有一个古怪的地方。直到此时，查尔斯都一直打算成为一名象棋大师。但现在那些双重记忆导致他改变了主意。有人——名字他现在不太能想起来了——向他暗示过，他在某个方面确实会拥有很强的天赋，但那并不是象棋，查尔斯现在很确定。也许他反而会成为一个发明家吧。不管怎么样，占据了他一半记忆——似乎是很重要的那一半——的象棋俱乐部，建议他早点赶回家，好让他能在姐姐博纳迪恩抢走之前吃到最后的玉米片。

"盖伊·福克斯。"尼鲁帕姆喃喃地说道。

查尔斯不知道尼鲁帕姆是在指巫术，还是指丹·史密斯关于期中假的想法。他们一直打算让尼鲁帕姆来扮成盖伊，然后为盖伊募捐。尼鲁帕姆坐在摩根家的旧手推车里,看上去就像一个极好的修长瘦弱又松松垮垮的盖伊模型。现在他们俩都想知道的是,没有丹来盯住他们,他们是否会有胆量自己去做这件事。

"你为什么非得和丹打赌说他吃不了镀锡的大头钉?"查尔斯对尼鲁帕姆悄悄地说。

"因为我不认为他能行!"尼鲁帕姆脾气糟糕地回答。他因为那个赌而被温特沃斯先生找了很多麻烦。"我们能让埃斯特尔和南来帮忙推我吗?"

"她们可是女生。"查尔斯反对。但是他一边用血滴一样的红墨水在"万圣节的诗"几个字下面画线,一边考虑着这个想法。那两个女生可能偏偏正好可以做到呢。在他把最后一滴血红的墨水涂抹完的时候,他注意到他的手指上有一个水疱。它现在已经到了空瘪发白的阶段。小心翼翼地,查尔斯把它涂满了鲜红色的墨水。他不确定他想这么快就忘记一些事情。

克罗斯利先生还在考虑着纸条的事。它可能是南·皮尔格林的另一次天马行空。和平时一样,南正挨着埃斯特尔·格林坐,因为她是在学期开始时从埃塞克斯郡转学到这个学校的。这两个人亲密无间。这是件好事,因为埃斯特尔在南转来以前,一直都颇为孤单。

南抬起头瞥了一眼克罗斯利先生,然后又重新低头看着自己的笔在纸上匆匆划过。她入神地读道:在彩虹的这一段,盖伊·福克斯把导火线踩灭了,可是却保留了一点小得微不足道的火星在闷燃。火星蔓延着吞噬了导火线,直到烧到了那几桶火药。梆!!!

"埃斯特尔!看看这个!"

埃斯特尔凑了过来,看了看,然后瞪大了眼睛。"你知道我怎么想?"她悄悄地说,"当你长大以后成为一名作家,开始写书的时候,你会认为你是在虚构书里的内容,可是,在某个地方,它们却是真的会全部变成现实的。"她叹了口气。"我的诗将会写一名伟大的魔法师。"

克罗斯利先生突然怀疑自己为什么在为纸条的事担忧。毕竟这只是一个玩笑。他清了清嗓子。所有的人都充满希望地抬头看着他。"有人,"克罗斯利先生说,"似乎给我送来了一条万圣节的留言。"然后他读出了这张纸条的内容。"这个班里的某个人是巫师。"

6B班认为这是一则绝妙的消息。教室里到处都是迅速举得高高的手，就像一畦豆芽。

"是我，克罗斯利先生！"

"克罗斯利先生，我是巫师！"

"我可以做巫师吗，克罗斯利先生？"

"我，克罗斯利先生，我，我，我！"